河出文庫

信玄忍法帖

山田風太郎傑作選 忍法篇

山田風太郎

河出書房新社

◎目次　信玄忍法帖

信玄忍法帖

天陣篇

一

つくづくと、家康という人は気の毒な人であると思う。

信長、秀吉、家康とならべて、信長が餅をつき、秀吉がまるめ、家康がくうという図柄が民衆の胸にえがかれているが、はたして家康が餅をくうまで、手ぶらの横着《おうちゃく》をきめこんでいたであろうか。

とくに秀吉という国民的英雄とくらべられるのは、家康にとって分《ぶ》がわるく、その大人気者の人気の引立役として、いよいよ彼は損な役割をふられている。よくかんがえてみると、さしたる理由がないだけに、家康は気の毒な人であると思う。最後に餅をくうどころか、最後の敗北者は彼ではなかったかとさえ思われる。

まず第一に、徳川万代《ばんだい》の礎《いしずえ》をきずいて死んだ家康にくらべて、秀吉の死が悲劇的であったことが民衆の同情を買っていると思われるのだが、秀吉の死がそれほど悲劇的であろうか。幼ない愛児のことを案じつつ息をひきとったのはいたましいが、あれくらいの不安は、いま平和に、平凡に生きているわれわれにしても起り得ることで、戦国の世にあれほど疾風怒濤《しっぷうどとう》の生涯を送った秀吉としては、その死時における巨大な城と黄金の遺産、諸大名の心服ぶり、むしろ極楽往生ともいうべき死ではなかったか。彼の死が悲劇的にみえるのは、そののち秀頼《ひでより》が家康にほろぼされた歴史のヴェールをへだててみるからで、それは秀吉の死の時点《じてん》においては無縁のことだ。つまり彼は、自分の死後の子供の死によって、民衆の同情を買っているともいえるのである。

第二に、その秀頼をほろぼしたことが家康の人気をおとす大きな理由となったのだが、しかし秀吉にしても、信長の子信孝を殺している。家康にとって秀吉はべつに主君ではなかったが、秀吉にとって信長は完全な主君であったから、これは同罪以上である。のみならず家《いえ》存続のために家康が一子信康を殺したよりも、秀吉が甥《おい》の秀次を殺した心理の方が、はるかに非道であり、残酷である。

第三に、野の盗児から太閤に成りあがった秀吉の生涯はたしかに痛快無比である。ともかくも一豪族の出身であった家康にこの痛快性はない。しかし、「一人前」になるまでには、むしろ家康の方が数多くの危機難局に遭遇したのではなかったか。秀吉は卑賤《ひせん》の出であっただけに、ある時代まではかえって生命の安全を保証されていたが、家康はたとえ落魄《らくはく》していたにせよ、名門ということのために逆にいつも生命の危険にさらされていたといえる。

第四に、両人の性格のちがいである。秀吉の天空海闊《かいかつ》にくらべて、家康は地味だ。それはそのとおりだが、しかしその戦いぶりをみると、秀吉の方が堅実で、家康の方が冒険的である。秀吉の好んでつかう戦法は、圧倒的な大軍をもって小軍を気死せしめるか、水攻め兵粮《ひようろう》攻めなどの持久戦にもちこむかで、彼がいちかばちかの大ばくちをやったのは、天王山の戦いだけといってよい。これは秀吉にとって絶体絶命、ほかに手段がなかったからでもあるが、ともかく「死戦」「義軍」というべきいくさは、ただこの一戦だけである。ところが老獪《ろうかい》の権化《ごんげ》のごとく目される家康は、生涯いくたび死戦義軍の歴史をもっていることか。もとよりまったく計算がないわけではなく、大局的には保身のためではあるが、しかし知らぬ顔をしていればすむ、あるいは屈服しておればすむ事態に、敢然と強敵に死闘をいどんでいる。いのちがあったのは結果論だ。その勃興期《ぼっこうき》に、三河《みかわ》一円、叛徒《はんと》の蜂の巣のようになった「一向一揆《こうき》」をねじふせた剛毅、また織田の同盟軍として姉川《あねがわ》合戦に出兵したとき一番隊として最難敵にかけむかった気魄《きはく》、さらに後年、信長の遺児をまもって、小牧長久手《こまきながくて》に三倍にあたる秀吉の大軍に苦杯をなめさせた精悍《せいかん》、等、かぞえるにいとまがない。

けれど、そのなかで、もし天運が家康に味方しなければ、完全に彼を絶望必滅の事態においこんだ最大最悪の危機が、三方《みかた》ケ原の戦いであったということは、何ぴとも異論はあるまい。

二

「都より甲斐《かい》の国へは程遠しおいそぎあれや日は武田殿」（犬筑波集《いぬつくばしゅう》）

元亀《げんき》三年十月、甲斐の武田信玄は、二万七千の精兵をひきいて西上の途についた。右の落首がいみじくも信玄の心理を映しているとおり、彼は生涯の夢をこの遠征にかけて、堂々の鉄蹄《てってい》をふみ出したのである。おりしも北の方《かた》、越後《えちご》信濃《しなの》に雪はふりはじめ、好敵手謙信の足は氷に封じられている。

まさに、九天の雲はたれ、四海の波みな立って、蛟竜《こうりよう》天にとびたつの概《がい》があった。――ひきいるは、のちの世まで武田流軍学の名をのこす信玄である。従うは当時天下第一といわれた甲斐の騎兵軍団である。この出陣のうわさは九月ごろから京にもかまびすしく、もし信玄がほんとうに出てきたら、さしもの信長も気の毒なことになろうという声がたかかったという。甲軍《こうぐん》の威風《いふう》思うべきである。

甲州から信濃に入った甲州軍は、伊那《いな》、飯田《いいだ》と天竜川沿いに南下して、青崩峠《あおくずれとうげ》から潮のごとく遠江《とおとうみ》になだれこんだ。そして、朝《あした》に一城、夕《ゆうべ》に一塁、機械のように確実に攻めおとしつつ、袋井《ふくろい》まで進出して、浜松を東方から遮断《しやだん》したのち、浜松の北方二俣城《ふたまたじよう》の攻撃にとりかかった。

このあいだ、浜松にある家康はいくども手勢《てぜい》を出して、甲軍の蹂躪《じゅうりん》ぶりを挫折《ざせつ》させようとつとめたが、そのたびに、鎧袖一触《がいしゅういっしょく》、蹴ちらされた。家康の待つのは、ただ同盟軍たる信長の来援のみであった。天然の要害《ようがい》たる二俣城は二か月にわたってよくささえたが、そのあいだ、信長の援軍はついになかった。周到なる信玄の作戦になんの遺漏《いろう》があるべき、甲軍の別働隊はすでに別口から浜名湖北方に侵入し、また一軍は美濃《みの》にすすんで信長をなやませていたのである。

二俣城は浜松の北わずか五里の地点にある。それを武田軍に攻撃されつつ、ついに救うことのできなかった家康の心中は察するにあまりがある。彼は無念の歯ぎしりをした。「姉川で、織田のためにわれらが死戦したのを忘れられたか」彼はこういって信長を責めた。さしもの信長が、このときばかりはあとにもさきにもない臆《おく》しぶりをみせた。武田の別働隊のうごきに牽制《けんせい》されたのみならず、精勁《せいけい》なる甲軍の士馬そのものに、織田の将兵は震慄《しんりつ》していたのである。『ならばよし、われらは武田に屈し、その先鋒となって尾張になだれこむ所存なるも、それにてよく候や』家康がこうまでいうにおよんで、織田三千の援軍がようやく浜松に到着したのは、二俣城がおちて、信玄の大軍が浜松めがけてさらに南下を開始したときであった。

天竜川をおしわたり、浜松の北わずか一里の大菩薩《だいぼさつ》まで進撃してきた甲州軍は、このとき何を思ったのか、その方向をぐるりと転換し、三方ケ原へ西進しはじめたのである。まるで浜松にある家康の鼻づらをなでて、嘲弄《ちょうろう》するような行動であった。

家康は茫然となり、つぎに憤怒《ふんぬ》のために自制をうしなった。彼は信玄の巧妙な作戦にかかった。いや、信玄の企図を知ればこそたまりかねたのである。

信玄の企図はこうであった。二俣の出城《でじろ》の攻略にすら二か月かかった。浜松城は家康の本拠《ほんきょ》であり、かつ最大の堅城である。これを落すことは難事ではないにしても、さらに数か月は要するであろう。すでに浜松の東方と北方は占領した。このまま西へ侵攻すれば、浜松は信玄帝国中の一孤島となる。織田と分断し、ついで信長を撃滅すれば、自動的に浜松城は崩れ去る。

この信玄の作戦がいかに賢明なものであったかは、西南役において西郷《さいごう》軍が熊本城に膠着《こうちゃく》してついに敗れたこと、太平洋戦争においてマッカーサーがラバウルを見すてて成功したことなどを思いあわせれば、納得《なっとく》されるであろう。

この放胆《ほうたん》な信玄の軍略を、家康はたしかに読んだ。そのとおりだ。すでに甲軍の遠江侵入以来、浜松の周辺の人もなげなる蹂躙《じゅうりん》ぶりに、一帯の豪族地侍たちは徳川たのむに足らずとして、続々離反しつつある。——この信玄の作戦をすてておいてはならぬ。傍若無人に城外を通過してゆく敵の大軍に腰をぬかしておってはならぬ。絶体絶命、ここで一撃を加えて眼にもの見せておかねば、たとえいまいっときの命をながらえても、将来徳川の存在価値は永遠に消滅するであろう。

徹宵《てっしょう》の軍議に、主戦論者は家康ひとりであった。配下ならびに援軍の諸将は、すべて出撃は暴勇であるととなえた。家康はいった。

「敵がわが城外をこれみよがしに踏みつけてゆくのに、一矢を酬《むく》いぬのは、男ではない」

古狸というレッテルをはられた後年の家康にはふさわしからぬせりふである。ときに家康は三十一歳であった。ただし私は、家康という人間は最後までこういうせりふを吐きかねぬ人間であったと信じている。

とまれ、三方ケ原を西進する甲軍めがけて、徳川織田連合軍は出撃した。その兵約一万一千。

――これこそ、信玄の誘いの罠《わな》であった。家康が黙過すればよし、城を出てたたかいをいどめばますます可なり。どうあっても城から出撃せねばならぬ状態に、若い家康を追いこんだのも、老竜《ろうりゅう》信玄の心理作戦であったのだ。

何事かを期するがごとく、ゆっくりと西進する武田軍と、まるで吸いこまれるようにそれを追う徳川軍と――両軍の斥候《せっこう》ははやくも接触した。

徳川の軍目付《いくさめつけ》鳥居《とりい》忠広《ただひろ》は敵情を偵察してはせかえり、家康に、この敵追うは危うし、ただちに馬をかえさせ給うべしと進言した。家康は怒って叱咤《しった》した。

「なんじは日ごろ武功の者なれば、大切の役も申しつけたるに、今日敵の大軍をみて臆病神にとり憑《つ》かれたるか。左様に腰がぬけては何の用にたつべきぞ」

鳥居忠広は満面を朱にそめた。

「平生は合戦に念を入れすぎるほどのおん大将なるが、今日は何とやらん血気にはやらせ給うこそ心得ね。いま御覧候え、それがしが申せし言葉思いあたらせ給うべし」

そして、ふたたび敵にむかってはせ去った。

一方、武田の殿軍《でんぐん》、小山田《おやまだ》信茂《のぶしげ》は、これまた斥候を出して偵察させ、敵陣薄くして兵数もわが三分の一にすぎぬと信玄に報告し、かついった。

「とくに織田軍の旗幟《きし》とどのわず、たたかわざるにすでに敗色がみえるようでござる」

「——さもあらん」

信玄はうなずいて、微笑した。

「惜しや、家康、三方ケ原の雪と消えるか」

ときに元亀《げんき》三年十二月二十二日、午後四時ごろである。三方ケ原に雲ひくくたれ、曠《こう》茫《ぼう》たる原野の枯草を吹きなびかせていたみぞれまじりの風は、このとき雪とかわった。

雪風は、信玄の本陣にたかくあげられた風林火山《ふうりんかざん》の旗をつん裂《ざ》くように鳴らした。

紺《こん》の絹地に金箔《きんぱく》の文字は妖光をはなって、

「疾《ハヤ》キコト風ノ如ク、徐《シズ》カナルコト林ノ如ク、侵《オカ》スコト火ノ如ク、動カザルコト山ノ如シ」

突撃する徳川織田連合軍をむかえて、長蛇とみえた武田軍のしんがりにあった小山田隊の右に馬場《ばば》隊、左に山県《やまがた》隊が散った。いわゆる魚鱗《ぎょりん》の陣から鶴翼《かくよく》の構えにひらいたのである。馬場隊のうしろに内藤隊、山県隊のうしろに勝頼《かつより》隊が展開した。百戦錬磨《れんま》の甲州騎兵が手に唾《つば》して待っていたのである。この陣形の転換は、電光のごとく神速であった。

死物狂いの徳川軍は、まず中央の小山田隊と左翼の山県隊をつきくずしたが、このとき右翼の馬場隊が出て、猛烈な横槍を入れてきた。浮足立つ徳川軍に、第二陣の勝頼隊が襲撃してきた。徳川軍は潰乱《かいらん》状態におちいった。ときに午後六時ごろである。

家康はみずから槍をとって馬をのりまわしのりまわし奮戦したが、織田軍の平手汎秀《ひろひで》戦死し、佐久間潰《つい》え、滝川走り、激闘中、徳川名代《なだい》の本多忠真《ただまさ》、鳥居忠広、成瀬正義《まさよし》、松平康純《やすずみ》、米津《よねず》政信、青木広次《ひろつぐ》、中根正照《まさてる》らの勇将ことごとく討死するにおよんで、彼みずからも三方ケ原南端の犀《さい》ケ谷の絶壁に追いつめられた。

血ばしる眼に見はるかせば惨たる夕雲の下、霏々《ひひ》として横なぐりに吹く雪つむじと、屍山《しざん》血河の彼方に、信玄の本陣は山のごとくうごかない。――思えば、浜松の城外一里までちかづいて、啄木鳥《きつつき》のように家康をたたき出し、この三方ケ原までひきよせたのも、大軍をもってこの曠原で包囲殲滅《せんめつ》しようという信玄の作戦であったのだ。

「――浜松お留守におかれし夏目次郎左衛門正吉《まさよし》、与力二十四、五騎ひきつれ馳せ来って、それがしおんいのちに代り申すべし、みなみなはやくお供して御帰城あるべしと申す。神君、なんぞなんじ一人を捨て殺すべき、われらもいっしょに討死すべきぞと仰せらるる。夏目大のまなこをいからし、言いがいなきお心かな、大将たらん人は後度《ごど》の功を心がけ給うこそ肝要なれ、葉武者《はむしゃ》のはたらきし給いて何の益かあらんと、怒《いか》れる眼に涙を浮かめ御馬のくつわをとって浜松の方へひきまわし、お側につきたる畔柳《くろやなぎ》助九郎武重に、はやくおん供申せといいながら、指したる槍の柄《え》をもって御馬の尻をたたきければ、御馬はさすがに逸物《いちもつ》なり、とぶがごとくに走りゆく。そのあとにて夏目は、十文字の槍をふるい、追い来る敵三騎突きおとし、そのほかを追いはらいつつ、なおすすんで敵中に入《い》って、与力二十五騎とともに、一人《にん》ものこらず討死す」

九死に一生を得て、家康は浜松城ににげかえった。彼を救ったのは、ただ吹雪と夜の闇だけであったといってよい。

このときの家康のふるまいが、彼の一代記中の神話の一つとなっている。ふつうなら、雪崩《なだれ》をうって追撃する武田軍にそなえて城門すべて鎖《とざ》すところを、わざとみなあけはなし、篝火《かがりび》を白昼のごとく焚《た》かせ、じぶんは湯漬《ゆづけ》を三椀までくって高いびきして寝てしまったが、この意表に出でた大胆さに、武田軍はかえって疑心暗鬼をいだいて、ついに攻撃してこなかったという。

家康が湯漬をたべて寝てしまったというのは、いわゆる神君伝説であろう。もしそれがほんとうとしても、疲労困憊《こんぱい》、死人のごとくたおれてしまったというのが真相であろう。ただ、武田軍が三方ケ原から遠追いしてこなかったことは事実である。武田軍は、そのまま三方ケ原に夜営をした。

翌る日、甲軍はふたたび西進を開始した。この報をきいたとき、家康は顔色をかえ、爪をかんだという。浜松城がいよいよ孤島化することを認めざるを得なかったからだ。

とくに昨日の大敗で、遠江三河一円の人心が、勝負あったと判断することはまぬがれがたいところであった。

――しかるに信玄は、三方ケ原を下《くだ》って都田川《みやこだ》に出るや、その畔《ほとり》の刑部《おさかべ》に陣し、そのまま、じっとうごかなくなってしまったのである。

年はくれ、元亀四年の春をむかえても。

ぶきみというより、奇怪としかいいようのない信玄のうごきである。

三

「なに、信玄は病んでおると？」

浜松城の奥ふかく、霜のおいた暗い庭の上に、十《とお》の黒い影がひれ伏したのは、その一月七日の未明のことであった。

「には、あらざるやと。――」

半円をえがいた鴉《からす》のような影の中心に、平伏していたひとりの男が顔をあげた。

「われら伊賀者《いがもの》、そのうちでも選りすぐったこの九人が、信玄の幕営にはとうてい忍び入ることがかないませぬ。……敵ながら恐るべき信玄の精気のゆえでござります」

「信玄は病んでおるというではないか」

「たとえ、病めばとて」

「……それで、なぜ病んでおるとわかったのか」

「されば。――幕営ちかき杉木立の梢にひそんでうかがっておりましたところ、昨夜、思いがけぬふたりの人物が到着つかまつりました」

「何者が」

「坊主と医者」

「ほう」

「いくたびか甲州に細作《さいさく》に入ったおり、見知った人間でござる。ひとりは恵林寺《えりんじ》の禅僧《ぜんそう》快川《かいせん》、ひとりは甲斐《かい》の徳本《とくほん》。――いずれも甲州より、いそぎ呼びよせられたていでござりました」

「知足斎《ちそくさい》が。――」

永田知足斎徳本《ちそくさいとくほん》、これはいまも日本医学史上に名をのこす大医である。ただし隠医《いんい》ともいうべき人物で、牛に横坐りに乗って諸国を放浪し、くびに薬袋を吊り、「一服十八銭」と呼びあるき、好んで貧賤《ひんせん》の民を治療した。ためにこの戦国の世にあって、どこへいっても往来御免の奇医であったが、ふだんは故郷の甲府に住むことが多かったので、人呼んで「甲斐の徳本」といった。

「この両人が信玄の幕屋に入り、しばらくして立ちいでて参りましたが、両人見合わせる顔は、暗澹《あんたん》として沈痛の色がみえました」

「ふうむ」

家康はうなった。さてこそ武田軍のふしぎな滞陣《たいじん》が腑《ふ》におちる。——信玄病む！　信玄病む！　もし信玄が死んだならば？

夜明けの空をふりあおいだ家康の眼に、巨大な星がひとつ尾をひいておちるのがみえた。それは幻影であった。にもかかわらず、その地におちた幻の星が眼中にとびこんできたような眼まいをおぼえ、じぶんの眼が異様なひかりをはなつのがじぶんでもわかった。幻想としても、眼がかがやき出さざるを得ない幻想であった。

大敵信玄。——ただに国に隣りして積年《せきねん》相争ったゆえのみではない。天下を見わたしたところ、いくさにかけては、これ以上恐るべき人物はないというのが家康の実感であった。あの、人を人くさいとも思わぬ驕慢児《きょうまんじ》信長でさえも、信玄ときいただけで、何となくおちつかぬ表情となる。その恐怖の意味を、徳川軍の屠殺《とさつ》場と化した三方ケ原で、心根《しんこん》に徹して思い知らされたばかりなのである。その信玄が死んだならば！

さすがの家康が、めくるめくばかりの夢想に、神気が茫《ぼう》とした。

「それはまことか」

せきこむ家康に、黒衣の男はしばし逡巡《しゅんじゅん》した。

「たしかめい」

「はっ」

「何をためらう。伊賀の忍者は天下無双とは、うぬの平生誇っておるところではないか。死ぬるを覚悟でつきとめい」

「もとよりそのつもりでござります。ただ、もうひとつ、何とも解《げ》せぬことがござりまして。——」

「解しかねるとは？」

「甲斐からきた僧は、快川国師のみではござらぬ。それとともに五人の僧がそのうしろに従っておりました。それがいずれも身には墨染《すみぞめ》の衣《ころも》をまといながら、白い袈裟《けさ》頭巾《ずきん》でおもてをつつんでおります」

正確には裹頭《かとう》頭巾という。僧兵などがやる頭巾だ。家康はいった。

「快川はなかなか胆ふとい坊主ときく。それは恵林寺の僧兵ではないか」

「のみならず、頭巾のあいだからのぞく眼と鼻を黒い紗《しゃ》で覆っております。されば、外よりみて、そのものどもの顔はまったくみえませぬが」

男の声に、怪異のひびきがこもった。

「殿。……山本道鬼斎《どうきさい》は、まことに死んだのでござりましょうな」

「なんと、山本道鬼斎？」

家康は口をあけ、庭上の忍者を見おろした。

山本道鬼斎、本名勘介《かんすけ》、それは甲軍の帷幄《いあく》にあって、信玄の懐刀《ふところがたな》といわれた、ちんばでめっかちの大軍師であった。その神算鬼謀《しんさんきぼう》には、今川、上杉、北条など、勘介ときけばそれだけで魅入られたようになるほど悩まされたものだ。ただ、この恐るべき軍師が陣没してから年ひさしく、永禄三年の桶狭間《おけはざま》のいくさ以後独立したといっていい家康は、ほとんどそのうわさをきいたこともない。

「山本勘介は永禄四年川中島の合戦中討死したときいておるぞ。年はたしか六十一か二であった。それから十二年もたつ。勘介がいかがしたか」

「その怪しの僧どもが、快川、徳本とともに三方ケ原をすぎる際、ひとりの僧が、これが家康を討ちもらした三方ケ原か。わしがおれば、やわかのがしはせなんだに――。とつぶやいて笑ったそうにござる。ほかの僧にはおそらくきこえなんだほどのひとりごとでござりましたが、それをここにおる塔《とう》ケ沢監物《さわけんもつ》めが草の中できききました。そして、この監物は、その声こそ忘れもせぬ山本道鬼斎の声であったと申すのでござる。監物がそのむかし今川家の乱波《らっぱ》であったころ、甲斐に忍び入って、いちど道鬼斎の声をきいたそうにござります。のみならず、その僧はちんばをひいていたそうにござります」

「そりゃまことか、半蔵」

家康は息をのんで見下した。庭前の黒影がひとつ、ひくく叩頭《こうとう》した。塔ケ沢監物という忍者に相違ない。

彼らはすべて伊賀の忍法者であった。

古来、伊賀甲賀は忍者の特産地であった。その精妙のわざは、もとより戦国の群雄の注目し、利用するところとなった。間諜、流言、放火、刺客——彼らの特技は余人のまねることのできないものであったが、いかんながらそれは個人的活躍であった。彼らに統一はなく、ばらばらで、なかにはこの技《わざ》ひとつで乱世を渡りあるくことに快をおぼえ、それを誇る者すらあった。ただ家康のみが、これを集団として組織的に使用するという着想をいだいた。そして、この着想のしんになったのが、伊賀の名家服部半蔵《はっとりはんぞう》である。

「寛政重修諸家譜《かんせいちょうしゅうしょかふ》」によると「平氏にして葛原《かつらはら》親王の後胤《こういん》伊賀平内左衛門家長《いえなが》が末孫なり。家長伊賀国阿拝郡《いがのくにあへごおり》服部郷《ごう》を領し、子孫服部をもって家号とす」とあり、半蔵の父の時代から三河にきて松平家に仕えたとか、半蔵も、「父についで東照君につかえたてまつり、三河国西郡《にしごおり》宇土城夜討ちのとき、半蔵十六歳にして伊賀の忍びのもの六、七十人をひきいて城内に忍び入り、戦功をはげます」とか、「武田の間者竹庵《かんじゃちくあん》といえるものを討ちとめ、彼が携えるところの相州広正《そうしゅうひろまさ》の懐剣を賜う」とかいう記録がある。

また、「伊賀者大由緒記《だいゆいしょき》」によると、

「永禄九年信長公に属すべき旨命《むねめい》あれどもうけがわず、これによって信長公伊賀国へ発向あり。このとき伊賀勢のうち何某心変りして敵勢をひきこみ城中に放火し、服部のものどもことごとく敗走し多く戦死す。そのうち離散するもの三河へ七、八十人、服部半蔵はかねて権現様へ御好身《おんよしみ》あるによって、三河へ蟄居《ちっきょ》す」とあって、半蔵の時代から徳川家につかえたことになっている。

いずれにせよ、家康がはやくから服部一族および伊賀者に特に注目し、これを召しかかえてその特技を利用していたことに変りはない。——そしていま、武田のふしぎな滞陣の意味を、首領半蔵以下十人の伊賀者に命じてさぐらせ、その報告をきいているのであった。

山本勘介が生きているのではないか——この報告をきいて、家康の背をえたいのしれぬぶきみな冷気が這った。

「道鬼斎が生きておるとするならば——きゃつが、この十二年間、なにゆえ信玄の軍中から消息を絶っておったのか？」

「されば、拙者どももあまりに妖《あや》しきことと存じ、一応殿の御判断をあおぎたく、まかりかえった次第にござります」

「おれに、なんの思案があるものか」

家康はなおくびをひねったままであったが、ふいにきっとなった。

「半蔵、この謎をつきとめよ。謎は三つある。信玄病めりや、それがひとつ。山本道鬼斎存生《ぞんじょう》せりや、それがふたつ。さらに、その五人の奇怪な僧は何者にて、なんのため甲州より到来せるか、それが三つ。――」

「――承ってござる」

「死ね」

「はっ」

「死すとも、この謎はつきとめよ」

家康は薄明のなかに、庭上にうずくまる九つの黒衣の男を見わたした。その中の一人は、肩に梟《ふくろう》を一匹とまらせている。夜があけかかってきたのに、それらの影が、だんだんとおぼろに薄れかかってくる感じなのが奇怪であった。

「半蔵、そちの配下九人の名をきいておこう」

半蔵が頭《こうべ》をめぐらして、うながした。九人の伊賀者はつぎつぎにひくい声で名乗った。

「御所満五郎《ごしょまんごろう》にござります」

「黄母衣内記《きぼろないき》でござる」

「蟬丸右近《せみまるうこん》」

「墨坂《すみさか》又太郎で」

「漆戸《うるしど》銀平次」

「箙《えびら》陣兵衛」

「六字《ろくじ》花麿《はなまろ》でござる」

「虚栗《みなしぐり》七太夫と申す」

「塔ケ沢監物でござりまする」

そのとき、廻り縁をあわただしい足音がはしってきて、小姓がひとり手をつかえた。

「殿……殿! ただいま伝騎が参りました。甲州軍がうごきはじめたそうでござりますぞ」

「なに、いずれへ。——」

「西へ。——三河の野田城の方《かた》へ」

野田城もまた家康の部将菅沼《すがぬま》新八郎定盈《さだみつ》のまもるところであった。信玄はふたたび行動を起したのである。彼が病んでいるというのはまことであるか。

家康がきっとして庭上をかえりみたとき、そこにあった十の黒影は、霜のごとく消えていた。事実、そこには霜のとけた黒い土が、十の円座のごとく残っているばかりであった。

四

一月七日、刑部《おさかべ》の陣をはらった甲州軍は三河に入り、二十四日、野田城を囲んだ。この攻撃は、悠々としているといえばそうみえたし、緩慢《かんまん》であるといえば、そうみえた。武田軍は金山《かなやま》掘りの工兵隊をつかって水道を絶ち、そのために野田城が陥落《かんらく》したのは二月のなかばだったのである。武田軍の上には何やら憂わしい、暗い雲がかかっているようであった。しかし一方では、西に織田、東に徳川をひかえて、一指もさせぬこの攻城戦は、相手をなめきって落ちつきはらっているようにもみえた。そして甲軍は、城を攻めおとしたのち、またも野田からうごかなくなってしまった。二月から三月へ、さらに春も逝こうとする四月に入っても。——

信玄はほんとうに病んでいた。肺結核であった。

信玄の死について、よく人に知られている説がある。徳川方の菅沼家譜《すがぬまかふ》にみられる話だ。

「——このとき伊勢国山田の住人村松芳休《ほうきゅう》というものこの城にこもる。芳休笛をよくして、夜毎にふく声の妙《たえ》なりしかば、敵これに感じ、しばしば城辺に近よりけるを、二月九日の夜鳥居三左衛門これをうかがいて鉄砲をはなちたりしに、敵陣大いに騒擾《そうじょう》す。……これより信玄は野田をしりぞき、癰腫《ようしゅ》をやみて没す。これさきに鳥居がうちたる鉄砲にあたり、その疵《きず》よりこの病を発せしところなりとぞ」

これについて、武田方の「甲陽軍鑑《こうようぐんかん》」は、それはうそだといっている。「信玄公野田の城を攻むるとて、鉄砲にあたり死に給うと沙汰つかまつる。みな虚言なり、そうべつ、武士の取あいに、弱き方より、かならずうそを申し候」

実際信玄は肺をわずらっていたのであった。そもそもこんどの西上そのものが、おのれのからだに不安をおぼえた信玄が、死の予感にせかれての出陣であったのだ。「おいそぎあれや日は武田殿」その声は彼自身の内部からの声でもあった。

「疾《ハヤ》キコト風ノ如シ」という孫子《そんし》の旗を陣頭にかかげた無双の甲州騎兵軍団が、三方ケ原で徳川軍を殲滅するまで三か月ちかくをついやし、それ以後刑部で越年し、また野田城で春を迎えて送った理由はこれであった。武田二万七千の士馬は、敵よりも、日毎に衰えゆく御屋形《おやかた》様の顔色をうかがいつつたたかっていたのだ。

信玄は、一子勝頼に一万をあずけて家康を抑《おさ》えしめ、山県昌景《まさかげ》をして野田城を守らしめて、みずからは残りの部隊をひきいて、三月、鳳来寺山《ほうらいじさん》に移って病を養っていたが、ついに起つあたわざることを自覚すると、信濃《しなの》の駒場《こまんば》までひいていた。ときはすでに四月に入り、山峡は青葉というより青嵐《あおあらし》の中にあったが、粛々たる甲軍の旌旗《せいき》にひかりはなかった。

そして、兵団が駒場にとどまるとまもなく、かなしげにいななく馬に鞭うちつつ、数騎、弾丸のごとく南方へ駈けていったのである。前線にある勝頼に、御屋形様の病のあらたまったことをつたえる使者であった。

「甲陽軍鑑」には、「四月十一日未《ひつじ》の刻《こく》（午後二時ごろ）より、信玄公、御気あしく御座候て、おん脈ことのほかはやく候。また十二日の夜、亥《い》の刻（午後十時ごろ）口中にはくさ出来《でき》、おん歯五ツ六ツぬけ、それよりしだいに弱り給う」とある。はくさとは舌《ぜっ》苔《たい》のことでもあろうか。

武田四郎勝頼が悍馬《かんば》に泡をかませて駒場についたのは、満月ちかい春の月が山峡の空にかかる四月十二日の夜ふけのことであった。

五

駒場は、いまの下伊那郡会地《おうち》村だ。信濃坂の下のわびしい寒村だが、北の飯田から三里、山峡の道はここで三河路と美濃路にわかれる。そのため、平安朝のころは多数の駅馬をおいた宿場であったので、駒場と呼ばれるようになったのであろう。そのころ、伝教《でんぎょう》大師が衆生化導《しゅじょうけどう》のためにここを旅したとき、ふたつの寺を建てていった。

まさか、そのときの寺ではあるまいが、山門もくずれ、柱も蝕《むしく》われて、荒れはてた長岳寺という無住の寺が、風雲の老竜信玄の最後の陣営となった。

その寺をめぐり、山門の下の、森々《しんしん》たる檜林の中に、また阿智川の流れのほとりに、数をもしれぬ武者たちが、首うなだれて佇立《ちょりつ》していた。林立する長槍は、蒼い月光にぬれて氷柱《つらら》のようにうごかない。いや、万余の将兵すべてが凍りついたようであった。

「四郎勝頼様、御参着。——」

「若大将が参られたぞ」

「そこどけい」

前線から馬をとばし、信濃の山道をひた走りにかけてくるあいだに、従兵のほとんどはおくれ、勝頼をまもっているのは、いま七、八騎のみであった。彼らは武者たちを穂すすきのようにわけて通った。

山門に馬をつなぐと、彼らは寺の中にかけこんでいった。

「父上！　父上はまだ御存生《ごぞんじょう》でおわすか」

絶叫して本堂にはせのぼった勝頼は、はたとそこに立ちすくんだ。

本堂には須弥壇《しゅみだん》はなかった。一体の仏もなかった。数か所に武者が松明《たいまつ》をささげて侍《じ》立《りっ》している。そのゆらめく赤い炎に照らされて、正面にずらりとならんでいるのは、八人の父信玄ではなかったか。

まさに信玄は八人いる。凄じい蜘蛛《くも》の巣を背景に、八人の信玄は、いずれも雪のような純白の唐牛《からうし》の毛をつけた諏訪《すわ》法性《ほっしょう》の兜《かぶと》をつけ、鎧《よろい》の上に法衣をまとい、寂然《じゃくねん》として牀《しょう》几《ぎ》に腰をうちかけているのであった。


信玄が影武者をつかっていたことは有名だ。信玄は法体《ほったい》であったから、したがって影武者もまた衣《ころも》をまとっている。文字どおり、影法師とはこのことであろう。

戦国のならいとして、影武者をもっている武将はほかにも多かったであろうに、信玄のそれのみ伝説的に残っているということは、彼がいかに効果的に影武者をつかっていたかということを示す。当時からこのことは諸国にきこえ、戦闘中、相手を惑乱させたらしい。あの川中島の決戦に、魔風のごとく一騎はせよって信玄に斬りかかった上杉謙信が、流星光底長蛇を逸したのも、この影武者に惑わされたのだという話がある。――すなわち、「甲陽軍鑑」に曰く、

「川中島合戦の様体《ようだい》を、のちに謙信家老衆とせんさくつかまつられ申さるるは、信玄とは大方見つれども、信玄謀《はかり》ごとある人にて、法師武者を大勢したておかれ候ときく。もしただの侍と組み、いけどられては如何と思い、馬よりおりて信玄と手を取りあわせ組

み伏せざること口おしき、と申され候」

――もとより勝頼は、父の影法師を知っている。それは六人いるはずであった。そのうち二人は、このたびの出陣にははじめから加わっている。そしてあとの四人は、快川国師と甲斐の徳本とともに、去る一月、刑部《おさかべ》に着陣した。そのうえ、もうひとりの人物が、どういうつもりか影法師の影法師然として、それにまじってやってきた。そのことも無論承知している。

ただ勝頼が啞然《あぜん》としたのは、その影法師すべてが、妖しき祭典をとり行う僧正のごとく、そこにずらりと居ながれていることであった。影法師の数は知っていたが、そのことごとくがこんな風に勢ぞろいしたのを、勝頼はみたことはなかった。それは影法師と知っていても、何とも名状しがたいうすきみわるい光景であった。

勝頼がたちすくんだのは、しかし一瞬だ。兜をまぶかにかぶり、鎧に法衣をつけた信玄は八人いる。むろん、まことの父もその中にまじっているのだ。見わたすまでもなく、どれが父かはすぐわかる。甲斐の徳本がその足もとにうずくまって、じっと手頸《てくび》の脈をとっている左から三番目の法師武者がそれであった。

「父上」

勝頼はさけんで、その方へかけよろうとした。

「おん病《やまい》、癒《い》えてござりますか」

「御屋形には程のう入寂なされようとしてござる」

その勝頼の腕をしかととらえたものがあった。手前に、信玄とむかいあって、やはり牀几にうちかけている、紫衣《しい》金襴《きんらん》、白髯の老僧であった。恵林寺の快川国師である。

「待ちかねておった。四郎どの。間におうたはみ仏《ほとけ》のおん加護。……ただ、もはや、心ゆくまでおん父子の御哀別をゆるしまいらせることはできぬ。御屋形は、いま戦国の大武将として往生なされようとしておる」

森厳な声であった。

気がつけば、その足下の床《ゆか》に、黒ぐろと十数人の鎧《よろい》武者たちが、両腕をつき、くびをたれている。武田逍遙軒《しょうようけん》、武田左《さ》馬頭《まのかみ》、穴山梅雪《あなやまばいせつ》、馬場美濃守、内藤修理、高坂弾正《こうさかだんじょう》、小山田出羽守、土屋右衛門、原隼人助《はやとのすけ》、真田源太左衛門、跡部《あとべ》大炊助《おおいのすけ》、長坂長閑斎《ちょうかんさい》ら、いわゆる武田の二十四宿将たちであった。

快川はいった。

「心をおちつけて、御遺言をきかれい」

勝頼は、がばと膝をついた。

一子勝頼をみても、信玄はわずかに兜の白毛をうごかせて、うなずいただけであった。

「――信玄存生《ぞんじょう》ならば」

地の底からわき出るような声であった。

「明日にも都へのぼるものを。――家康、信長は果報《かほう》つよき奴、思えば、そのように果報つよき者どもを隣りにしたが、わが命をちぢめるもとと相なったものらしい。いや、そうでない、信玄が信長家康と武辺対々ならば、これほどはやく命をちぢめなんだであろうが、弓矢にかけては家康信長両人かかっても信玄の相手にはなりがたいゆえ、天道果報を秤《はか》って、信玄を殺されるものと見える。――」

この期《ご》におよんで、なお絶大な自信を失わぬ言葉であった。しかし、語韻は陰々としずんで、すでに死相をおびていた。

いままでふかい兜のひさしが松明《たいまつ》をさえぎって気がつかなかったが、他の影武者はことごとく顔に黒い紗《しゃ》を垂れていることに勝頼は気がついた。ただ、本物の信玄だけはそんな覆いをつけてはいない。が、それにもかかわらず、その顔は、やはり紗をかけているように黒ずんでいた。死の翳《かげ》であった。

「きけ、四郎」

「はっ」

「信玄死すとも、喪《も》を秘せよ」

「父上」

「弔《とむら》いは無用。ただ今日より三年目の四月十二日、信玄の遺骸に鎧をつけて、ひそかに諏訪の湖《うみ》に沈めよ。……それまでは、信玄わずらうともいまだ存生のていに他国にみせるのじゃ」

死の翳のなかで、信玄の眼が白く爛とひかった。思いがけぬ言葉に、勝頼のみならず、みな、ざわざわと動揺した。

「なぜならば、四郎よ、いまのおまえではまだ甲斐をまもりきれぬ。信玄さえ生きてありと思わせれば、他国より甲斐に手をかける者は一人《にん》もない。ただ信玄におのれの国をとられぬように、兢々《きょうきょう》として用心するばかりじゃ。されば、いまより三年目の四月十二日まで、われ死したるを隠して国を鎮《しず》め、そのあいだに、勝頼、おまえがまことに第二の信玄となるようにつとめるのじゃ。よいか。――」

信玄の言葉を奇怪として、動揺したのは一瞬であった。すぐに宿将たちは、この遺言のきわめて妥当であることを容認して、みなうなずいた。死にゆく英雄の自負は彼らを圧倒し、そして死後までも彼らを巨大な力で覆おうとしていた。

「そのためには、この七人のわが影法師をつかえ。衆人の眼にふれるとき、また他国の使者を引見するときは、この影武者をたてるのじゃ」

そのとき、一番右端の影法師がわずかにふりむいた。うしろに松明をかかげて侍立する若い武士に何かささやいたようだが、ほかの者にはきこえなかった。若い武者は、音もなく本堂の壁づたいにあるいてきた。

信玄の言葉はつづく。――

「なおまた、五年前、身に病変をおぼえてより、いつの日かこのようなこともあろうと思うて、わしが名前、花押《かおう》をおしたる紙、八百枚を躑躅《つつじ》ケ崎《さき》の館《やかた》に残してある。わが軍令、他国への返札《へんさつ》にはその紙をつかえ」

勝頼も武将たちも、信玄のおどろくべき周到さに、ただ息をのむばかりであった。

そのとき、勝頼のすぐうしろにやってきた若い武者は、勝頼に従ってやってきて、そこに両腕をついている武者のひとりの兜をぐいとひきあげた。間髪をいれず、片手の松明を、その男の面頰《めんぼお》におしつけたのである。火の粉《こ》と悲鳴があがった。

「源五郎、何をいたす」

ふりかえって、勝頼はさけんだ。

この乱暴な行為に出たのは、武田宿将のひとり真田源太左衛門信綱の弟源五郎昌幸《まさゆき》であったが、焼けおちた面頰の奥の顔をみるなり、勝頼の制止もよそに、そのままぬく手もみせず陣刀を一閃させて、その男を斬り下げたのである。

「どこで入れかわったか。――」

つぶやいたのは、一番右端の影法師であった。

「御覧あれ、勝頼さま、それは武田の侍ではござらぬ。勘介の眼に狂いはない。そやつは、かつて今川家に乱波《らっぱ》としてつかえておった塔ケ沢監物と申す奴、おそらく今は徳川の忍び者となっておる奴に相違ない」

宿将たちは総立ちになった。それはこの意外な潜入者におどろいたためではなかった。このとき、信玄が、がくと牀几《しょうぎ》からくずれおちたからである。

「殿！ 殿！」

はしりよる武将たちのうしろで、快川国師ひとりのみががっしりと立って、数珠《じゅず》をからませた両掌《りょうて》を組んでいた。

「南無。――」

「三郎兵衛」

と、信玄はいった。野田城を守って、ここにはおらぬ山県三郎兵衛昌景《まさかげ》を呼んだところをみると、これはすでにうわごとであった。

「明日は瀬田《せた》に風林火山の旗をたてよ」

それが、なお西へ天翔《あまが》ける風雲を夢みる信玄の、最後の言葉であった。

碧落《へきらく》の秋、陣貝《じんがい》の音を天地に鳴りどよませて出陣していった二万七千の甲軍の精兵は、はやさみだれとみえる陰雨の一夜、蹄《ひづめ》の音も泥濘にしずめて甲府にかえってきた。信玄が病んだゆえの作戦中止であるという知らせは、すでに甲府の人々にもきこえていたから、彼らは雨の中に立って、不安と祈りをこめた眼で信玄の姿を求めた。

闇と雨のなかに、はっきりとはみえなかったが、蕭々と馬上にゆられてゆく特徴のある法衣と白毛の兜の影をみて、「案ずるほどでない。御屋形さまは御健在だ」という声と、「うなだれて、お姿に力なく、ひどく弱っておいでなさる」という声が半ばした。

そして、諸国の噂もまた諸説紛々であった。信玄死せり。その情報は、はやくも四月二十五日、飛騨《ひだ》の一城主の家臣が上杉の家臣にあてた書状にあらわれている。「信玄は甲州に馬をかえしたが、これは病気ということであるが、また死去したとも風聞している。何とも不審なことである」というのである。謙信が湯漬の箸をとりおとして、好敵手の死を哀悼したというのはこのときだ。信長もまた九月七日付の書状で、同様のことを毛利輝元らに報告している。

甲斐をとりまく群雄の眼は、疑心暗鬼に異様なひかりをはなった。が、信玄が病んでいることはほぼたしかにしても、果して死去したかどうか、ということになると確信がなかったのは、これらの文面や日付で想像される。

信玄の死！　それは彼らすべての夢想であるだけに、かえって彼らはそう信じることを恐れたのだ。信玄は幻怪ともいえる兵法をめぐらす男であるというのが彼らの先入観であり、もし事実病んでいるとしても、この蛟竜《こうりょう》がふたたび雲をまいて起つ日がある可能性がすこしでもあるならば、容易に甲斐には手が出せないのであった。

――信玄死せりや？

象陣篇

一

南の御坂《みさか》山脈の上の富士が碧《あお》あおとかすんでみえる。北と西の釜無《かまなし》、白根、赤石の大山塊、東の秩父連嶺などは、まるで青い波濤のようだ。甲府盆地は、この山脈の波濤につつまれた巨大な渦の底に似ている。

そして、大自然の緑の讃歌《さんか》に合奏して、盆地も生産の歌声をあげていた。どこへいっても、このごろは若い娘の桑摘歌《くわつみうた》がきこえる。子供たちが、桑の実に唇をむらさき色にそめて麦笛を吹いている。甲府の平野は、ただ歌声と笑いにみちた桃源境《とうげんきょう》のようであった。これが、鞭《むち》ひとたびあがれば天下を震撼《しんかん》させる勇将信玄の国だとは、この平和な風景をみるかぎりでは、だれが想像するであろう。——この国は四周を大山脈にまもられているのみならず、その山々のいたるところ、みごとに配置された砦《とりで》や物見の甲州兵の鉄壁にまもられていた。

「他国には一揆《き》を企《くわだ》つるものあれど、信玄一代のあいだ、手に入れたる国民《くにたみ》の二度叛《そむ》きたること、ついになかりき」と「武将感状記《ぶしょうかんじょうき》」にある。甲州の民は、山脈よりも兵よりも、信玄そのひとを信じきっていた。

そして信玄もまた一代のあいだ、じぶんの居城というものをもたなかった。

「人は城、人は石垣、人は堀、なさけは味方、あだは敵なり」という有名な彼の歌のとおり、彼自身、甲府の北方の躑躅《つつじ》ケ崎《さき》に、ただ濠《ほり》をめぐらしたのみの、防備力のほとんどないにひとしい館《やかた》に住んでいた。

ただ、そのまわりは、太陽をかこむ群星のごとく、一門衆や宿将たちの屋敷にかこまれている。躑躅ケ崎という名があらわすように、このあいだまで地が紅《くれない》にそまったかと思われるほどの躑躅の花に彩《いろど》られていたこの屋敷町も、ただ青葉のみに埋められた六月のある夕ぐれ、そのひとつの屋敷で、鉄砲の音がきこえた。

一発ではない。断続して十数発におよぶ銃声である。――もっとも、これはその日にかぎらない。毎日、この時刻になると、その真田《さなだ》屋敷から種子島《たねがしま》の音がきこえる。

「源五郎め、またやっておるな」

まわりの屋敷では、そう微笑するものもあれば、

「甲州の侍が南蛮渡来の飛道具にうつつをぬかすとは。――」

と、にがにがしげに長嘆《ちょうたん》するものもあった。

「よし！」

「折敷《おりしき》」の姿勢から、鉄砲を射った反動で、肌ぬぎの若い肩をうしろへはねた真田源五

郎はさけんだ。

庭の三百歩ばかり彼方《かなた》の築山《つきやま》にたてた標的のまんなかに、ぱっと穴があいたのだ。源五郎のうしろに立っていた八つと七つばかりのふたりの子供がとびあがった。

「父上、中《あた》った！　七つめに中った！」

小さい方が手をたたいてさけぶ。七発目に命中したという意味だ。大きい方が、もっともらしくうなずいていう。

「きのうは十《とい》めだった。だんだんうまくなる」

若い父親は、子供のあたまをなでながら、それでもうれしそうに笑ってふりかえった。

「天兵衛《てんべえ》、地兵衛《ちへえ》、どうじゃ」

赤い夕日をさえぎる数本の椎《しい》の木陰にすわっていたふたりの男は、どちらも返事をしないで、にやにや笑った。灰色のきものをきた男たちで、ひとりは小柄ながら達磨《だるま》みたいにまんまるく肥り、ひとりは胡瓜《きゅうり》のようにひょろりとやせて背がたかいが、なぜかその姿や、のんびりした眼鼻だちは、よく眼をこらさなければはっきりしないような印象がある。

「南蛮人は恐ろしいものを創《つく》り出す。日本人は弓なら弓、刀術ならば刀術、いまあるものは名人芸の域に達するが、このようにとびはなれたものを生み出す能がないの」

ふたりはまたにやにやと笑った。どこかひとを小馬鹿にしたような笑いは、両人の天性の顔つきにもよるが、またそれぞれ父祖の代から真田家につかえて、そのうえこの若君の源五郎昌幸《まさゆき》とは血のかようような親密な間柄であることにもよった。それは知っているが、鉄砲にうちこんでいるだけに、寛闊《かんかつ》な源五郎もむきになった。

「甲州の騎馬陣ももう古い。いわんや、おまえらの忍法をや」

「うふ、ふふ」

ふたりは、ついに声をたてて笑った。ふとった方を猿飛天兵衛《さるとびてんべえ》といい、ひょろりとした方を霧隠地兵衛《きりがくれちへえ》という。小馬鹿にしたような笑いの最大の理由は、彼らの自信にあったのである。彼らはまた父祖代々の忍者でもあった。

「ははあ、まだ笑いおるな。……ならば、よし」

ふいに源五郎は、銃口をぐるりとまわして、両人の方へさしむけた。しゃべりながら、源五郎がまた新しい弾をこめていたのは、もういちど標的を射つためであったが、このふたりの家来のうす笑いが小面にくくなって、ちょっとおどしてやりたくなったのだ。

「これでも、おまえら、こわくはないか」

竜頭《りゅうず》のみぞにはさみこんだ火縄はまだくすぼりつづけていた。ひきがねをひけば、弾機《ばね》がこの火縄を火皿《ひざら》にうちつけ、筒のなかの火薬に引火して弾がとび出す。

しかし、すわりこんだ猿飛天兵衛と霧隠地兵衛はのどかに笑った。

「拙者どもなら、大丈夫です」

源五郎の顔に、何かが走ったようであった。むろん、愛するこの家来のどちらをも射つ気はない。肩をならべた両人の顔のあいだから、うしろの椎の木に弾をうちこんで、その心胆《しんたん》を寒からしめてやろうと思ったのである。このごろ毎日練習をくりかえしている源五郎には、それくらいの鉄砲という武器と、じぶんの腕に対する自信はあった。

「うぬらより、おれを信じろ！」

源五郎は、ひきがねをひいた。つぎの瞬間、彼の心胆を寒からしめたのは、轟然《ごうぜん》たる銃声よりも、わっとあがった子供の泣き声であった。

源五郎は鉄砲をほうり出し、身の毛をよだてて立ちすくんだ。眼前に、肩をならべて泣いているのは愛児の小太郎とお弁丸《べんまる》であった。椎の木の下に立っていたのはふたりの子供で、ふたりの子供の立っていた位置には、猿飛天兵衛と霧隠地兵衛が、何ごとも起らなかったかのごとく、うす笑いして坐っていた。猿飛がいった。

「若さまのおん腕を信ずればこそです」

弾の穴は、子供の顔のあいだの椎の幹《みき》にあいていた。子供たちのうしろにも椎の木はあったのである。しかし、じぶんはたしかに銃口を家来の方にむけていたのに。——猿飛と霧隠の忍法をとくと知っているはずの源五郎も、茫然たらざるを得ないふしぎさであった。霧隠がいった。

「いかにも、鉄砲に中《あた》れば、忍者も死にます。しかし、それが中らんのでござる」

そのとき庭のむこうから、源五郎の妻の呉葉《くれは》が、ころがるように走ってきた。子供のただならぬ泣声にびっくりしてかけ出してきたらしい。

「鉄砲が中《あた》ったのではござりませぬか」

あえぐようにいって、ひしと子供を両わきにかかえこむ。

「中りはせぬ。おどろいたのだ。……これ、真田の悴《せがれ》が、鉄砲が面《つら》をかすめたくらいで泣きわめくとはなんだ」

源五郎はどなりつけたが、これはてれかくしであった。

「えっ、鉄砲が顔をかすめた？　まあ、あなたは、鉄砲を子供にむけておはなしになったのですか。気でも狂われたのでございますか」

「なに、胆《きも》だめしをしてみたのだ」

若い妻はきっとしていった。

「このような幼いころの胆だめしは胆だめしになりませぬ。かえって、ものにおびえる心をつくります」

なよやかに美しいが、凛然《りんぜん》たる気品もある。叱られて源五郎は、ぺこりとあたまをさげてしまった。

武田家の若手のうち、奔放無比《ほんぽうむひ》の快男児として自他ともにゆるす真田源五郎が、実はこの妻だけにはあたまがあがらない。それも妻の父が、京の公卿《くげ》中の名家菊亭晴季《きくていはるすえ》だからということではなく、たとえ晴季卿にとくに見こまれたとはいえ、またいかに戦国の世とはいえ、堂上《どうじょう》の姫君の身をもってわずか十六歳で甲斐《かい》の荒武者の妻となり、それ以来夫と子供に全身全霊をあげている呉葉そのものの人柄に、かぎりないいとおしさをいだいているからであった。

「母上、父上をお叱りになってはいやです」

急に泣きやんだ七つのお弁丸が、母の右手をひく。

「鉄砲にびっくりしたわたしたちが弱虫でした。父上のおっしゃるとおりです」

八つの小太郎が、母の左手をゆさぶる。――天兵衛と地兵衛は狼狽《ろうばい》して、あたまを地にすりつけた。

「いや、これは大しくじり。鉄砲が気にくわないとはいいながら大人げもないいたずらをして、わるいのはこの天兵衛めと地兵衛めで。――」

「いやいや、やっぱりおれがいちばんわるかった」

あたまをかく源五郎をみて、呉葉はとうとう美しい歯をみせて笑い出してしまった。

そのとき、母屋《おもや》の方から、またふたつの人影があらわれた。ひとりは源五郎の兄で、この屋敷の当主源太左衛門信綱《げんたざえもんのぶつな》だが、もうひとりは僧である。

夕日にながい影をひいてちかづいてくるその僧は、面《おもて》を白い袈裟頭巾《けさずきん》でつつんでいたが、その眼は黒い紗《しゃ》で覆《おお》われていた。

二

この屋敷は、武田家の侍大将真田弾正忠幸隆《だんじょうのちゅうゆきたか》のものであったが、幸隆は一徳斎《とくさい》と号して隠居し、いまの当主はこの源太佐衛門信綱であった。父子ともに、信玄麾下《きか》の勇将として、関東信濃越後一円にきこえた人物である。

弟の源五郎昌幸は、いわゆる部屋住という身分だが、信玄の小姓として仕え、屋敷の一画に別棟《べつむね》をかまえて、妻子とともに住んでいる。

彼は、兄よりも、その覆面の法師におじぎしたが、顔に不審のいろがあった。

彼は法師の正体を感づいたが、その法師がなんの用あって兄を訪れてきたのか知らなかったし、またいま両人うちそろってここにやってきた理由も判断がつきかねた。

何か容易ならぬ用件があると知って、妻の呉葉は会釈《えしやく》して、ふたりの子供をつれて去った。つづいて、天兵衛と地兵衛も平伏してから立ちあがると、遠い源太左衛門の方から声をかけてきた。

「そこにおるのは、猿飛と霧隠であろう。そちたちは、そこにおれ」

天兵衛と地兵衛もけげんな表情でうずくまる。

そばにきて、まず話しかけたのは、覆面の僧であった。

「次男坊、腕があがったか」

覆面の顔が鉄砲にむけられているのをみて、源五郎は微笑してくびをふった。

「なかなか」

「武田家きっての兵法者といわれたそなたが、先ごろの三河陣よりかえってから、急に鉄砲の修業に精を出しはじめたのは何か思うところあってか」

「いや、これは三方ケ原《みかたはら》で織田軍が遺棄《いき》していったものを拾ったので、いささか興をおぼえてなぐさんでいるだけです。——しかし」

「なんじゃ」

「源五郎は漠然とながら、これからのいくさは兵法よりもこの新しい異国の武器が死命を制するような気がしてなりませぬ」

「おれは、そう思わぬ」

と兄の源太左衛門はくびをふった。

「もとより、鉄砲は恐るべき武器だ。しかし、このままではいくさの役にたたぬ。雨がふれば、火縄がぬれてつかえぬし、夜であれば所在がわかる。暴発はするし、命中率《りつ》はあてにはならぬ。——」

これは、ふだんから弟の源五郎とよく論争していることだ。それだけにことあらためて力説することもないはずなのに、寡黙《かもく》な源太左衛門がむきになっていうのは、むしろかたわらの僧にきかせる心算《つもり》らしいと源五郎はきいた。

頭巾のあいだを、さらに黒い紗《しゃ》に覆われた僧の表情はわからない。源太左衛門はさらにいう。

「実をいうと、鉄砲の威力を最初にみとめて、これを大がかりにいくさにつかおうとされた大大名は、わが信玄公であらせられたという。その信玄公がおすてなされたのだ。鉄砲は一発であたらぬものだ。が、二発目をこめるのにこう手間《てま》ひまがかかっては、そのあいだに相手の馬に蹂躪《じゅうりん》される。——さればによって、わが甲州軍では、鉄砲隊とは名ばかりで、依然として騎馬隊を主力となされたのだ」

「わたしも甲州にある昔ながらの鉄砲は存じております。しかし、あれと、これとはちがう。操作も命中率も射程距離もちがう。かかる武器は、武器そのものが日進月歩するものです。ごらんなされ、この鉄砲を。——」

「その鉄砲をもった敵が、三方ケ原でわが甲軍の騎馬隊に蛙《かえる》のごとくふみつぶされたのはわずか半年ばかりまえのことではないか」

と、源太左衛門は、鉄砲に眼もくれずにいった。

「源五郎、左様なあてにならぬおもちゃに気をうばわれるな。天下に名だたる甲軍の騎兵を信じろ」

「……わたしは、その甲軍の馬が、武田の家のいのちとりになるような気がします」

源五郎はなお屈せずにつぶやいた。こんな不吉なことをずばりという男は、真田源五郎をおいてはほかにない。

――ついでだからいう。精強無比の甲州の騎兵軍団が長篠《ながしの》において、織田徳川の銃隊のために潰滅《かいめつ》したのは、それから数年後のことであった。怒濤《どとう》のごとく疾駆《しっく》する甲軍のまえに、信長は三千梃《ちょう》の鉄砲を数列にならべて、とりかえひきかえ射ちはなし、勇名をうたわれた武田宿将の大半をふくむ一万の精兵を虫のごとくに殺し去ったのだ。そのおびただしい戦死者のなかに、馬場美濃守、内藤修理、土屋右衛門、山県《やまがた》三郎兵衛らにまじって、この真田源太左衛門自身の名もあったのである。――

この兄弟の争いを、僧は黒い紗のかげでだまってきいていた。やおら、手をあげていった。

「源五郎の申すことはよくわかる」

源太左衛門が何かいおうとしたとき、僧はさらにつづけた。

「さりながら、天運と地の利が、甲州に味方せぬのだなあ。もし甲州に港があり、五年の泰平がつづけば、鉄砲を数千梃仕入れ、とっくりとわしが仕込むのだが」

そして、そのつぎに、ぼんやりときいていた猿飛天兵衛と霧隠地兵衛を大地からとびあがらせるようなことを、僧はいった。

「とくに信玄公亡きいまにおいては」

愕然《がくぜん》としたのは、真田兄弟もそうであった。もとよりふたりは信玄の死を知っている。その大秘事を知っているのは、当時信濃駒場《こまんば》の陣営にあった勝頼、宿将、そして数人の侍臣だけで、やがて影武者のひとりが病める信玄に扮して馬にのり、信玄の遺骨は鎧櫃《よろいびつ》におさめて甲府にかえってきたので、民はもとより軍のだれもが、ただ「御屋形《おやかた》病み給う」とばかり信じていたのだ。

愛する天兵衛、地兵衛にもそのことを秘していた真田兄弟だから、そのまえでいまこの事実をこともなげにうちあけた僧の言葉に狼狽し、その心事をいぶかしんだのは当然であった。

「こと急におよんでは、人はありあわせの、手練《てだ》れのものをもってふせぐしかない。みよ、わが武田家の異変をうすうす感づいた家康は、さきごろも駿河に入って、わが出城《でじろ》にちょっかいをかけおったではないか」

と、僧はつぶやいた。

「三方ケ原で完勝し、兵をひく理由もないのに兵をひいたのだから、家康がうたがうのはあたりまえだ。いや、家康が駒場《こまんば》の陣にすらはやくも忍者を入れていたところをみると、きゃつ、それ以前から御屋形様のおん病いをうたがっていたのではないかと思われるふしがある。――そして、このごろ駿河にちょっかいをかけておるのも、あれはこちらの様子をたたいて、その反響をきいておるのだ。これをはねかえして、敵に感づかれぬためには、いましばらくは甲州馬にはたらいてもらわねばなるまい。手もとの馬さえ鼻息が細うなっては、甲斐に信玄すでになしと、敵も見ぬくことであろうよ」

「御屋形様は——お死になされたのでござりまするか」

と、霧隠地兵衛が息をひいていった。源太左衛門がはたとそれをにらんだが、僧はくびをふってしずかにいった。

「叱るな、このものどもにたのみのことあって、わしはこの屋敷にやってきたのだ」

「……おれたちに、たのみごととは？」

と、猿飛天兵衛も声をかすれさせる。

「さればよ、御屋形はこの春信濃にて入寂《にゅうじゃく》あそばした。いま病床におつきなされておるのは、あれは影法師じゃ。このことを、いましばらくは、敵に知られてはならぬ。死せる信玄をして、信長、家康、謙信どもをちぢませておかねばならぬ。三年喪《も》を秘せとは、御屋形の遺命であった。……しかるに、このごろその御病床にそくそくと迫る妖気《ようき》がある」

三

「――ほ」

　真田源五郎が顔をあげた。

「妖気とは」

「おそらく、敵の忍者。しかも駒場のことより推《お》して徳川の忍び者に相違ない。家康め、手をつくして御屋形様の御安否をさぐり出そうとしておるのだ。……わしなればこそ、それを感づく。わしが常時御館《おやかた》にあれば怪しきものをちかづけはせぬ。さりながら、みなも知るとおり、そうはまいらぬ。そのうえ、十二、三年も恵林寺《えりんじ》に籠《こも》っておったゆえか、勝頼様とはとんと縁遠うなって、むしろいま以上に勝頼様はわしを遠ざけなさりたいふしも仄《ほの》みえる。あのお方は、いまだ四郎の器量ととのわず、信玄生けるがごとくにして国をまもれという御遺言にすら、どうやら、御不満のていにみえる」

　その点は、真田兄弟にはわからなかったが、血気と自信にみちた四郎勝頼さまならそういうこともあろうとは、充分想像されることであった。

「それゆえ、そのおん影法師を、ひそかに源五郎と天兵衛地兵衛に、敵の忍者からまもってもらいたいのじゃ。わしが思案のあげく、はたと思いついたのは、忍者をふせぐには忍者、そして忍者といえば真田家に知る人ぞ知る猿飛霧隠両人の名であった」

源五郎と猿飛霧隠の眼が、らんとひかってきた。

「信玄さま御存生《ぞんじょう》なりや、御存生ならばその御病状のほどはいかに、と眼を皿のようにして嗅《か》ぎたがっておるものは、たんとある。敵ばかりではない。同盟国たる北条にしても然りじゃ。さきごろ北条家の板部《いたべ》岡江雪斎《おかこうせっさい》が病気見舞いの使者としてやってきたのも、本心は見舞いではあるまい。夜中、屛風《びょうぶ》のなかに影うすうすわってござった影法師どのは、まんまと江雪斎の眼をくらまして追いかえしたが、さてここにちと面倒なことができた」

「何でござる」

と、源五郎は唾《つば》をのみこんだ。

「京の公方様《くぼうさま》からも、ちかく見舞いのお使いが参られるとよ」

京の公方様とは将軍足利義昭《あしかがよしあき》のことだ。義昭は信長の後援のもとに将軍の地位についたが、彼自身もたんげいすべからざる野心家で、なかなかもって信長の傀儡《かいらい》に甘んじているような人物でなく、実は去年信玄上洛の手引きをしたものは彼なのだ。したがって、その使者はひそかながらたびたび甲府をおとずれている。

「公方様のお使者とあれば、夜中《やちゅう》うす暗いところであしらうわけには参るまい。ましてさきほどの密謀がばれて、手ひどく信長から折檻《せっかん》をうけられたとやら、いまや信玄公の生死如何はあちらにとっても御命運の糸につながることじゃ。使者も必死であろう。……されば、それをどうあしらうか、みなみな苦慮した末、公方の御見舞いは勝頼様がうけられ、影法師どのはしばらく下部《しもべ》の隠し湯に身をさけられることに相なった。それはそれとして、下部へゆけば、こんどは徳川の忍び者に狙われ易うなることは否《いな》めぬ。そこで、そなたらにその護衛をたのみたいのじゃ」

僧の声はふいに森厳なものにかわった。

「信玄公いまや亡し。されば、もはや影武者は影武者でない。影武者が討たれることは、信玄公おんみずから討たれさせ給うたこととおなじ結果となる。信玄公を護りたてまつると同様の一心不乱をもって、影法師どのを護ってもらわねばならぬ。……源五郎、きいてくれるか」

「——心得てござる」

源五郎は決然とこたえてふりかえった。天兵衛地兵衛はだまって大きくうなずく。

僧は覆面のかげで、にっと笑ったようである。

「道鬼斎《どうきさい》はそなたらを信ずるぞ」

猿飛と霧隠は、ふたたびとびあがった。彼らはまだこの僧の正体を知らなかったのだ。さっき「十二、三年も恵林寺に籠っておった」云々《うんぬん》という妙な言葉を耳にしたようだから、快川国師に身ぢかいおひとで、館《やかた》の帷幄《いあく》に参じているお方であろうとは推量していたが、まさか、これが川中島で討死した武田家の大軍師山本勘介《かんすけ》入道であろうとは？

十二年前の永禄四年九月、武田軍と上杉軍は信州川中島で雌雄《しゆう》を決せんとした。このとき妻女山《さいじょざん》に陣する謙信に対して、信玄は「啄木鳥《きつつき》の陣法」を採《と》った。すなわちその兵の大半をひそかに迂回《うかい》させて妻女山を夜襲してたたき出し、敵の退路たる川中島に信玄みずから網をはって、一挙に敵を殲滅《せんめつ》しようとしたのである。

しかるにこの企図を看破《かんぱ》した謙信は、敵の夜襲に先んじて全軍をあげて妻女山をくだり、枚《ばい》をふくんで霧の千曲《ちくま》川をおしわたり、突忽《とつこつ》として信玄の本営に突入した。信玄は敵をはからんとしてかえってその不意をつかれたのである。本営そのものの人数は少数であったから、いちじは信玄自身危機に直面したが、甲軍はよく支えて越軍と死闘数刻におよんだ。このとき、妻女山を襲ってはじめてその空陣《からじん》であることに気づいた武田軍は、急遽《きゆうきよ》はせもどって敵の背後をつき、ためにようやく越軍は退去するに至った。

このいくさは、前半は上杉の勝、後半は武田の勝といわれ、この前半の乱戦中に山本勘介は、東福寺村で越軍柿崎和泉守の手のものに討たれたとつたえられたが、それは討死というより自殺にちかいものであったという。なんとなれば、信玄に啄木鳥《きつつき》の戦法を進言したのは、軍師たる彼であったからだ。——その首級は敵にもち去られたとか、あとで奪いかえしたとか、遺骸は千曲川にながされたとかはっきりしないが、げんに寺尾村には彼の墓がある。

にもかかわらず、いま眼前の僧は、道鬼斎勘介の名を名のった。真田源太左衛門、源五郎のまえに、これほど人を驚倒させる偽者《にせもの》が平然と出現するわけはなく、また兄弟がそれに対してかくも畏敬をきわめた態度をとるわけがない。

武田の大軍師山本勘介は生きていた。思うに、あの川中島の決戦は、信玄一代のうち最大の難戦であり、また同時に勘介生涯のうち最悪の失策であった。彼がそれ以来十二年間恵林寺にひそんでいたのが事実ならば、彼は、この失策の責めを負って軍陣と人の世に思いを断ち、また信玄がそれを容認していたものと思われる。

そして、信玄の死によって武田家危うしとみるや、彼はふたたび草廬《そうろ》をはらって立ち出でたものとみえる。もとより影の人として。——すでに川中島で討死したとつたえられたとき、六十一か二であった勘介は、いまや七十をこえているはずだが、しかも黒い紗で面《おもて》を覆ったその僧の墨染《すみぞめ》の衣からは、常人でない精気を発していた。ちょうど信玄そのひとから発していたとおなじ神秘的な力を。

人の世に思いを断っても、武田家の運命にはついに思いを断ちきれなかったものとみえる。——思うに、信玄の喪を秘し、三年影武者をもって敵をあざむくという着想そのものも、信玄よりは彼の献策《けんさく》によるものであったかもしれない。

四

暑い。

富士の山頂に綿雲がひとつかかって、真っ白にひかっているほかは、ぎらぎらとあぶらをぬったような碧空であった。

六月末といえば、いまの七月下旬、真夏のさかりだからむりもない。

この暑い空の下を、駿河《するが》から富士川に沿って、甲斐《かい》に入ってゆく六人の行者がある。

いずれも白衣と白い手甲《てっこう》白い脚絆《きゃはん》に身をかため、くびに鈴をかけ、手に数珠《じゅず》をまき、金剛杖《こんごうづえ》をついている。いうまでもなく、富士行者の一行だ。

「六根《こんしょうじょう》清浄、六根清浄」

まだ山の麓《ふもと》にもほど遠いのに、美しい山影をあおいで、彼らは口ぐちにつぶやいていた。

富士信仰は、奈良朝の伝説時代はさておき、平安朝の末期、富士上人《しょうにん》といわれる僧末代《まつだい》が頂上にのぼって大日如来《だいにちにょらい》を安置したのが、富士修験《しゅげん》のはじめとつたえられるが、しかし、実際に俗人が数多く登山しはじめたのは、永禄三年長谷川角行《かくぎょう》が登頂に成功し、富士講をひらいて以来のことといわれる。

いまでこそ富士には十数口《くち》の登路《とうろ》があるが、この戦国のころは、ただ吉田口《ぐち》と村山口《ぐち》のふたつだけであった。吉田口は関東以北の登山者が、村山口は東海以西の登山者が主として利用した。

この一行は西からきた。正確にいえば、京からきた。ふつうならば村山口の方へむかうべきであるが、彼らはそれを東に見すてたまま、富士川づたいに、しだいに甲斐の山峡に入ってゆく。

むろんこの時代だから、いたるところに屯営《とんえい》をかまえる兵から誰何《すいか》をうける。

「これ、うぬらは何者だ。どこからきて、どこへ参る」

駿河からすでに武田の版図《はんと》のうちだ。そのあいだ、幾十たび、彼らは精悍《せいかん》な甲州兵の網《あみ》にかかったろう。

そのたびに、一行のうちで四十年輩の面長《おもなが》な品のいい行者がすすみ出て、懐中から何やら書状をとり出して、その印《いん》をみせた。すると甲州の歩哨《ほしよう》はたちまち狼狽《ろうばい》して、

「あ。……これは京の、く、公方様の。——」

と、口ごもって、

「よろしい、お通りなさい」

と、槍をたててあたまをさげ、うやうやしく彼らを通すのであった。

「信玄は生きておりますぞ」

先達《せんだつ》らしい行者は、そのたびに、ならんであるく小柄な行者をふりかえってささやいた。

「この兵の士気、統制ぶりを見られるがよい。上方《かみがた》にながれる噂はありゃ嘘でござる。死んだどころか、病気というのも、信玄の何かのはかりごとかもしれませぬ」

「そうであれば安心でございますが。……何せ、一日も早く逢って、わたしのこの眼でそれをたしかめたいものでございます」

と、小柄な行者はいった。これで富士に登れるのかとうたがわしいほどの美少年である。

彼らは京の将軍義昭《よしあき》の使者であった。しかし駿河に入ってからはともかく、彼らがよく無事に、織田徳川の領国たる尾張や三河遠江《とおとうみ》をとおりぬけてこられたものだ。――その点は、彼ら自身も実は不安をもっていたのだが、たまたま京に富士の修験者《しゅげんじゃ》えびら坊なるものがきていて、これが修験者とはいうものの、ふだん上方《かみがた》の信者をあつめて富士へ案内し、その世話代で暮しをたてている人間であることを耳にしてから、彼を先導に、行者に化けて東行する計画をたてたのである。

えびら坊は眉がさがり、あごがしゃくれ、のっぺりとした、すこし鈍なのではないかと思われるような男であった。使者を命じられた将軍の側近一色藤康《いっしきふじやす》が、身分をかくして逢い、大金の案内料をちらつかせると、彼はとびつくような眼をし、胸を張って、唾《つば》をとばしていうのである。

「御山詣《おやまもう》でのお志はたのもしいが、あの富士ばかりは、馴れた先達《せんだつ》がのうては登られん。拙者さえついておれば、大綱でひきあげるようにして進ぜるが」

「いやいや、富士は信心で登るのだから、どんな苦労もいとわぬが、面倒なのは途中の旅じゃ。とくにこのごろ東海道は、武田やら徳川やらの修羅場《しゅらじょう》ときく」

「それも、このえびら坊がお供すれば大丈夫。富士の山伏として東海道を往来することは幾百たびか。えびら坊のこの顔を海道すじで知らぬ者はないし、知らぬ奴なら鼻ぐすりのきかせ方も心得ておるし、それもきかぬなら、拙者のみ知っておる間道を通ります」

一色藤康は思案のあげく、一日を争う用なので、意を決して富士行者に身をやつすことにした。

魯鈍《ろどん》にみえたが、えびら坊のいうことはほんとうであった。彼の異相は、まるで天来の通行券を貼りつけたように、織田徳川の軍兵も、にやにや笑いながら街道を通したのである。

そのえびら坊が、ながい顔をひねりながらちかづいてきた。

「やはり甲斐へ入られるのか」

「うむ。そなたの顔が富士よりも効験《こうけん》あらたかなのにはおどろいた。その顔のききめで、容易に入ることはむずかしいと都にもきこえた甲斐の国へ、是非いちど入ってみたい。せっかくここまできたのじゃ。富士へは吉田口から登ってみよう」

「それが。——やはり」

えびら坊は情けない顔をした。

「海道すじはともかく、実をいうと、吉田口はよく知らぬのでござる」

「おや、京ではそのどちらをも、わが家の玄関と裏口のようにいったではないか」

「ほんとうのところは、拙者、甲斐へはまだ入ったことがないので」

彼はもじもじしながら、それでもにやっと大きな掌《て》を出した。

「どうしても甲斐へ入られるならば、拙者はここらでお別れしたい。ついては案内料の半分を。——」

一色藤康は、美少年の行者と顔見あわせてうなずいた。

「ここらでよかろう」

甲斐の入口万沢《まんざわ》の西行坂であった。山が急にちかくに迫ってきたようだ。藤康があごでさすと、三人の行者がいっせいに戒刀《かいとう》をぬきはなった。えびら坊は口をあんぐりとあけた。

「何をなさる」

「向こうの杉林のなかにゆけ」

藤康に命じられ、三本の戒刀に追われて、えびら坊は一方の杉林のなかへつれこまれた。美しい行者とともに、そのあとをあるいてきた藤康はいった。

「べつに、かくれて斬ることもないが。──えびら坊」

「せ、拙者をお斬りなさるのか。そ、それならば甲斐へも参ります」

「いや、甲斐の案内はいらぬ。われらはもともと甲斐に用あって来たものだ。ああ、世が世ならば将軍家のお使いともあれば、街道百里輿《こし》にのって通れように、落日の公方様とあれば、行者に身をおとし、なんじのような下賤のものに案内をたのまねばならぬのも是非がない。が、もはや甲斐の国へ入ったうえは、うぬの役目は終ったようなもの、本来ならここで追いはらってもさしつかえないところじゃが、うぬの口軽《くちがる》では、われらが甲府の館《やかた》に入ったことも、いずれ街道でべらべらしゃべりちらすに相違ない。ふびんながら、ここでその憂《うれ》いを断ちきってくれる」

三方から迫る刃を依然として口をぽかんとあけたままながめていたえびら坊は、恐怖に麻痺《まひ》したかのごとく、それをまるで大根でもきるように無造作に戒刀がふりあげられたとき、その姿はふいに大地を蹴ってとびあがった。

「あっ」

行者たちは、まさに仰天《ぎょうてん》した。この魯鈍《ろどん》な男とはいわず、人間とも信じられないような体術であった。その姿は二丈にもおよぶたかい杉の枝に、巨大な鳥のごとくとまっていたのである。

「おれももとも甲斐へ用あって入ったもの、公方御側衆《くぼうおそばしゅう》一色藤康の家人《けにん》としておとなしゅう甲府へつれていってくれるなら、本来なら、かかる目にあわせる要もなかったのじゃが。――」

口が鎌みたいにきゅっと笑ったとたん、その両掌《て》から銀いろの糸が、しゅうっと音たてて吹き出された。それは避けるまもなく、下の五人の全身にふりかかった。

「きえっ」

「たたっ」

五人は蜘蛛の巣にかかった虫みたいにもがいた。凄じい激痛がからだじゅうに火花をちらしたのである。三本の刀は投げ出された。

眼にもみえないほどの糸がどうしてきれないのか、それがどうしてじぶんたちのからだからはなれないのか、彼らにはわからなかった。数百条の糸の先には銀色の鉤《はり》がついていたのだが、それは肉ふかく埋まって、彼らの眼にはみえなかったからだ。

「忍法鵜飼《うかい》。――」

と、杉の上の男はへらへらと笑った。

驚愕《きょうがく》のさけびをあげようにも、一色藤康は声も出なかった。さっき、あっとばかりにひらいた口から入った糸の先は腹中におちて、それっきり魚みたいにとれなくなったのだ。が、彼はこの異相の富士山伏がただものでない——じぶんたちが甲斐へゆくことを承知のうえで案内役を買って出たものであることを、はじめて知ったのである。

「さて、鶏よ、泳げ」

樹上の男の指はくねくねとうごいた。

それにつれて、地上の五人の手足もうごき出した。全身にうちこまれた鉤《はり》のいたみが、彼らに抵抗も拒否もゆるさないのだ。そして、えびら坊のあやつるままに何をしたか。——彼らはみずから帯をとり、きものをはぎ、下帯までとってまるはだかになってしまったのである。

「小宰相《こざいしょう》」

と、えびら坊は呼んだ。

きりきりと歯を鳴らしたのはれいの美少年だ。いや、その胸にむっちりとふくれあがった乳房、なよやかな腰。——彼は、女であった! しかも歯がみをし、涙をながしつつ、彼女もまた最後の一枚すらはいで、みずから黄金《きん》いろの木《こ》もれ日に恥ずかしい谷間までのぞかせたのである。

名を呼んだ以上、美少年の正体が女であることは、むろんえびら坊は見ぬいていたにちがいない。小宰相は将軍義昭の寵《ちょう》をうけた女だ。しかし、それ以上に彼女の才気は義昭の権謀によくこたえ、いくたびか諸国に使いしてその任を果たした。甲斐の信玄のもとへも、二度ばかり密使として訪れたこともあるのである。

しかし、いかに衰運の公方の使者であるにせよ、旅上、これほどの辱しめをうけたことはなかった。彼女はもだえながらさけんだ。

「無礼な。——な、何をしやる」

「何をしやるといって、はだかになったのはおまえさま御自身ではないか。いや、はだかにすると、いよいよ美しいな。これが公方に御所で抱かれた玉の肌か」

えびら坊は眼をひからせて笑った。

「さて、第一番に魚をとる鵜はどれだ」

彼の言葉の意味はやがてわかった。

一色の家人《けにん》のうち、もっとも身分ひくく、もっとも醜い容貌をした男が、第一番にはだかのまま、小宰相のまえに立ちはだかったのである。いやしくも相手は公方様の寵姫《ちょうき》である。これは彼の意志ではなかった。

そして、彼のおののく意志に叛逆して、その男根は天を指したのであった。正確にいえば、吊りあげられたのであった。

五

三日めの朝。

露にぬれた杉林の草のなかには、息たえだえに小宰相と四人の男がたおれていた。あいかわらずはだかのままだ。

気息えんえんとしているのは、この三日間、夜昼のたえまなく、入れかわり立ちかわり女を犯しつづけ、男に犯されつづけてきたからであった。意志が拒否したのは最初のうちだけだ。やがて彼らは順番を待つあいだ、じぶんたちの四肢をおさえる糸をひきちぎらんばかりになり――さらに、ふたたび意志が拒否するようになっても、執拗《しつよう》な糸の操《あやつ》りはそれをゆるさなかった。

「た、たすけてくれ。何でもする。これ以外のことなら、何でもするゆえに。……」

いまも、そうほそい声をあげながら、一色藤康はまたも小宰相のからだに重なってゆく。

えびら坊は何をしているか。彼はもはや杉の枝にいない。草のうえに向うむきになってあぐらをかいて、ときどき片掌《て》を肩の上にひろげて、面倒くさげにひらひらさせるばかりだ。その掌からいまは糸ひとすじも出てはいないことを、五人の生ける傀儡《かいらい》どもは気がついているか、どうか。たとえ気がついても、おなじようないたみをもって四肢をあやつられる強烈な感覚がある以上、おなじことだ。これは凄じい条件反射というべきであろう。

彼らの色欲の拷問《ごうもん》をかえりみもせず、えびら坊は何をしているか。彼は人形をつくっている。

供侍のひとりが負っていた笈《おい》の中に一個の桐箱があった。それに一対の内裏雛《だいりびな》が入っていた。

いやしくも公方からの贈物である。それは五寸ばかりの寸法で、金襴《きんらん》と錦《にしき》をまとった雛で、はじめは勝頼の娘への品であろうかと推量したが、それにしてもこの際、公方の贈物としてはいぶかしいと思って、彼は藤康にきいた。藤康は抵抗の気力をうしなって白状した。

はたせるかな、それこそ将軍から信玄への密書を秘めた雛であった。女雛《めびな》の十二単《ひとえ》の七枚目の裏地の白絹に、義昭の親筆で、こまごまと手紙がかかれていたのである。信玄再度の上洛をうながし、またそれに呼応する公方側の策略をかいたものであった。

「ふふん」

えびら坊は鼻を鳴らした。

ふしぎなことは、この山伏が彼らしくもなく、その雛の十二単《ひとえ》をひき裂きもせず、ていねいにぬがしていったことであった。そして彼は、それから、もっと妙なことをやり出したのである。

ひとくちにいえば、新しい人形づくりだ。彼は腰の袋から米の粉のようなものをとり出し、これを練って人形を製作しはじめたのだ。日本には古来から餅雛《もちびな》というものがある。しいていえばその一種であろうが、しかしそれを練る溶液が常識を絶している。

それは小宰相から吸い出した男の体液であった。

そのたびに口にふくんではなれ去り、坐りこんで粉に吐きかけ、せっせと彼は練る。馬みたいにながい顔には、そのあいだむしろ荘厳な翳《かげ》がひらめくことさえあった。口の中でぶつぶつとつぶやいている声を何かときけば、

「六根清浄。……六根清浄。……」

彼はそう唱えているのであった。

そして三日二夜ののち、彼は同大同形の一対の内裏雛《だいりびな》をこね出したのだ。大きさばかりではない。髪を一本一本植え、眉と眼を矢立の墨でかき、唇と頬紅はおのれの血でかいた雛は、そばにころがされたはだかの雛とそっくりの――いや、女雛には小さな乳房さえふくらんで――全身の肌には細工物とはみえないほどの精気をおびた人形をつくりあげたのだ。そして彼は、その人形にもとのとおりの十二単と衣冠束帯《いかんそくたい》をまとわせた。

「六根清浄。……六根清浄。……」

ひとりの貴婦人をめぐる四人の男の、獣じみたうめき声も精舎《しょうじゃ》の鐘の音《ね》と聞えるのか、うっとりとこの傑作を製作しおえた芸術家は、もとどおり桐箱におさめ、笈《おい》に入れるとすっくと立った。

「おれは徳川の伊賀者、箙陣兵衛《えびらじんべえ》」

と、彼ははじめて公然と名乗った。

「これより、うぬらとおなじく、信玄の生死をたしかめに甲府に参る。信玄が生きておれば殺す。――ゆくか？」

五人の男女は、色あせた唇をふるわせてうなずいた。

「おれのいうことを何でもきくか？」

彼は、その笈を背負って、もうすたすたと北へあるき出していた。ふりかえらなくても、その五人が、いまや肉体のみならず魂まで、彼の胸中の指のさすままにうごくことを、箙陣兵衛は知っていたのである。

六

京からきた公方の密使一色藤康《いっしきふじやす》の一行が甲府に入ったのは、七月のはじめであった。しかし躑躅《つつじ》ケ崎《さき》の館《やかた》に彼らをむかえたものは信玄ではなくて、勝頼であった。彼はうやうやしく公方の見舞いを謝し、お志のほどはただちに父信玄にお伝えするであろうといった。まだ二十七、八の、男性的な美と力にみちた若大将であった。

「すりゃ、信玄どのは御無事で。……」

一色藤康は思わずいった。勝頼はうなずいた。

「一時はどうなるかと案じたほどの容態でござったが、おかげさまにて、ようよう快方に向ったようでござる」

「……で、信玄どのは、このお館におわすのか」

藤康がきくと、勝頼はやや困惑《こんわく》したようであったが、

「ここにはおりませぬ。実は下部《しもべ》なる里《さと》にしずかに病いを養いおります」

と、こたえた。さすがに公方からの見舞いの使者にまで信玄の居所をかくすことははばかられたのだ。

「下部とは？」

「甲府への路、富士川に沿うて身延道《みのぶどう》を参られたでござろう。その途中、身延のちかく、常葉《つねは》川をやや谷に入ったところですが」

「身延のちかく？　それでは、われらが通ってきたところではないか。それは残念、そ

うと知っておれば、われらは立ち寄ったものを。——いや、せっかく御見舞にきたものじゃ。それは是非とも信玄どのの御無事なお顔を拝見して、公方様に御安心ねがわずばなるまい。早速その下部とやらに参りたいが、御案内願えるであろうか」

「それは御無用にねがい申す」

きっとして勝頼はことわった。はげしい気性らしく、

「父の病状のほどは、甲斐をめぐる国々の探りとうてうずうずしておるところ、さればによって、いましばらくはその居所をも秘めておきたい。これが父のかんがえにて、そのため、父がいずこにおるか、民はもとより家来の大半も知らぬことです。ただ公方様の御使者に対してまでかくすことは如何あらんと存じてうちあけ申したまでのこと。——それを公方様御使者がお訪ね下されては、父の方略はぶちこわしでござろう、御厚志のみはありがたくつたえます。しばらく甲府にお遊びなされてのち、京におかえりの節は、公方様によしなに言上のほど願い申す。おかえりの道中は木曾路を、武田の手でお送りいたそう」

二言と口をきかせぬきっぱりとした調子で勝頼はいった。早々にひきあげよといわぬばかりである。

一色藤康らはむなしく宿舎にひきあげた。信長のために日に日に窮地におち入りつつある将軍義昭があせって送った使者だから、勝頼にいわれなくとも、のうのうといつま

でも甲府に滞在しているわけにはゆかないが、さればといって、このまま京へかえるのには信玄のこと以外にもはばかられることがあった。

それは同伴した義昭の愛妾小宰相と、藤康および四人の従者との醜関係である。京にかえって、例のことが小宰相の口からもれればまずこの世の終りだ。

「男たちだけかえるのだな」

宿で待っていた富士山伏のえびら坊は、しかし意に介せぬようにいった。

「勝頼が信玄にあわせず、はやくこの国を出てゆけがしに申したというのがくさい。それはいよいよもって信玄の安否をたしかめねばならぬ。といって、そういわれたうえは、一色どのをはじめ、男どもがもはや下部へゆくわけには参るまい。そこで、男どもは京にかえる。小宰相だけが、しばらく甲府にのこる。おれもその介添《かいぞえ》としてのこる。女がのこるとあっては、勝頼もいなやはいえまい。また女とあれば心ゆるすであろう。その油断を見すまして、信玄を探ろうよ」

彼は床の間をじろりとみた。そこには将軍義昭が信玄への贈り物とした京人形の桐箱があった。

「少くとも信玄が躑躅ケ崎の館にはおらぬのではないか——という風評で、あれを持参せなんだことは好都合であった。あの人形は信玄以外の人間にはわたせぬもの。……」

のっぺりした顔に薄笑いがうかんだ。それから、途方《とほう》にくれたような一色藤康をみて、しゃくれたあごをもうひとつしゃくった。

「明日にも、京にかえられえ。信玄安否のことは、おれからのちほど知らせてやろうが、さてしかし、それまで公方様のいのちがあるか、どうか？」
四、五日ののちのことである。一色藤康と三人の従者は茫然たる表情で甲府を発った。文字通りまわりを、うやうやしく、しかもおごそかに武田の武者たちが護っている。
「敬して遠ざける」とはこのことだろう。

途中一夜の宿をとり甲府からちょうど十里、路は甲斐から信濃に入る。このときにいたって、この京からの使者一行に突然、わけのわからぬ異変が起った。武田の武者たちは、彼らが発狂したのだと思った。

「おお、しまった！」

「きゃつは徳川の忍者だ！」

「小宰相さまをのこして、どうするつもりか？」

こんな言葉をきれぎれにもらしたかと思うと、彼らはいっせいに、たたたたとうしろへのけぞっていったのである。まるで見えない糸にひかれるかのように。

事実は、彼らは発狂したのではなく、発狂からさめたのであった。甲斐に入った以来、彼らの言動の一切は、えびら坊こと箙《えびら》陣兵衛の忍法「鵜飼《うかい》」のあやつるままであったといっていい。最初は現実に、肉にうちこまれた鉤と糸にうごかされたのであったが、のちにはその鉤と糸が消え失せても、一種の条件反射から、陣兵衛の指のさすままになった。それが——甲府から十里、甲斐をはなれようとして、ようやく陣兵衛の魔力の射程外に出たのだ。いや、出ようとした刹那、彼らはうしろへひきもどされた。——

山々の樹々もぐったりと水気を失ったような炎天の下であった。白っぽくかわいた街道に、武田の武者たちは、つぎの瞬間、おのれの眼をうたがわずにはいられない光景をみた。四人の使者は、恐怖に満面をひきつらせつつ、ふるえる手で腰の刀をぬき、ゆっくりとおたがいの頸や肩に斬りこんだのである。ふたりとふたり——その刀の速度からは決して信じることのできない凄じい相討ちであった。四本の刀はそれ自身生命あるもののごとく、徐々におたがいの頸や肩にくいこんでいった。白い路にたたきつけられる血潮の速度だけが異常にはやいものにみえた。そして彼らは、二、三分かかったのではないかと思われるほど、高速度撮影のフィルムのようにゆっくりとたおれたのである。

ぎらぎらと照りつける甲斐と信濃の国境の路上に、武田の武者たちは総身に冷気をおぼえ、夢魔でもみるように立ちすくんでいた。

七

ちょうどおなじ時刻である。

甲府の町を南へ出る路上で篩陣兵衛はあるきながら、片掌《かたて》をひらひらとそよがせていた。ならんであるいている小宰相は気がつかなかったが、はるかうしろで猿飛天兵衛と霧隠地兵衛が顔を見あわせた。

「きゃっ……ふしぎなことをするな」

「なんだ？」

と、まんなかの真田源五郎はけげんな表情をした。

「いや、何でもないかもしれませぬ」

と猿飛がいう。実際彼らも、えびら坊の妙な手つきが何を意味するかはっきりわからなかったのである。霧隠がいう。

「しかし、残ったあの両人は、どうも妙な匂いがいたす」

「妙な匂いとは？　あの小宰相という女は公方の愛妾だというぞ。織田徳川に対し、武田家とひそかに結ぼうとしている公方の妾が、まさか武田を裏切るまい」

「そのように、一応は拙者も思うのですが」

猿飛天兵衛はすぐに首をふって笑った。

「しばらく両人の様子を見ましょう。彼らが何をしようと——事と次第では、甲斐から一足も出させぬ覚悟でござれば」

小宰相もその従者だという陣兵衛という男も、甲斐にきたときの修験者の衣服をぬいでいた。彼女はこの真夏の日盛りにも、みるからにすずしげな被衣《かつぎ》をかぶり、陣兵衛は若党姿で、背に何かを背負っていた。

小宰相だけ甲府にのこる、といい出したのを、勝頼もとめることはできなかった。彼女が公方の愛妾であることは周知の事実であり、それにいままで二度もこの甲斐に使いして、その才気には父信玄をはじめ、重臣たちもきわめて感服した実績があるからである。——

それから数日、彼女はなつかしげに旧知の重臣長坂長閑斎や馬場美濃守らを訪問したり、甲府の町々をあるきまわったりした。

その隔意《かくい》のない態度に、武田家の方でもすこし気をゆるしにかかったとき、彼女はぶらぶらと、被衣をかぶってちょいとそこらを散策するような顔つきで、供の愚直そうな男をつれて、甲府の町を出ていった。

しかし、むろん、そのあとを真田源五郎と家来の猿飛天兵衛、霧隠地兵衛がつけていた。彼らは、この公方の愛妾にまったく気をゆるしてはいなかった。とくに、天兵衛地兵衛はしきりに首をひねっている。が、それだけにこのふたりは、しばらく小宰相を泳がせてみることを提案したのだ。それは彼らの絶大なる自信からくるものであったが。

——さて。

小宰相と供の男は、閑々《かんかん》とした足どりで、しかもふしぎな早さで炎天の身延道《みのぶどう》を南へあるく。釜無川をわたって、甲斐から五里、ふたりが鰍沢《かじかざわ》の宿についたのは、ながい夏の日もあかあかと西へかたむきかかったころであった。そこの渡し場から、ふたりは舟にのって、いっきに富士川を下った。

後年、この鰍沢から駿河《するが》の岩淵まで、一日のうちに下る十八里の早舟というものが仕立てられたが、このころは渡船としての制度はなかった。客があつまれば、舟を下す程度で、むろん途中、なんのさしさわりもなく駿河まで下ることはゆるされず、いくつかの関門はあるものの、これには真田源五郎たちもいささか狼狽した。おなじ舟にのることを避けたかったからである。

小宰相の身なりから、まさかここまで遠出するとは思わなかった。しかし、もはや小宰相の目的はあきらかだ。彼女は鰍沢から三里の道程を、急流にのって、下部の隠し湯へ下ろうとしているのだ。

源五郎、天兵衛、地兵衛が小舟をさがしもとめることができたのは、それから二、三十分のちのことであった。

下部は、いまも「信玄の隠し湯」として名が残っている。

富士川に流れこむ常葉《つねは》川をさかのぼることしばし、毛無《けなし》山の西麓にあたる山峡の温泉で、川に沿うていくつかの建物がならんでいた。むろん、粗末なものだが、その建物にも、あるいは岩のなかの野天風呂にも、たくさんの裸武者たちが、山にのぼりはじめた夕月を仰ぎつつ、群れていた。

ここの湯が金瘡、骨折などに卓効《たっこう》があるということは古くから知られていたが、これを傷兵の療養地として大々的にひらいたのは信玄で、十二年前の川中島の合戦以来のことだといわれる。そしていまも、遠江《とおとうみ》の前線で徳川方と小競合《こぜりあい》をつづけている武田の将兵で傷ついた者が、はるかに送還されては、この山峡の湯で手当をうけているのであった。

「……だれだっ」

その下部に入る細い路上で、四、五人の武者が槍を横たえた。しかし、満月の下のふたつの影のうち、ひとりが被衣《かつぎ》をかぶった女であることをみとめると、いっせいにくびをかしげた。

「女か。……何者だ」

「御存じではありませんか。さきほど京からきた公方様のお使い、小宰相と申すものです。是非、御屋形様にお会いしたいことがあり、甲府から参りました」

「なに小宰相……どの?」

うしろから、つかつかとあるいてきた身分ありげな陣羽織の男がある。それがたまたま、そこを見廻りにきていた重臣の跡部大炊助《あとべおおいのすけ》であることを知ると、兵たちは槍をひいた。女は被衣をとった。水のような月光に、地上の月輪にまがう顔があらわれた。

「おお、小宰相どのだ」

と、跡部大炊助はいった。彼もまた数年前甲府にきた彼女を見知っていたのである。おどろきとともに、しかし大炊助の表情には不審の色があらわれた。

「このたびまた甲斐へ下られたのは承わっておった。おひさしゅうござる。……がこの下部に御屋形がおわすことを、だれからきかれたか」

「勝頼様から承わりました」

「そして、下部へくることを、勝頼様からおゆるしがござったか」

「はい」

小宰相は、すましてうそをいった。

「是非とも御屋形様に御披見ねがわねばならぬ公方様の御書状あり、わざわざ持参いたしました」

「なに、将軍の御書状？　御屋形はゆえあって、外のおひとには一切お逢いなされぬこととなっておる。おとりつぎ申そう」

小宰相はちかよった。そして大炊助の耳に花粉のような匂いをもつ息をちかづけた。

「実は、この供のものの背負っておる箱に京人形が入っております。その女雛の十二単《ひとえ》の七枚目の裏地の白絹に、公方様の御直筆があるのでございます。……」

「ほう」

と、大炊助がいったのは、何よりも小宰相の息の香気に幻惑《げんわく》されたからであった。しかし、すぐに彼女の言葉の意味がわかった。その密書のかかれてあるものの奇怪さから、内容の重大性が感得された。

「京からきた小宰相と申せば、信玄どのもきっとお逢い下さいましょうが、もしどうしても逢いとうないと仰せられるならば、この御書状をお読み下された御返答のお声だけでも、せめて承わりたいのでございます。……」

「まず、こちらにこられい」

と、大炊助はいささか狼狽した体《てい》でさきに立った。彼が案内したのは、渓流《けいりゅう》のいちばん奥の建物であった。さすがにこれは、それまでの大きな掘立小屋ともいうべき建物とはだいぶ趣きを異にしていた。入ると書院作りの座敷さえ、いくつかつらなっていたのである。

そのひとつに、小宰相と若党は通された。跡部大炊助はややおくれて入ってきて、

「御屋形にはただいま御入湯中でおわす。しばらくお待ちを」といった。

「では」

小宰相は若党を眼でさしまねいた。

眉がさがり、あごがしゃくれ、のっぺりとした顔の若党は、前においた桐箱からうやうやしく一対の内裏雛《だいりびな》をとり出した。短檠《たんけい》の下に、絢爛《けんらん》とした衣冠束帯、十二単《ひとえ》の雛に思わず眼をまろくした跡部大炊助は、やがて小宰相が白い手でその女雛の十二単をぬがせていって、はだかにしたとき、さらに眼をまろくした。それは五寸あまりの人形ながら、人形とは思われぬばかりの芸術品だったからである。みよ、その女雛の乳房はむっちりとふくらみ、なまめかしい腰が両足と接する谷間には、かぐろい毛まで植えてあるではないか。……

若党は男雛のきものを解いていた。これにも小さな、が、凜然《りんぜん》とした男根までつけられていた。

「みごとなものだの」

と、舌をまいている大炊助に、小宰相は薄い十二単《ひとえ》の一枚をさし出した。

「これでございます」

その裏地の白絹にかかれた小さな文字を灯にかざして読んだ大炊助の顔色が変った。

それは、たった三行。

「征夷大将軍足利家は、
織田右府のために
元亀四年七月滅亡しおわんぬ」

と、あったのである。

「こ、これは……たしかに公方様のかかれたものか」

跡部大炊助はなかば腰をうかせてさけんだ。

「さようでございます」

と、将軍家の愛妾小宰相はおちつきはらっていう、――七月といえば、いまが七月の半ばではないか。

「小宰相どの、そなたはここにかかれてあることを御存じか」

「いいえ。……どうしてお使いにすぎぬわたしどもが知っておりましょうか」

「京を出るとき、公方様は御安泰でありましたな」

「信長の横暴のためお苦しみではあれど……むろん、御無事でございます」

大炊助は、密書の意味も、小宰相の態度も理解するに苦しんだ。が、いたずらや冗談《じようだん》にしては事が重大すぎるし、相手はまじめすぎる。

「ともかく、御屋形におとりつぎいたす」

密書をつかんで立ち去ろうとする大炊助に、杓子《しゃくし》顔の若党はそそくさと一対の内裏雛を箱にしまい、ぬがせた衣服で覆って、うやうやしく箱ごめに大炊助にさし出した。

「これも、公方様の御進物でございます」

「……?」

跡部大炊助はだまってうけとって、白絹の密書を箱に入れ、座敷を出ていった。その箱からうしろに、すーっとひとすじの、眼に見えないほどの銀色の糸がたれて、のびてゆくのを知らず。――

彼は風呂場のまえにひざまずいた。

「御屋形様、先刻の公方のお使者が」

と、いって、小脇にかかえた桐箱をちらとみて、

「持参いたした密書が、実に奇怪な文言《もんごん》でござりまして、恐れながら一刻も早く御披見ねがわしゅう。――」

もとより重臣の大炊助は、浴室の中にいるのが影武者であることを知っている。知っていながら、主君同様に恭謙《きょうけん》なる臣礼をとるのは、ただ小宰相をだますためではない。また、いつどこにひかっているかもしれない敵の忍び者をあざむくためばかりでもない。

敵をあざむくためにはまず味方を、味方をあざむくためにはおのれ自身をあざむけ、そして、敵とおのれ自身をあざむく最大の方便は「誠実」であることだ、という信玄生

前の哲学を遵奉《じゅんぽう》するからであった。これは大炊助にかぎらない。勝頼以下、信玄の死を知る武田の宿将のすべてが、影武者信玄を、真の信玄と同様にあつかう鉄の方針をつらぬこうとしている。そしてこの方針は、信玄生前の数人の愛妾にも、厳粛にいいわたしたことであった。いま、大炊助は風呂場にいるのが影武者と愛妾であることを知りつつ、うやうやしくいう。

「ただ、御使者はたしかに小宰相どのに相違ありませぬが、少々不審なものごしもみられ、公方様の密書なるもの、御覧をたまわるまえに、いまいちど使者をとり調べよと仰せられますならば、左様にいたしますが」

「よい、見せい」

と、信玄そのものの声がきこえた。

跡部大炊助は観音びらきの戸をひらいた。なかで、向うむきの肥満体の背をながしている女の白いからだをちらとみただけで、石の床《ゆか》をながれる湯の上に桐箱をおき、彼はふたたび戸をとじて平伏《へいふく》した。とじた方の戸の下からじぶんの顔の下を通って、うしろへつながっているひとすじの糸は、薄暗がりに彼にはみえぬ。

八

向うは常葉川の渓流になっているらしい。はるか下に、淙々《そうそう》たる水音がきこえる。その一面のみがふとい丸太の格子になっているほかは、ただ天然の岩ばかりから成る浴室であった。その岩かげから、ほそい滝のごとく湯はあふれおちつづけている。

そこにあぐらをかいて、背中を美女に流させている人物——これを替玉だとだれが思うであろう、愛妾ですら、しばしばこれはほんとうの御屋形様ではないかと思う。たかくあがったふとい眉、炯々《けいけい》たる双眸、頬にはねて、もみあげまでつながった鬚《ひげ》、青あおと剃った入道あたま、でっぷりとふとった大兵《だいひょう》の肉体。——まさに、英雄信玄そのものだ。

「公方の密書が奇怪であると?」

と、影武者はいった。

「見てやろう。これにもて」

愛妾は戸の内側の桐箱のふたをとり、そのなかから文字をつらねた例の白絹をとり出して、影武者にわたした。

影の信玄がうけとって、それに眼をおとしているあいだ、愛妾は桐箱にのった金糸、銀糸の十二単《ひとえ》をはらいのけた。なかからはだかの内裏雛の一対があらわれた。

思わずその美しさにみとれて彼女がかがみこんだとき、その人形がふとうごいたようにみえた。「あ」とさけぶ女の声に、外から大炊助《おおいのすけ》がいった。

「それも将軍家からの御進物でござる」

もとより彼女は、ただそのはだかの人形のなまなましさにおどろいただけではない。彼女は眼を見はった。男雛と女雛が、このときすうと立ちあがってきたのだ。

愛妾のただならぬ気配に、密書をながめいってた影の信玄はふりむいた。

男雛と女雛は箱から出て、ちょこちょこと戸の方へあるいていった。あやつり人形のようなうごきであった。そして雛自身が、観音びらきの二枚の戸の内側に、横なりに一本の糸を張ったのである。

「あれは……あれは……まるで生きているような」

「ほう」

信玄の影武者となるほどの人間である。手をまわして、岩上から佩刀《はいとう》をとったが、むしろ好奇の眼で奇怪な人形のうごきを見まもっている。それはふたつの人形が五寸あまりの大きさだという可憐さのせいもあった。

「これが公方の進物じゃと？　ふしぎなからくり、さすがは京には稀代《きたい》の人形つくりがおるとみえる。……や、ふたり抱きおうた。女雛が横たわって、男雛が覆いかぶさったぞ。……」

「まあ」

愛妾は顔に手をあてた。しかし、指のあいだから、これまた好奇に眼をひからせてのぞきこむ。——

短檠《たんけい》のあかりにおぼろな岩風呂のなかで、男雛と女雛が重なりあい、愛らしく腰をうごかせて、人間至楽の動作を起しはじめたのである。……しかし、これが人形であろうか、女雛の胴にまわした男雛の腕は力感にあふれ、男雛の足にまわした女雛の足指はかがまり、ぬめぬめとした肌は、うっすらと汗をにじませてきたようだ。それを人形だと思わせるのはただ音声がなく、大きさが五寸であるということ以外にはなかった。

いや、声はある。かすかなあえぎがきこえてくる。それが愛妾の吐息《といき》だと知ったとき、戸の外でも声がきこえた。

「御屋形様、御書状ごらんなされましたか」

跡部大炊助だ。影武者信玄は、むずと愛妾の腰をかかえこみ、

「しばらく待て」

と、いった。そのとき、胸を波うたせていた愛妾が、

「あれ、人形に肉の音がきこえます」

何から作られているのであろう、上下する男雛と女雛の腰のあたりからは、たしかに無機物でない、なまめかしい湿潤《しつじゅん》な音がきこえる。

「湯にぬれたせいであろうか、それにしても」

眼をかがやかせてのぞきこんだとき、愛妾がまたいった。

「御屋形さま、人形がすこし大きくなってきたようではありませぬか」

「なんと申す」

そういわれて気がつくと、いかにも人形は七寸くらいに大きくなってきたようだ。

——戸の外でも、中の異様な雰囲気を感じとったらしく、不審げな声がきこえた。

「もし、御書状をごらんなされたら、そのむねだけでも御声をうかがいたいと小宰相《こざいしょう》どのが申されておりますが、いかがとりはからいましょうか」

ふつうの人間ならとうてい保ちきれない速度で、ふたつの京人形はうごきつづけていた。そのまま、それは一尺になり、一尺五寸になった。——いつまでも、生けるがごとく秘戯する人形に、ぶきみさよりも好奇の眼を吸いつけられていた影武者と愛妾は、それが二尺になったとき、はじめてただならぬ予感にうたれて戸の方へとびずさった。

「大炊助、あけよ」

「何事でござる」

大炊助はあっけにとられたようであった。すぐに愕然《がくぜん》たる声がはしった。

「あきませぬ！　御屋形様、いかがあそばしましたか。戸はあきませぬ！」

影武者は、観音びらきの戸に張っているひとすじの銀の糸に気がついた。佩刀《はいとう》を一閃させてそれを斬ろうとしたのである。が、刃はたしかにその上をはしったのに、糸はきれなかった。眼にみえぬほどの一本の糸は、鉄のかんぬきのごとく扉を封じている。

愛妾はふりかえって、たまぎるような悲鳴をあげた。人形の膨大化は加速度をまし、いまやそれは四尺から五尺になっていた。影武者は反転し、真っ白な人形の腰に斬りつけた。が、これまた刃はたしかにその肉を斬ったのに、一滴の血もながれず、その白い腰には傷あとひとつつかなかったのであった。それは人間の男女と同大になり、なお臼《うす》と杵《きね》のごとき運動をつづけつつ、さらにふくれあがってゆく。八尺に、そして、一丈に。

――

それはもはやなまめかしい京人形ではなかった。端麗な横顔、つるりとなめらかにひかる肌はもとのままに、それゆえにいっそう恐ろしい大怪物であった。その凄じい運動は、いまや嵐のような物音を発していた。

あやうく戸におしつけられてつぶされそうになり、信玄と愛妾は格子の方へにげたが、もだえる巨大な女雛の足をさけたはずみに、影武者は刀をとりおとした。そして、それをもはやひろうことはできなかった。岩風呂の中央に白い肉の山脈が波うちつつ横たわっていたからだ。

岩にふれると、その肌はめりこみ、壁にあたるとその肉はひしゃげつつ、いまや人形はおろか人間ともみえぬ巨大な肉塊は、はてしもなく密室の岩風呂に充満してゆく。

「大炊！　外にまわれ、外から格子をきれ！」

格子の外は断崖になっているのも忘れて、影武者信玄は絶叫した。

しかし、このとき突如として、巨体の波動は静止した。

九

岩風呂のなかで異変が起っているらしいことは知りながら、それがいかなる事態であるか想像を絶し、ただ外から狂気のごとく戸をうちたたいていた跡部大炊助は、このとき背後にふと人の気配をおぼえた。

ふりかえってさけんだ。

「これは……真田《さなだ》の——霧隠地兵衛ではないか」

そこにかがみこんで、床から何かをひろいあげているのは、おなじ武田家の宿将真田源太左衛門の家来、霧隠地兵衛のひょろりとした姿であった。この男がいつあらわれたのか、とあやしむより、大炊助は地兵衛がしゃくりあげているものに眼をとめた。それはほそい銀の糸であった。

いきなり地兵衛は刀をひらめかしてそれを切ろうとした。しかし、それは切れなかった！　颪にもちぎれそうで、しかも刃《やいば》もたたぬその妖しの糸は、愕然たる地兵衛の掌《て》の上で、まるで生きているもののごとく、微妙にうねり、ふるえ、波うっている。……

おなじ時刻、ややはなれた座敷に坐ったまま、左掌をひらひらとうごかせていた箙《えびら》陣兵衛は、それとならんで右に坐っていた小宰相が、ふいに横から手をのばして、彼の手から発している糸をつかむのをみた。

「何をする」

ふりむいて、箙陣兵衛ははねあがった。そこに坐っているのは小宰相ではなく、まんまるくふとった小男であった。

糸をはなった左掌はそのまま、もう一方の腕が腰にはしると、眼にもとまらず一刀がきらめき出して、その男の胴を薙《な》ぎはらったのである。

女の悲鳴があがった。血けむりたててそこに両断されたものが小宰相であるのを陣兵衛はみた。同時に、いかなる錯覚か――右から出ていたとみえた腕は、その実左から出ていたので、そこに依然としてまんまるい男が坐っているのをみたのである。

男は、糸をつかんだまま、一回転しつつまえにはねとんで、にんまりと笑った。

「徳川の忍者か」

「うぬはだれだ」

「これ、仲間があるか。仲間があるなら知らせてやれ、武田にも猿飛天兵衛というこわい忍法者がおるとな。――と、いいたいが、うぬがそれを仲間に知らせてやることはもはやできまい」

箙陣兵衛は刀をなげすてた。その手がたかくあがると、掌からしゅうっと音たてて銀色の糸が吹き出されようとした。――が、その糸は、猿飛天兵衛の眼前一尺で弱々しくなびきおちた。それよりはやく、その手くびが切断されてたたみにおちたのである。

「うしろから斬るのは気にくわぬが、間にあわなんだのでな」

一刀をひっさげて、真田源五郎がいった。猿飛天兵衛はうなずいた。

「まさにそのとおり、忍者にうしろもまえもござらぬ、ふつうの人間を相手にする気でいたら、源五郎様の方があぶのうござる」

なお凄じい剣気を背後におぼえて、箙陣兵衛はふりむいた。その一瞬、糸をつかんだまま、猿飛天兵衛のもう一方の手がうごいて、箙陣兵衛の残りの腕の手くびをばさと斬りおとしていた。

それは、最初から糸をあやつっていた陣兵衛の左手であった。岩風呂のなかの巨大な京人形が波動をとめたのはまさにこの刹那である。

しかし箙陣兵衛は、両手くびをうちおとされたまま、なお数秒仁王立ちになっていた。

のっぺりとしたしゃくれ顔の中の眼は死光《しこう》とでもいうべきひかりをはなち、さすがの猿飛天兵衛をしばし金縛りにしたようであった。

　陣兵衛は眼をうつして、たたみに両断された小宰相の死骸を見おろした。

「ふびんな女よ。……さりながら、戦国の才女といわれた女、忍法鵜飼で正気を失ったまま死んだのはせめてものことであろう。とはいえ、おれの忍法に濁りの入ることをおそれて手を出さなんだが、いい女であった。あらためて、あの世でおれがたっぷり可愛がってやろう」

　陣兵衛はずるずると小宰相の横に両ひざをついた。

　源五郎と天兵衛は息をひいた。胴斬りになった小宰相の両腕と両足が、緩慢《かんまん》にうごき出したのである。蒼白な二本の腕が宙にのびて陣兵衛の袴のひもをときはじめ、蠟のような二本の足はみずからのもすそをかきひらいて、血のたまった秘所をあらわした。

「天兵衛……斬られた手くびがうごいておる！」

　源五郎が、手くびから先だけたたみにおちた陣兵衛の掌の指が、ひらひらとうごいているのをみてうめいたとき、すでに小宰相の下半身に馬のりになった陣兵衛は、腰を上下させながらにやりと笑った。

「極楽。極楽。――極楽といえば、信玄もいまごろ極楽往生をとげておるはずだぞ。はてしもなく水を吸い、ふくれあがる忍法春水雛《しゅんすいびな》に抱かれての」

「おお、影法師どのは！」

と、真田源五郎はわれにかえっておどりあがった。簸陣兵衛の全身は硬直した。

「なに、この隠《かく》し湯《ゆ》におったは信玄の影武者か！」

そして、彼はがくりと血みどろな女の屍骸《しがい》のうえにうち伏した。


ようやく風呂の戸をたたきやぶった霧隠地兵衛と跡部大炊助は、内部にみちみちた、まっしろな、ふわふわした餅のようなものにきもをつぶした。それがいったい何であるのか、あの愛くるしい内裏雛《だいりびな》をみたはずの大炊助にも、ついにわからなかった。

ただ、彼らがようやくつきとめたのは、この奇怪な物体と格子のあいだにはさまれて、恐怖の相をきざんだまま圧殺されている信玄の影法師とその愛妾お芦の方の屍骸だけであった。

蛇陣篇

一

元亀四年七月十九日、足利氏は滅んだ。

公方義昭《くぼうよしあき》をおのれの傀儡《かいらい》としようとする信長と、それに甘んぜずひそかに群雄に書状を出して信長を覆滅しようとはかる義昭がついに衝突し、信長は義昭から征夷《せいい》大将軍の称をうばって追放したのである。信長としては、まずプログラムどおりの処置であろう。

七月二十八日改元、天正となる。元亀四年はすなわち天正元年である。

七月の終り、信玄は下部の隠し湯から甲府の躑躅《つつじ》ケ崎《さき》の館《やかた》にもどった。それまで御屋形様が下部の湯へいっていたということも知らなかった民たちは、ひさしぶりに輿《こし》にのった法衣の入道をみて、その健康そうなのに安堵《あんど》の胸をなでおろした。

信玄の輿とならんで、夏の風に薄紅の被衣《かつぎ》を吹かせている女性《にょしょう》をのせた輿が、剣甲の騎馬兵にまもられて、甲府へゆられていった。ときどき被衣からのぞく美しい顔をあおいで、人々はそれが御屋形の御側妾《そばめ》のひとりお鶴の方であることを知った。

躑躅ケ崎の館の夜明けの風に、葡萄《ぶどう》の房がゆれていた。——

ところで、余談になるが、はじめ作者はこの物語の時や舞台を構想していたとき、甲府の名産が葡萄であることを思い出し、しかし、「信玄が葡萄をくったとかいたら、さぞおかしいだろう」とかんがえた。葡萄という果物がなんとなく西洋くさい感じなので、それが甲州の名物になったのはずっと後年のことだろうとかんがえたのである。

しかし、調べてみると、甲斐における葡萄栽培の起源は思いのほかに古く、頼朝《よりとも》時代という伝説すらあるが、実際はこの信玄のころからはじまったものらしい。例の大医《だいい》甲斐の徳本《とくほん》が葡萄の栽培法を研究し、棚作りの法を里人《さとびと》に教えたという。

で、いま、躑躅ケ崎の館の裏庭に、見わたすかぎり棚が作られて、熟れきった黒紫の葡萄の房が、朝露のしずくをおとしている。

その棚の下を、侍女をひとりつれた美しい女人《にょにん》が、しずかに逍遙《しょうよう》していた。

信玄の愛妾のひとり、お鶴の方である。寝苦しい暑い夜をようやくすごした彼女は、窓が白むとともに庭におりたち、生きかえるような夜明けの涼しさを愉《たの》しんでいるのであった。

「甲陽軍鑑」に「信玄御一代の内、甲州四郡のうちに城郭をかまえず、堀一重《ひとえ》のおん館《やかた》に御座候」とあるように、この躑躅ケ崎の館は、背後にこそ山を負い、まわりは高さ一丈の土堤《どて》と濠《ほり》をめぐらしてはいるものの、とうてい城とはいえず、館とよぶにふさわしいものであった。東西百五十五間、南北百六間というから、ひろさ一万六千四百三十坪、精兵を四隣に出した信玄の本拠としてはむしろおどろくべし狭小なものといってよい。彼にとっては、甲斐一国が城であったといえよう。

チチ、チチ、チチ……と小鳥も昧爽《まいそう》の歌声をあげている。お鶴の方は葡萄の棚に白い手をのばして、露にぬれた粒をもいで口に入れ、冷たい果汁がのどにひろがるのを愉しみながら、青い裏山の方へ蓮歩をはこんでゆく。

――ふと、彼女はたちどまった。かすかに頰をあからめながらいう。

「これ、そなたはここで向うをむいて立っていやれ」

侍女とはいうものの、まだ十一、二、むしろ女の童《めわらわ》ともいうべき少女を、館の方へむかせておいて、お鶴の方は山麓の藪《やぶ》の中へ入っていった。彼女は生理的要求をおぼえたのである。

笹に鳴るかすかなひびきは、竹林をわたる風とともにしぐれのようにふりそそぐ露の音にまぎれた。――が、そのひびきがやんでも彼女はいつまでも立ちあがらなかった。

彼女の眼は、竹藪の小暗《おぐら》いしげみにひかる紅玉のようなふたつの眼と逢った。それがぬうとかまくびをもたげた蛇の眼だと知ったとき、悲鳴をあげるより、彼女はふしぎな麻痺《まひ》感にとらえられたのであった。

彼女は、その小さな赤い眼を、なぜか、あれは蛇ではない、人間の男の眼だと感じた。それが、じいっとじぶんの恥ずかしい谷を見入っている。……幾分たったであろう、その赤い眼が、すうとまえに出てきた。それはやはり一匹の青大将であった。

それからあとのことは、はっきりした記憶がない。青い竹藪もひかる露も彼女の視覚から消え、朝がまた夜にもどったような暗がりのなかに、彼女がおぼえているのは、ぬるぬると下腹部を這《は》いまわる名状すべからざる感覚のみである。――彼女はもだえた。蛇のまるいあたまは彼女の深奥部を律動的にうちたたき、蛇のうろこは彼女のひだひだを微妙にかきたてた。そしてほそい舌は、彼女がまだ知らない官能の粘膜を、ちろちろと炎のように灼いた。彼女がもだえたのは、恐怖からではなく、この世のものならぬ快美のうねりがつきあげてきたからであった。

「もし……お部屋様」

遠くで小さな侍女が呼んでいる。

「もしっ」

ゆすぶられて気がつくと、彼女は笹のなかにあおむけにうちたおれて、夢中で腰をくねらせているのであった。さらけ出された下半身に、藪からもれる朝の日光が、金色の斑《ふ》のごとくゆれていた。

「蛇は……蛇はいぬかえ?」

がばと起きなおったお鶴の方に、女の童《めわらわ》はぎょっとなり、またいぶかしげにまわりを見まわした。

「蛇がいたのでございますか、お部屋さま。……」

お鶴の方は、魂をぬかれたように館にかえった。彼女はこのことをだれにもしゃべらなかったのみならず、小女《こおんな》にも他言することを禁じた。むろん、ひとにきかれてはならぬ恥ずかしい話である。しかし、ただ恥ずかしいばかりではなかった。……

三日めの夜明け方、こんどはお鶴の方はひとりでまた竹藪に入っていった。頬はやつれていたが、眼はもえていた。……藪の中に紅玉の眼を見出すと、彼女は悲鳴をあげるどころか、憑《つ》かれたようにみずからもすそを左右にかきひらいたのである。

七日めの夜明け前、お鶴の方はまた竹藪の中にじっと立っていた。赤い眼は、依然として、蒼暗いしげみにひかっている。——ふらふらと、吸いよせられるようにちかよったお鶴の方は、その眼が人間の眼であることを知った。藪の中に立っていたのは朦朧《もうろう》とした男の影だったのである。

「待っていた。……」

と、彼はささやいた。彼ははだかであった。

金縛りになったようなお鶴の方の眼に、男の股間から何かが起ちあがるのがみえた。それは肉体の一部にみえて、のびてきたのをみると、一匹の青大将であった。

青大将はうねりながらのびてきて、お鶴の方の唇をちろちろとほそい舌でなめ、たまらずにひらいた口へ、そのあたまをさし入れた。……なんたる夢魔の世界の快楽であったか、やがて、女の舌とたわむれあった蛇のあたまは、彼女ののどへ、甘いねっとりとした乳のようなものをしゅっとそそいだのである。

二

青葉に染まるような躑躅《つつじ》ケ崎《さき》の館《やかた》の奥ふかく、信玄の第二の影武者は脇息《きょうそく》にもたれて、まどろんでいた。――ひっそりとした夏の昼下がりだ。

影武者は、死んだ信玄と同年であった。すなわち、ことし五十三になる。

生きていたころの信玄は、午睡などとる人間ではなかった。晩年、結核に苦しみながら、なお数人の愛妾を侍《はべ》らすほど精力絶倫の人物であった。その影武者となるほどの男で、しかも結核など病んではいないのだから、体力だけはほんものの信玄以上の自信をもっていたのに、しかも彼は、うつらうつらと睡魔《すいま》におそわれている。

睡魔――まことに影武者は、この数日、ひとりになれば、真昼でもたえがたい眠りにひき入れられるのであった。

そして、夢みるのだ。――少年のような春夢を。愛妾のお鶴に口淫される夢を。

彼は毎夜、お鶴の方を抱いてねむる。それは信玄の遺志であり、影の軍師山本道鬼斎《どうきさい》の命令によるものであった。まことに信玄がすでに世にない以上、その智謀《ちぼう》はべつとして、影武者のかなうかぎり、信玄そのものとして生きることが、絶対的な任務であったのだ。しかし、さすがに主君の愛妾たるひとに、そのようなはしたない行為を、彼は望んだことはない。夢みたこともない。——といいたいが、実に彼は、目ざめているときには脳裡《のうり》に影もおとさないその妖艶《ようえん》甘美の肉感を、魔のごとくおそうまどろみのなかに夢みるのであった。この数日来のことだ。

わずか数日のことであったのに、彼はみるみる蒼白く憔悴《しょうすい》してしまった。それは五十三歳の彼が、この夢と同時に、おびただしい夢精を強《し》いられるからであった。

「……ええいっ」

ふいに、鉄をも絶つような絶叫がきこえた。

信玄の影武者は身ぶるいとともに目ざめた。眼前にふたつの影が立っている。一刀をひらめかせたのが家臣の真田源五郎で、そのそばに立っている袈裟頭巾《けさずきん》の僧が山本勘介であることをみとめたのは瞬刻であった。

ふたりは、きっとして頭上の欄間《らんま》をふりあおいでいた。

「にげたな」

と、山本道鬼斎がつぶやく。

「御免」

一刀ひっさげ、源五郎は縁の方へかけ出そうとした。

「待て。もはや及ぶまい。ただの蛇ではない。おそらく忍法者にあやつられる蛇だ」

「忍法者の蛇」

「みろ」

と、山本勘介は欄間の下のたたみをあごでさした。そこには白い乳のようなものが、おびただしく散りしぶいていた。

「……それでは、またもや徳川の第三の忍者めが」

「左様、このたびは蛇をつかう忍者とみえる。――おそらく、まことの信玄公ならば、抜山蓋世《ばつざんがいせい》のおん気力、なかなかもってこのような妖しのものの寄りつくのをゆるし給わなんだであろうが」

山本道鬼斎は憮然《ぶぜん》としてふりむいた。信玄の影武者はうつろな眼でふたりをながめ、またその乳のようなものをながめている。ややあって、ほそい息を吐《は》いていった。

「蛇か？」

ふたりはひざまずいた。道鬼斎がうやうやしくいった。

「御屋形《やかた》様。……実はこのごろ、お部屋さまに何ともいぶかしき妖気が感ぜられるところの源五郎が申し、御屋形様に思いあたられるふしでもおわさぬかと、うかがいに参上いたしましたが」

道鬼斎は信玄の影武者を見た。彼の頭をつつむ袈裟頭巾は、眼の部分にも黒い紗《しゃ》をたらしている。その紗のなかから射るようなひかりがほとばしり出た感じであった。

「いま参上すれば、思わざりき、御屋形様の方にもこの怪異」

「蛇が……余に何をした?」

影武者はかすれた声でいった。

「縁より声をかけましたところ御返事がござりませぬので、ふとのぞきこんだとき一匹の青大将が、御屋形様のおんひざもとよりするすると逃げ出し、壁をつたわってあの欄間へ這《は》いのぼったのを見たのでござります。そのとき、口より吐きおとしたあの乳のようなものは」

「………」

「御屋形様より吸い出したる男の精ではござりませぬか」

影武者の頰から血の気がひいた。このごろじぶんを悩ませていたあの妖しい白日夢を想い出したのだ。

しかし、彼の顔が蒼ざめたのはいまさらのことではない。そういえば、この数日、影武者が急速にやつれた感じなのに、あらためて山本勘介は気がついた。

「御屋形様。このごろ不審なことはござりませぬか」

「忍者の蛇だと?」

影武者はもういちどくりかえした。

「そうとは知らなんだ。道鬼斎、あまりにたわけたことゆえ、だれにも話さなんだが、そうときけば、言わずばなるまい。わしはこの七、八日、昼間でも夢をみる。恥ずかしや、お鶴の口に吸われる夢じゃ。……しかし、それが蛇のわざであったとは知らなんだ！」

道鬼斎は黒い紗のかげでだまっていた。彼に制されて、刀を鞘《さや》におさめ、そこに坐ったものの、源五郎は唇をかみしめておちつかない表情をしていた。

「道鬼斎どの、徳川の忍者とは……いまだかつて敵の忍び者など入れたことのないこのお館《やかた》に――」

「それも、日輪《にちりん》おちて、お館にみえぬ薄闇《うすやみ》のただよっているのを、敵の忍者は感づいたのかもしれぬ。……源五郎、このお館のどこかに、蛇をあやつる敵の忍者はたしかにおるぞ」

「いや、余人はしらず、あの天兵衛地兵衛が、夜となく昼となく見張っておりまするに――おそらく、いまもお庭で、眼を節穴のごとくひらいておりましょう。口ほどにもない、不甲斐ない奴らめが」

「叱ってはならぬぞ、源五郎、世はひろい。いくさにかけては本朝無双の御屋形様ですら、ついに望みをとげられなんだ世の中じゃ。忍びの者も無数、忍びの術も無数、文字どおり、蛇はなめくじをおそれ、なめくじは蛙にかなわぬが、蛙は蛇にのまれるということがある。——しかし」

山本勘介の声はふるえをおびた。

「御屋形様。……このままにては、その蛇に精根吸いとられ、遠からずお果てなされましょう」

「斬る」

と、影武者はうめいた。

「そうと知った上は、もはやあのたわけた春夢にたぶらかされはせぬ。かならず、この眼をかっとひらいて、妖《あや》かしの敵を討ってみせるわ」

「御屋形御一身に甲斐の安危はかかっておるのでございます」

それから道鬼斎はじっと影武者を見ていった。

「ところで、お鶴のお方さまでございまするが」

「おお、それよ、お鶴にいぶかしき妖気があると申したが、いかにも夢にお鶴があらわれるは奇怪、お鶴がいかがしたというのか、源五郎」

「あいや、それは私の申したことではありませぬ。霧隠地兵衛めの言葉にて、きゃつもただ左様におぼえると首をかしげるのみで、それ以上、しかとしたことはわからぬようでございます」

「鶴は……そうときけば、鶴もこのごろやつれてきたようだ」

信玄の影武者は、ふとまた夢みるようなまなざしになった。閨《ねや》のなかのお鶴の方の白蠟《はくろう》を刻んだような顔が、名伏しがたい淫蕩《いんとう》さをおびて、何やら蛇を思わせる姿態をみせることを脳裡によみがえらせたのだ。

「さればと申して、べつに変った風もみえぬが……よし、源五、鶴を呼べ」

真田源五郎は起《た》って、縁側を小走りに去った。やがて、お鶴の方を呼んできた。

そのやつれぶり、しかもこの世のものとは思われぬ妖艶《ようえん》さが加わったのに、あらためて道鬼斎と源五郎は一驚したが、しかし彼女もまたここにじぶんの呼ばれた理由をすでに感得《かんとく》していたもののようで、その蒼味《あおみ》をおびた眼は、ふかい恐怖とある覚悟にひかっていた。

そして彼女は、竹林の蛇のことを語ったのである。きいていて、「――たわけたことを！」と源五郎はさけび出したいのをおさえたが、道鬼斎は黙然《もくねん》と沈思したままであった。やがて、ききおわると、しずかにいった。

「さて、お部屋さま、これより、いかがあそばす」

「こんどまた左様な蛇に魅入られたときは、鶴は神かけてその蛇を殺さずにはおきませぬ」

と、お鶴の方は蒼白い顔を宙《ちゅう》にすえてつぶやいた。

「それで安堵《あんど》仕った。あなたさま御一身に、御屋形様の御一命はかかっておるのでござりまするぞ」

山本勘介はそういって、やがて真田源五郎をうながして辞したが、縁側を十数歩あゆんでから、嘆息とともにつぶやいた。

「天兵衛、地兵衛ほどのものの眼さえのがれて忍び入る奴だ。ひょっとすると、あのおふたかたのお命は……風前の灯」

「道鬼斎どの」

源五郎はさけんだ。

「それをふせぐ法はないと仰せられるのでござるか」

「それを、わしはいま思案しておる」

三

信玄の第二の影武者が殺害されたのはそのあくる日の夜明けのことであった。

その寝所をめぐる三地点に、真田源五郎と、猿飛天兵衛、霧隠地兵衛が監視《かんし》していて、人間はおろか、虫一匹も見おとさずにはおかぬ月明の下で、男とも女ともつかぬ苦鳴がながれたのである。

三人がかけつけたとき、信玄の寝所に見出したものは、肩から袈裟《けさ》がけに斬られてたおれている愛妾お鶴の方と、血まみれの一刀をつかんだままうち伏している影武者信玄の姿であった。

「……御屋形様」

絶叫して、源五郎が抱きおこし、影武者のみだれひらいた前をみて、思わず異様なうめきを発した。影武者の性器は、そのなかばから消滅して、血の花を咲かせていたからである。

「おお、お鶴の方さまをごらんなされ」

と、地兵衛がいった。ふりかえって、源五郎は息をのんだ。あおむけに横たわっているお鶴の方の口は血まみれで、その頬のそばにおちているのは「一本の肉塊」ではなかったか。

「……蛇はみえませぬ」

いままで凝然《ぎょうぜん》とつっ立ったまま、壁、柱、天井を見まわしていた天兵衛がいった。

「相討ちか？」

源五郎の声はかすれた。この屍骸の様相では、そうとしか思われないのだ。影武者、お鶴の方、いずれも魔性の蛇に魅入《みい》られていると知りつつ、この夜なお閨《ねや》をともにしたのは、それこそ「虫の知らせ」がありながら、むしろそれを待つといってきかなかったからである。一方がたぶらかされれば、他方が討つ、かならずその妖蛇を退治してみせる、と影武者信玄は思いきわめた表情でいい、それ以上に必死にそうねがったのはお鶴の方であったが、なんぞはからん、その両人がかかる凄惨《せいさん》な相討ちをとげようとは！

思うに、お鶴の方はまたもや魅入られて、酔いかかる最後の意識をふるいおこし、蛇と信じてかみちぎったものであろうし、影武者はおのれの精根を吸いとる美女が、これまた蛇の化身だと思って、必死の一刀をふるったものではあるまいか。――それにしても、お鶴の方はともかく、たんに性器をくいちぎられただけの影武者が、ほとんど即死としか思われない屍骸《しがい》となっているのは奇怪だが、蛇にかまれたと錯覚《さっかく》した刹那《せつな》、肉体のみならぬ心理的な衝撃《しょうげき》からそのまま絶命したものであろうか。

「……天兵衛、地兵衛、いそぎそれなる男の屍《かばね》をあちらに移せ」

声が、うしろできこえた。三人はふりむいた。

唐紙のところに立っているのは、袈裟頭巾の僧形《そうぎょう》――今宵これまたこの躑躅ケ崎の館に泊りこんでいた山本道鬼斎にまぎれもない。そして、そのうしろに粛然《しゅくぜん》と立っているのは、おどろくべし、いま眼前に横たわる信玄の屍骸とそっくりの法体《ほったい》姿ではなかったか。

いや、おどろくことはない。――それが信玄の第三の影武者だ、と知ったとたん、三人は稲妻のごとく山本勘介の意中を見ぬいた。

天兵衛、地兵衛は、影武者の屍骸をひきずって、いそぎ隣室へかくれた。死ねば影武者は、しょせん影武者の待遇しか受けられないというより、事はいそぐのだ。——最初、悲鳴をきいたときからいままで、ものの五分とたってはいなかったろう。

「源五郎、雨戸をあけよ」

道鬼斎の命ずる声のなかばで、真田源五郎は飛鳥のごとく縁側にとんでいる。——雨戸はあけはなされた。

「曲者、推参なり、余は機山信玄なるぞ！」

雷霆《らいてい》のごとき大音声《だいおんじょう》が夜明けの庭をつん裂いていった。座敷に厳然《げんぜん》と坐った「生ける信玄」が呼ばわったのだ。

「忍びの者をつかって余を殺《あや》めようとはかるなど笑止なり、帰って家康に告げよ、なんじのよこす見舞いのおかげにて、信玄こころ愉しみ、病癒《やまいい》えんとしつつある。遠からず、もういちど三方《みかた》ケ原《はら》で相まみえんとな」

もとより、信玄が——実は影武者が——敵の忍法にかかって果てたと知らせぬための処置だ。しかし、蒼茫《そうぼう》とあかるんできた庭の樹々は、ただ夜明けの風に人ありとはみえぬ葉ずれの音をたてているばかりであった。

館のあちこちで、ざわざわと人声が起りはじめた。道鬼斎は、「猿飛、霧隠、侍ども

が参ったら、大事ないと追いかえせ」と命じてから、

「源五郎、戸をしめよ」

と、いった。真田源五郎は雨戸をとじた。勘介はなお深沈《しんちん》と思いにふけっている。

「きゃつ……逃げはすまい」

と、やがてうなずいた。

「もとより信玄を討ったとは思うまい。しかし、いままでちかづくこともかなわなんだ忍者が、ここまで手応《てごた》えあったうえは、たやすうあきらめて去ろうとはすまい。信玄公の影武者といえば、四隣に名のきこえたもの、いまのがはたしてまことの信玄公なりや、影武者なりや、なお館の闇をうろついて、探《さぐ》り、うかがい、つきとめるものとみる。……また、こちらとしても、きゃつが去ったか、まだとどまっておるか、それをたしかめねば、枕を高うして眠るわけにもゆかぬ。されば。……」

おのれの思考をかためるかのごとく、ゆっくりとつぶやく。

「もういちどきゃつを誘《さそ》い出し、討ち果たさねばならぬ」

「いかにして誘い出すのでござる」

「それをきのうから思案して……ようやくいま思いついたのだ」

道鬼斎は墨染《すみぞめ》の袖《そで》をあげて指を折った。

「お鶴の方さまの逢《あ》われた災難のことをきいたであろう。庭の藪《やぶ》のなかで尿《しと》をなされよ

うとしたとき、蛇に魅入られたのがそもそものはじめであったと。……されば、もういちど美しい女をあの藪に入らせて、おなじ姿で蛇を誘い出すのだ。もとより、そばに余人がおってはならぬ」

「なるほど。……面白い。それから」

道鬼斎は源五郎の耳に口をよせて何やらささやいた。源五郎はうなずき、くびをかしげ、

「そのように首尾《しゆび》よく参るでござろうか」

「だから、ためしてみるのだ。それゆえ、もし曲者《くせもの》がなお邸内におるならば、充分きゃつを誘い出すに足りる美女でなければならぬ」

「もとより、御屋形様のお部屋さまは、なおおいく方かござる。しかし、その方が、もしまた敵の忍法に魅入られたら？」

「それじゃ。お鶴の方さまはもとより、二番目の影武者どのさえ魅入った忍法、おそらく世のつねの女ではふせぐことはかなうまい。されば、逆にその敵に魅入られるだけの美しさと根性をもった女でなければならぬのだ。その女が、この武田家にただひとりある」

「それは、どこの何者でござる」

「そなたの女房、呉葉《くれは》どのよ」

真田源五郎は口をぽかんとあけて、まじまじと相手を見つめていたが、

「そ、そ、それはだめです」

と、悲鳴のようにさけんだ。

「あれは平生から、拙者《せっしゃ》の行儀がわるいとよく叱る女、夫として妻の身分を云々《うんぬん》するのもいかがと思われるが、何といっても菊亭晴季《はるすえ》卿の娘、そ、そんな、藪に入って尿《しと》をするなどとは。……」

「源五郎」

山本勘介は叱咤した。

「武田家の命運かけた大事であるぞ」

源五郎は沈黙し、あかくなり、あおくなった。

四

夜明けの竹林のなかを、真田源五郎の妻呉葉は、うなだれて、あるいていった。ひかりをおそれ、なお藪の奥にのこる夜の世界ににげこんでゆきたがっているような恥じらいのうしろ姿であった。

むりもない、呉葉はもと堂上《どうじょう》の姫君である。ほんとうをいえば、お嫁にきた当時は、この躑躅ケ崎の館の中の典礼すら、あまりに武骨で粗野なので、ひそかにかなしくなったくらいだ。いまは戦国の大名の家中がある程度あらあらしいのは当然だと納得《なっとく》し、すすんで武田の士風、真田の家風に馴れようとつとめてきた呉葉であった。

それゆえ、夫の源五郎からこんどの途方もない用をいいつけられたときは、むろん最初はげしく拒否し、つぎに、理由はいわずただ主家の大事ときかされただけで、頬あからめてふかぶかとうなずいた。

じぶんの行動如何によって、御屋形さまのお命をうかがう恐ろしい敵がおびき出され、誅戮《ちゅうりく》される！

そうきいて、この藪の中に入ってきたけれど、それにしても尿《しと》をせよとは。——むろん、源五郎も天兵衛地兵衛も、じぶんの姿をみているわけではない。が、その命令による行為は、彼らに見られていると同様の羞恥《しゅうち》をからだじゅうに満たさずにはおかない。

しかし、彼女はすすんでゆく。八つと七つの男の子があるとは、知らない者には信じられないような、うら若い、優雅な顔をうすあかく染めて、しかも繊手《せんしゅ》に鞘もふといひとふりの陣刀をひっさげて。

かねて命じられていた地点に立つと、呉葉はその陣刀の鞘をはらい、刃を藪の奥にむけて、刀身を地面につきたてた。それから——彼女は眼をとじ、かすかに肩で息をし、そろそろとみずからもすそをまくりあげていった。

尿《しと》をした。なんの異常もない。彼女はしかしすそをかかげたまま、立ちあがり、仁王立ちになっている。

数秒たった。黎明《れいめい》の藪のそよぎが、ふっときえた。

だれかに見られている。——呉葉はふいにそれを感じた。背を冷たいものがながれた刹那、彼女は眼を見ひらいた。しかし、それは羞恥の眼ではなく、必死の敢然たるたたかいの瞳であった。

竹藪の小暗いしげみに、紅玉のようなふたつの眼を呉葉はみた。そのまま虚空をただよってきて、じぶんのみせているものに吸いつきそうな眼であった。歯をくいしばり、しかし彼女は秘所をさらけ出したままそれを見かえしている。人間のだれがこのような呉葉の姿をみたものがあるだろうか。しかしそれはむしろ壮絶な女の姿であった。

ふいに呉葉は意識がうすれかかった。赤い眼とにらみあっているうち、甘い乳のようなものが全身の血管をながれ、ふかい恍惚《こうこつ》感と麻痺《まひ》感におそわれたのである。のどのおくで、みずからの酔いとたたかううめきをもらして、彼女は二歩、三歩、あとずさった。それが夫から命ぜられている行動であった。

そのとき、藪の奥から、赤い眼がながれ出して、一匹の青大将が姿をあらわした。蛇は、まるで美女にひきよせられるようにするすると這い出してきた。燐《りん》のようにひかる眼はかぐわしい秘所のみに吸いつけられて、前につきたてられた刀は盲点に入ったのか、あたまが刃にふれたとみるまに、そのからだは左右に、一尺も切り裂かれた。

「あーっ」

どこかで、苦鳴があがった。それはまるでからだを切り裂かれたような痛苦のひびきをおびていたが、声はむろんひくくおさえていたし、思いがけないところであったから、ふつうの人間の耳にはきこえなかった。

しかし、その声をはっきりとききいた者があるのである。

その藪を見おろす躑躅ケ崎の館の屋根のひとつに――夜明けの蒼茫《そうぼう》たるひかりのなかに、黒頭巾黒装束の影が立って、よろよろと泳ぎ出した。片手で顔をおさえ、片手で胸をおさえてのがれ去ろうとする。

びゅっ――と大気を灼《や》ききるような金属的な音がして、その胸に鉄のマキビシがくいこんだ。マキビシとは八方にねじくれた釘を突出させたもので、ふつう忍者が逃走するときあとにばらまいて追跡をふせぐための武器だが、また一方で恐るべき忍者の飛道具となる。いまのうめきではじめて敵の所在を知って、庭の一角からこれをなげつけたのは霧隠地兵衛であった。

「……地兵衛、きゃつ――にげるぞ」

と、屋根をふりあおいでいた真田源五郎がいった。

「いや、たしかに心ノ臓に命中しました。きゃつより、源五郎さま、はやく藪の中へゆかれて、奥さまにわびをいって下されや。あとが、こわい。——」

源五郎がすっとんでゆくと、地兵衛はまた屋根の上を見あげて、「……さすがに、あっぱれな奴」とうめいた。

「おうい、徳川の乱波《らっぱ》、もはやのがれられぬ。しかし、いささか感服したぞ。せめておれに名をきかせて死ね」

「おれは死なぬ。またくるぞ。……名だけはおぼえておけ、おれは徳川の伊賀者虚栗《みなしぐり》七太夫。——」

その声をのこし、屋根の勾配《こうばい》の向う側に、甍《いらか》の音もたてずすべりおちていった虚栗七太夫は、軒をはなれるとき猫そっくりの姿となり、足は完全に着地の体勢であったが、大地についたとき、首はなかった。

夜明けの微光に、血の霧が奔騰《ほんとう》した。ころがった彼の首と胴のあいだに、血刀ひっさげた猿飛天兵衛のまんまるい姿が浮かびあがった。

風陣篇

一

「おういっ。……」

それは雁坂峠から吹きおろしてくる秋風の声かときこえた。

遠くから山の音が鳴ってくると、たちまち赤いつむじ風のような紅葉が、峠をくだる三人の笠を、袴《はかま》をふきめぐる。

十月、笛吹川上流の渓谷は、すでに朱塗りの剥落《はくらく》した古代の伽藍《がらん》のごとく、風のたびに落葉と紅葉をとばし、木々と岩の骨をむき出して、あくまで深く晴れあがった空の下に、刻々に凄絶の相をふかめてくるのであった。背後の秩父山塊、左手の大菩薩連嶺は、その蒼空にはやくも雪をいただいている。――

路はわるい。いや、路とはいえないような岩と崖のつらなりだ。はるか下から、笛吹川の淙々《そうそう》たるしぶきの音がわきあがってくる。

その岩をとび、崖を縫って、しかし三人の武士は、鶺鴒《せきれい》のように軽がると下ってゆく。みれば、そのなかのひとりは、笠のかげから白い髯《ひげ》を風にそよがせ、手には自然木の杖さえ持っているというのに。

「もしっ。……おねがいでござる。――」

またうしろで声がきこえた。

「是非お弟子にして下されい。……伊勢守様。――」

白い髯の笠がたちどまった。

「ようついてくるの」

と、苦笑の声がいう。ふたつの笠はうなずいた。ひとりが、ややいらだった声で、

「うるさい奴。しばらく気絶でもさせておきましょうか」

「いや、この難所をわれらとつかずはなれず、ぴったりとついてくるのは、なみなみの心得ではない。ちと、あいつ、見どころがあるぞ」

「それでは」

「もういちど、よく相手もみてやろう」

三人はたたずんだ。そこは一方の山がすこし入りこんで、穂すすきのなびく荒涼たる草原であった。

はるかうしろから、やはり鶺鴒のように追いすがってきた男は、そこにしずかに立っている三人の姿をみると、ぴたりと坐って、両腕をつかえた。

「あらためてきく。名は?」

と、老人がいった。

追ってきた男は、からだはそう大きくはないが、全身の筋肉は黒びかりして、鞭《むち》のように精悍《せいかん》なかんじの若者であった。顔は土くさく、いかにも田舎者らしいが、ふとい眉の下にひかる眼はぎょろりとして、あきらかにただものでない。

「はっ、拙者、秩父の郷士、墨坂《すみさか》又太郎と申しまする」

「なぜ、わしの名を知っておる」

「三年前、やはりあなたさまが秩父をお通りなされた際、ふと通りすがりにただのお方ではないと見、あとで、あれは上泉伊勢守様と承わり。――」

老人は笠をとった。白髪白髯《はくぜん》につつまれた鶴のように清雅な顔だちが微笑してうなずく。ふたりの武士も笠をとった。

「即刻、おんあとを追おうと存じましたなれど、いや待てしばし、おれはまだ当代の剣聖上泉伊勢守様に弟子入りするほどの腕でないと思いかえしてござる。爾来《じらい》、三年、鳥や獣相手の山家《やまが》剣法ながら、必死の修行をつづけ、ややみずから悟るところありと思うにいたったとき――天のおひきあわせか、はからずもまた伊勢守様のお姿を拝し、このたびこそいのちかけてもお弟子に加えていただきたいと、おんあとをしたって参ったのでござります」

「――いのちかけても?」

と、従者のひとりがいった。うす笑いしている。

「いかにも、ここにおわすは上泉伊勢守様。ただし見るとおりの御高齢じゃ。もはや出来あがった者でのうては、弟子はとられぬ。出来あがった者か、まだそこに至らぬ者か、それをお目にかけるには、まさにいのちが要るぞ」

「いのちはすでにすてております」

じろっと墨坂又太郎は従者を見あげた。不敵な眼だ。

「どうしたら、それをお目にかけられましょう」

「おれと試合をするのだ」

と、従者はいった。重厚な四十年輩の男であったが、眼にかすかな怫然《ふつぜん》とした色がある。

「ただし、刀は真剣であるぞ」

しかし、恐れるどころか、秩父の若者の眼はさらにかがやいた。

「よろしゅうござる。——ところで」

と、彼はにやりとして、伊勢守と半々に見て、

「若しあなたさまを——伊勢守様のお弟子たるあなたさまを討ちとめたとしても、拙者の入門をおゆるしに相なりましょうか。匹田《ひった》文五郎様」

「なに、おれの名まで知っておるか。——もとよりだ！」

と、従者はついに怒りの声をたたきつけた。そして師にむかって一礼するや否や、ぱ

っとうしろにとびずさった。その手にはすでに一刀がひらめいている。――しかも、なんたる大胆、相手はまだ柄《つか》に手をかけて、直立したままであった。

そのままの姿勢で、ふたりは硬直したようにうごかない。――従者の耳から、ふっと風音と水声が消え去った。彼の全知覚には、ただ相手の眼だけがあった。それは射る眼ではなく、吸引する眼であった。

いつもの無想境ではない。従者は、じぶんと相手の周囲に墨色の雲霧《うんむ》が渦をまいて、ゆっくりとめぐっているような感じをおぼえた。はっとして眼をこらせば、山気は澄んであくまでもあかるく、むろん錯覚だ。しかも、たしかに、何かがふたりのまわりに、まるく、楕円形に、ねじれ、のびちぢみしているような感じなのだ。

敵と剣をとって相対して、彼はこのような奇怪な感覚に襲われたことはない。――上泉伊勢守の高弟の一人、匹田文五郎小伯《しょうはく》ともあろうものが！

敵の眼のほかに、彼の視覚にうごくものがあらわれた。それはちりかかる無数の赤い落葉であった。――たしかに落葉だ。しかし、その落下の異常な緩慢《かんまん》さは何としたことだろう。まるで水中をただよい沈む落葉としか思われぬ速度だ。

「…………」

本能的に剣気が全身を襲うのをおぼえて、彼の一刀は相手の小手にひらめいた。が、その刀は、眼にみえぬ鉛でもひいているように緩慢であった。かっと文五郎の面上で火花がちった。

「ま、待てっ」

真っ向からうちおろされる墨坂又太郎の一刀を、横から十文字に受けたのは、跳躍してきたもうひとりの弟子、神後《しんご》伊豆であった。

どうと匹田文五郎は尻もちをついていた。その刹那、ふりかかる落葉がふつうの速度にもどったのを彼は見たのである。

「勝負あったの」

と、上泉伊勢守はつぶやいた。文五郎を見ず、ややくびをかしげて秩父の若者に眼をそそいで、

「又太郎とやら——そちの刀法、だれから学んだ」

「人間の師匠はござりませぬ。先刻申したごとく、鳥、獣を相手に自得したものでござる」

と、墨坂又太郎は平然とこたえた。

「人間の師匠はない。——いかにも」

ややうち案じたのち、伊勢守はうなずいた。諸国の兵法者を脳裡《のうり》に一過させて、思いあたるものがないといった様子である。

「伊勢守様。……して、私をおつれ下さりましょうか」

「ふしぎな奴じゃ。ついてまいれ」

と、伊勢守はいって、杖をとりなおし、さきに立って飄々《ひょうひょう》とあるき出した。墨坂又太郎はうれしげに白い歯をむいて、文五郎の方をふりかえり、「失礼」というと、いそいそとあとを追ってゆく。

匹田文五郎と神後伊豆は、憮然《ぶぜん》としてあるき出す。

「上には上がある。世はひろい。……あのような若者が、秩父の山中におったとは喃《のう》」

と、神後伊豆は嘆息した。文五郎はなおくびをひねっていたが、

「伊豆、いまの試合をどうみたか」

「どうみたとは？　おぬしの刀より、むこうの刀が速かった。――つまり、腕が上ということじゃ」

「おれの刀より――おれはふつうであったか」

「おぬしに変りはなかったが。はて、小伯、何かあったのか」

匹田文五郎は、じぶんの体験を表現する言葉がないのに苦悶《くもん》する表情で、妙なことをいった。

「あれの刀をのぞいて、おれも、落葉も、この世のすべてのうごきがの、ことごとく異様にゆっくりと」

「なんだと」

「時――時の流れがよどんだような」

二

人も知るように、神陰流《しんかげりゅう》開祖上泉伊勢守は、もと上野《こうずけ》の太胡《おおご》城の城主の子であったが、父の代に滅んでから、おなじく上野の長野信濃守につかえて、その一城箕輪《みのわ》の城をあずかり、長野信濃守が武田信玄に滅ぼされてからは、飄然《ひょうぜん》として兵法修行の旅に出た。永禄六年、実に彼が五十五歳のときである。

すでにこのころ、伊勢守の刀術の精妙なことは関東一円にきこえており、信玄は厚く召しかかえようとしたが、伊勢守はかたく辞して去った。「甲陽軍鑑」にいう。――

「上泉伊勢守と申す者、武辺のほまれ多き侍なるが、この者信玄公へおいとま申しあげ候。仔細《しさい》は、愛洲《あいす》陰《かげ》流と申す兵法をならい得て候あいだ、このうちよりそれがし仕出し、神陰流を立て、兵法修行をつかまつりたく候。奉公いたすにおいては信玄公へ注進申すべく候。奉公にてはなく、修行者にまかりなり候」

奉公するなら信玄につかえるが、いまはひたすらおのれの編み出した神陰流の兵法者となりたい、そういって彼は甲斐を去ったのである。しかし、それまで彼は秀綱といったのを、このときから信玄の一字をもらって信綱と名乗ったことでも、いかにこの英雄と剣聖が相ゆるしていたか、知るべきであろう。

それから十年、彼は諸国に神陰流の種を蒔《ま》いていった。

京の将軍足利義昭《よしあき》をはじめとして、伊勢の北畠具教《とものり》、奈良の宝蔵院胤栄、大和の柳生石舟斎、九州の丸目蔵人ら、すべて彼の教えを乞うた人々である。そして将軍から、

「上泉兵法、古今比類なし」

という感状をうけた。

このあいだ、彼はしばしば甲府にもどり、躑躅《つつじ》ケ崎《さき》の館《やかた》に信玄を訪うて、茶室で松風の音をききつつ、剣禅の妙境について相語るをたのしみとしたが、最後に訪れたのは三年前、元亀元年の秋であった。それからまたも関東陸奥を放浪し、ふと旅先で、信玄死せり、と噂を耳にし、巨星墜ちたり、やんぬるかな、と長嘆したが、その後信玄はただ病いに伏しただけで、その回復もちかいらしい、ときいて、安堵《あんど》すると同時に、もしまだ病床にあるならば、是非それを見舞いたいと志して、風のように甲斐へかえってきたのであった。

伊勢守が回国のあいだ、供としてつれあるいていたのは、匹田文五郎、神後伊豆の両高弟だけであったが、こんど甲府にきたときは三人になっていた。雁坂越えでひろってきた秩父の郷士墨坂又太郎である。

甲府の町は軍馬にみちて、騒然としていた。それは南へ、南へとながれ出てゆく。三河、遠江で徳川方が武田の出城に小うるさくからむので、これに一撃を加えるべく、武田の大兵が出兵中であるが、これはその後続の兵たちなのであった。すでに四郎勝頼をはじめ、馬場、小山田、土屋、山県、穴山らの宿将も前線に出ていることを、甲府にきてはじめて上泉伊勢守は知った。

「……はて」

躑躅ケ崎の館にあるきながら、伊勢守はつぶやいた。文五郎がきいた。

「何か御不審がござりまするか」

「信玄様は、よほどおん病《やま》い篤《あつ》いとみえる」

「と、申されると？」

「勝頼どのは遠江へ出られてお留守とのことじゃが、信玄公はこの甲府におわすはず。いかにおわずらいにしても、病い軽ければ、この甲軍の士気がかくも乱れておるはずはない。……」

躑躅ケ崎の館について、上泉伊勢守をまずむかえたのは、宿将のひとり長坂長閑斎であった。

「おお、これはおひさしや、伊勢守どの」

と、彼は眼をまるくした。

「御屋形おん病いと承わり、御見舞いに参ってござるが……おんわずらいのほどはいかがでござる」

「いや、それは神仏のおん加護あって、御本復はまぢかじゃが。……」

「それは祝着、信綱、それなれば一刻も早う御屋形にお目にかかりたい」

長坂長閑斎は、伊勢守を奥に通したが、狼狽《ろうばい》のていであった。

むりもない、信玄と上泉伊勢守との関係を知るものとしては、とうてい彼を追いかえすわけにはゆかない。といって——いままでも武田陣営の外様大名などと万やむを得ぬ謁見の要が生じたときは、影武者をもってみごとにその眼をあざむいたが——しかし、客分というより、信玄の心友ともいうべきこの伊勢守を、はたして完全にいつわり通せるであろうか?

上泉伊勢守一行はいつまでも一室に待たされていた。侍女が出てきて、茶を出し、酒を出し、灯までおいていったが、周囲は寂莫《じゃくまく》と秋の夜気をふかめてゆくばかりであった。

「……これは面妖」

と、神後伊豆がひとりごとをいった。

「この座敷をめぐって、殺気があるぞ」

墨坂又太郎は眼をひからせ、匹田文五郎はうす笑いした。上泉伊勢守は静坐したまま、何やら沈湎《ちんめん》と思いにふけっている様子であった。

「これは、遅うなって恐縮」

そわそわと、長坂長閑斎が入ってきた。

「実は、御屋形には急にはげしゅう咳《せき》をなされ出しての。それがどうしてもとまらぬゆえ、いままで御看病に汗をかき申した。いや、まれにあること、もはや、おさまりましてござる。伊勢守どのの参上をおつたえいたしたるところ、いとうお悦びにて、それはただちに会いたいと仰せある。ただし、いま申したようなわけでござれば、お声は御自由に出ぬが、それ御承知なら……ござれ」

べらべらと、いやになめらかにいう。——じっとその顔を見つめていた匹田文五郎がいった。

「長閑斎さま」

「何か」

「甚だ慮外なことを申しまするが、当お館に容易ならぬ兇気がひしひしとめぐっておりまする。御屋形様が気がかりでござる」

長閑斎の顔はあかくなり、あおくなった。

「拙者どもも老師のお供つかまつり、御屋形さまの御寝所に推参、この妖気をはらい、守護をして進ぜよう」

伊勢守が立つと、三人の弟子もすっと身を起した。とっさにそれをとめる言葉を失って、長坂長閑斎は先に立つ。伊勢守はなお何やら思案しているがごとく、黙々としたがってゆくが、あとにつづく三人を追いかえそうとはしない。

――回廊をつたい、信玄の寝所に入ってゆく上泉伊勢守たちを、庭の一角で真田源五郎と霧隠地兵衛はじっとみていた。彼らのみではない、庭に数十名の侍が、刃をふせて這《は》っている。

源五郎が、伊勢守一行の来訪を知ったのは、ほんの先刻であった。知らせる者があって、いま屋敷からかけつけてきたのである。長坂長閑斎のはかりごとによると――伊勢守は影武者どのと会わせないわけにはゆかない。それをまことの御屋形と信じてすめばよい、もしそれを影武者と見ぬいたときは、いかに上泉伊勢守とはいえ、生きてこの館を出すわけにはゆかない。そのときは、合図をするから、おっとりかこんで討ち果たせ、というのであった。

この重臣長坂長閑斎の思慮が妥当《だとう》かどうかは大いに疑問だ。伊勢守が、そんな敵意をもって遇してしかるべき人とは思われないし、たとえ敵意をむけたとて。――

「ああ、道鬼斎どのさえおわしたら。――」

と、源五郎はつぶやいた。山本勘介入道は、さきごろからひとつの使命をいだいて、猿飛天兵衛を伴って遠江へ出かけているのであった。

重臣でもあり、またほかに妙案のない以上、長坂長閑斎のはからいを、むげにしりぞけるわけにはゆかぬ。

「上泉伊勢守」

と、さすがの霧隠地兵衛も、よわりきった声を出した。

「これは、いかな忍者よりも始末がわるうござるて」

三

信玄第三の影武者は、寝所に入ってきた長坂長閑斎と上泉伊勢守、それにしたがう三人の弟子を迎えた。

短檠《たんけい》の灯は、わざと暗くしてある。彼は閨《ねや》に坐って、からくも脇息《きょうそく》に身をもたせているといった体《てい》にみせた。——外部には「信玄快癒まぢかし」と触れてあるが、今夜ばかりは、たとえ垂死の病人に見られようとやむを得ない。相手は上泉伊勢守なのだ。

影武者だから、もとより顔は似ている。暗い場所、遠い距離ではだれもがまことの信玄と思う。しかしちかくでよくよくみれば、まったくおなじでないことは当然だ。この影武者は、生きていたころの信玄にくらべて、やや痩《や》せがたであった。だから信玄がやつれて、面《おも》変りしたものと伊勢守にみてもらうよりほかかない。

「信綱か。……久しいの」

と、いって彼ははげしく咳《せ》いた。

伊勢守は平伏して、無音のわびをのべ、また信玄を見舞う言葉をのべて、しずかに顔をあげた。

影武者の背に氷のようなものがはしる。長坂長閑斎は手に汗にぎって、一瞬の伊勢守の表情を見まもった。もし、その表情に惑《まど》いの波がたったら、一刻の猶予もなく短檠《たんけい》の灯をふき消す。それを合図に寝所のまわりに埋伏してある武士たちがいっせいに乱入して、伊勢守と三人の弟子を乱刃の下に闇討ちにしてしまう手はずなのだ。

しかし、伊勢守の顔に、毛ほどの乱れはみられなかった。ただ、病める英雄をあわれむように、おだやかに、また眼を伏せた。

そのしずけさに、かえって影武者の方が動揺した。なるべく口をきかぬように、とはくれぐれも長閑斎からいいふくめられていたことであったが、沈黙していると、じぶんの正体がばれるような恐れにとらえられた。

「一別以来……そなたもずいぶん諸国をあるいたであろうが」

と、ふるえ声でいった。しかし長閑斎には影武者がいかにも病んでいるような声にきこえて、伊勢守になんの不審の表情もみられないのと思いあわせ、心中やや安堵《あんど》の息をついている。――影武者はいった。

「どこの大名が、いちばん恐ろしい奴とみた？」

「御屋形をのぞきますれば」

と伊勢守はこたえた。

「恐ろしい大将は、やはり織田弾正忠《だんじょうのちゅう》と徳川家康どのでござろう。……ああいや、ものを仰《せ》せなされますな、またお咳きなさると、からだに悪うござる」

伊勢守は深沈と面を伏せたままいう。——

「御屋形おん病いと承わりつつ、信綱推してまかり出でましたは、この際、是非御屋形に申しあげたきことあればにござります」

「……何か？」

と、ふと伊勢守の方をみた。影武者は、ふいにその眼が小さな光芒《こうぼう》に吸いつけられるのをおぼえた。伊勢守はうつむいたままだ。それは伊勢守の背後に坐っている三人の弟子のうち、いかにも山岳の匂いのするような若者の眼であった。

「まず第一に、御屋形様おん病いのうちは、つとめて兵を国の外に出されまするな。いかに織田徳川がいくさを挑《いど》もうとこれにかかずらうことなく、ただただ国のうちの力をたくわえて時節をお待ちなされますするように」

「伊勢どの、それはわかっておる」

思わず、長坂長閑斎はいった。

信玄の影武者はだまっている。いや、声を出すのも忘れている。彼の全知覚にはただその若武者の眼だけがあった。

「第二に、その力をたくわえるということでござるが、兵法者たるわたくしが申して、さぞ不審に存ぜられましょうが、所詮《しょせん》刀術槍術のごときはおのれ一身を護るまでのこと、とうてい国の護りとは相成りませぬ。いや、時によってはおのれ一身を護るにも足らず、むしろ心をまもる、茶禅同様のものと申そうか。これから国を護るには、先ず鉄砲。――殿、織田徳川は必死に鉄砲隊を養っております。これに対して、甲軍名代《なだい》の槍騎隊を、あまりに過信なされませぬように」

影武者は、しかしこのとき伊勢守の声をきいてはいなかった。いや、短檠《たんけい》のあぶらのもえる音も風の音も耳から消え去った。ただ彼は、伊勢守一行の周囲に墨色の雲霧が渦をまいて、ゆっくりとめぐっているのを見ている。しかもその黒い霧の環《わ》が、まるくなったり、楕円形になったり、ねじれ、のびちぢみしているような感じなのだ。その中心に、ただかがやく凄じい眼だけがある。

上泉伊勢守は、その眼はもとより、信玄の様子にも気がつかない、もっとも信玄に、彼の眼からはなんの異常もみとめられぬ。彼は切々と武田家の運命を憂うるあまりの経略を進言している。――

「第三に、いつまで時節を待つのかということでござるが、それは織田徳川の仲が割れるときまでござる。織田、徳川、いずれも実に天下取りの器量をもつ大将なれど、別々ならば、所詮御屋形には敵し申さぬ。ただ両者合して一と相成ったときは、甲軍たりとも油断ならぬ力となるものと見受けます。これを割りさえすれば、御当家にとっては片手にても討つべき相手。されば――」

「割れるか」

と長閑斎がまたきいた。

影武者は脇息にもたれたまま、土人形のようにうごかない。彼は生きていた。しかし死んでいた。彼の目にうつる墨色の霧は透明になり、しかも伊勢守をはじめとするあらゆる物象も透きとおって消失し、彼の耳には、他人の声はもとより、おのれの心臓の鼓動、脈搏《みゃくはく》、呼吸の感覚さえも消失していた。彼はあらゆる外界の刺激から遮断された。

しかも、伊勢守らからみる信玄は、依然として生きている。伊勢守はいう。

「割るのでござる」

「織田と徳川の仲を？」

問答しているのは、いまは長坂長閑斎ばかりだ。

「いまも申した通り、信長と家康はともに天下を狙うだけの器量をもつ男、放っておいてもいつかは並びたたぬ下地はあるのでござるが。――」

信玄の影武者の味わっている感覚をどう形容したらよかろうか。彼にとって、外界の時間はしだいによどみ、そして停止したのである。

人は時計なくして、いかにして時間の推移を感覚するのであろうか。それは視覚、聴覚、触覚それら外界の刺激と、おのれ自身の呼吸や脈搏などの肉体感覚の助けをかりるのだ。それらの具体的感覚がなければ、人は時間の経過を知覚することはできない。

いや、もうひとつある。感覚以外の、意志や記憶や理想や空想などの大脳のはたらきだ。あたまで、一つ、二つ、三つと数えるだけでも時間の推移を感じることができる。

——それは影武者の脳髄《のうずい》にのこっていた。そしてそれがかえって彼に恐るべき結果をもたらした。

外界からのすべての刺激、おのれの体内感覚、それを失うということは、ふつう死ぬか、失神しているかということだ。しかし、あきらかに生きて、目ざめていて、思考力だけはあるという状態が、彼に時間の停止という恐怖的な知覚をもたらしたのである。

おのれのいのちとともにあゆむ時間、それがとまり、うしろへながれ去り、彼のみ時間のない無限の空虚へ放り出され、疾走した。脳髄だけで彼は急速に老い、そして人間の終着に達した。——というより、時間の停止という、この世にあり得べからざる感覚のために、彼の脳髄はねじれ、のびちぢみ、頭蓋骨のなかで飛散《ひさん》したといっていい。

「細作《さいさく》を使いなされ」

と、伊勢守はいった。細作とは、間諜のことだ。間者《かんじゃ》をもって織田と徳川の同盟を裂けといっているのだ。

そういって、伊勢守は顔をあげ、ふいに愕然《がくぜん》として立った。同時に閨《ねや》の上の信玄はゆっくりと前にたおれ伏した。

長坂長閑斎が息をのんで瞳孔を散大させたとき、伊勢守は、つっ伏した信玄のそばに膝《ひざ》をついていた。その手を信玄の手にふれて、

「お失《う》せなされた」

と、うめいて、ふりむいた。はじめて笛吹川の谷からひろってきた新しい弟子の墨坂《すみさか》又太郎《またたろう》と眼があった。

「うぬの仕業《しわざ》だな」

と、うなずいたとき、長閑斎はおどりあがり、ふっと短檠を吹きけした。

「一大事だ。御屋形が。——」

絶叫を、伊勢守のひくい、しかし盤石の声がおさえた。

「御屋形のお失せなされたことを、侍どもに知られてはなりますまいが。長閑斎どの」

四

長坂長閑斎は、はっと息をひいていた。

上泉伊勢守が、影武者をもし影武者と見ぬいた様子なら、灯を消すのを合図に闇討にする。――というのが今夜の手はずであったが、まさか影武者が、なんのこともないのにふいに落命するとは予想もしなかった。

この異変に動顚《どうてん》し、しかも伊勢守がおのれの弟子をかえりみて「うぬの仕業だな」といった言葉にさらに仰天《ぎょうてん》し、わけもわからずに庭の家来たちを呼んだのだが、いかにも伊勢守のいうとおり、影武者が死んだことを侍たちに知られてはならないのだ。大半の家臣は、影武者を信玄と信じているからであった。

それよりおどろくべきことは、いままで影武者を信玄として一抹の疑惑の色もみせなかった伊勢守が、やはりそれを影武者と見ぬいていたらしいことだ。

「御屋形のお失せなされたことを、侍どもに知られてはなりますまいが」

それは、いま死んだ人間を影武者と看破し、しかも武田家の苦計を洞察しなければ絶対に出ない言葉だからだ。

しかし、いまの絶叫で、庭にどっとみだれ立つ跫音《あしおと》がきこえた。

寝所から回廊へ出る戸口を、ふたつの影がふさいだ。伊勢守の高弟匹田文五郎と神後伊豆であった。

「斬りますか」

と、伊豆がいい、ややあって、

「どちらを？」

と、文五郎がやや昏迷《こんめい》におち入ったような声でいった。

彼らはこの寝所をめぐる剣気――いや、じぶんたちをつつむ殺気をはやくから感得している。なぜかはしらず、この躑躅《つつじ》ケ崎《さき》の館の人々は、じぶんたちに不穏《ふおん》の気を抱いているらしい。そうと知って、彼らは師をまもり、あえてここまでついてきた。

「斬りますか」といったのは、もとより一は殺到する跫音に対して、師の意見を求めたのだが、「どちらを？」といったのは、いまの伊勢守のふしんな言葉だ。

「うぬの仕業だな」とたしかきこえた。では、信玄公にいま奇怪な死をもたらしたのは、この新弟子の墨坂又太郎だと仰せられたのか？　死んだ信玄を影武者と知らぬふたりは、さすがに心中惑乱していた。

「……奇怪な術を使う奴、忍法者か」

と、闇の中で伊勢守のつぶやく声がきこえた。

「うまうまとわが弟子に化けてこの館に入ったな。いまようやくのみこめたが、織田か、徳川か、それとも上杉か」

「そこまで上泉どのに見ぬかれては、もはやかくしても及ぶまい」

墨坂又太郎はすっくと立った気配であった。

「忍法時《とき》よどみ。——いかにもおれは徳川の伊賀者だ。信玄を討った！　まさに機山信玄を討ちとったぞ！」

喜悦《きえつ》にみちた笑い声がひろがった。彼は知らないのだ。いまみごとに落命させたのは、まことの信玄だと思っているのだ。そう信じている者にとっては、さっき伊勢守が長坂長閑斎にいった言葉に、その言葉以上の意味をかぎとれなかったのは当然だ。

あまりの狂喜のために、じぶんのあざむいた人間が上泉伊勢守であることも忘れたのか、それとも破天の忍法「時よどみ」に対する絶大なる自信のためか、

「では、おれはもはやここに用はない」

と、不敵な笑いの尾をひいて、からだをかえした。

闇中《あんちゅう》に彼が戸口の方にあるき出したとわかったのは、文五郎と伊豆にその両眼が猫のようにひかってみえたからだ。日光の下ではふつうの眼であったのに、闇では金色のひかりをはなってみえる。いや、それは彼がその瞳孔から「時よどみ」の魔光《まこう》を発するときだけの現象であったろう。

いまや匹田文五郎と神後伊豆は、真の敵がこの新参弟子であることを知った。刀の柄《つか》に手をかけて出口の両側に立つふたりの方へ、金色の眼はちかづいてくる。

伊勢守の声がきこえた。

「伊豆、文五郎、そちたちには斬れぬな」

ふたりはかっとした。墨坂又太郎はそれを無視して、両人をかきわけるように出口に立った。二条の剣光が交差した。外の月光に、又太郎はかいくぐるともみえなかったのに、その影は忽然《こつぜん》として寝所の外にあった。

「しまった」

その刹那、匹田文五郎は、おのれと伊豆のおくった刃が異様に緩慢《かんまん》であることを、知覚すると同時に、いつかの笛吹川のほとりの墨坂又太郎との試合を思い出した。

愕然としたのは神後伊豆も同様だ。上泉門下の名剣客としていまに名をのこす両人がこの不覚に狼狽しつつなお追おうとしたとき、墨坂又太郎は回廊の欄干《らんかん》越しに、じろりと庭を一瞥《べつ》すると、蝙蝠《こうもり》のように大地へとびおりていた。――いっせいに殺到してきて、ひしめく武田家の侍たちの剣の上へ。

「……あっ」

庭の一角で、真田源五郎と霧隠地兵衛は眼を見はった。

まるで穂すすきのような刃《やいば》の中を、回廊からとびおりた影は、よけもかわしもせずにあるいてゆくのだが、刃はそのからだに触れないのだ。

幻怪なり、墨坂又太郎の忍法「時よどみ」――その念力のきわまるところ、あの信玄の影武者のごとく「その人間の所有する時間」すなわち生命をいっきにたばしらせて、その果ての死の空間につきおとすが、ただ金色の瞳光の掃射をあびせただけで、瞬間的に相手の時間知覚を狂わさせてしまうのであった。

そもそも、動きあるものを対象に、打つ、斬る、刺すということは、おのれの運動作用と時間知覚との共同作業がなければ可能ではない。次の瞬間に対象がどの地点に達しているか、迅速に予想してその空間の点あるいは線に武器をおくるのだ。それが狂っている。乱れている。翻弄《ほんろう》されている。――あるいはそうでなくとも、攻撃者にそのような錯覚、幻覚、妄覚をあたえる。――

野球で打者のタイミングをはずし、みごとに空振りさせる投手の速球、緩球の変化の妙を想起すれば、墨坂又太郎が剣林をけむりのごとくつっ切ってゆく幻妙さもほぼ納得がゆくだろう。かつて匹田小伯すらも、この惑わしに敗れたのである。

「あれは伊勢守どのの従者か、無縁の奴か」

真田源五郎はとまどった。あきらかに伊勢守の従者として寝所に入っていった男だが、いま、ほか両名の従者の抜き討ちをかわして庭へ下りてきたようだ。

「いや、忍者でござる」

と、地兵衛がうめいた。

「忍者。——よし、何はともあれ、ひっとらえて」

走り出そうとする源五郎の袖を、地兵衛はとらえた。

「お待ちなされ。きゃつ……恐るべき奴でござるぞ。ああ、もしやすると、おれすらも歯がたたぬかもしれぬ。……」

ふりむいた源五郎は、霧隠地兵衛の胡瓜《きゆうり》のような額《ひたい》に恐怖のあぶら汗がにじんでいるのを月明りにみとめた。

「な、なぜだっ、地兵衛!」

「きゃつ……死びとでござります」

「なんだと?」

「死びとのくせに、両眼から恐ろしい念力を放射しております。いかにすればその念力の放射をとめることができるのか、相手が死びとゆえ、この地兵衛にもわかりませぬ。……」

源五郎がたちすくんだとき、回廊の上から声がきこえた。

「墨坂又太郎」

墨坂又太郎はふりむいた。このときこの男を、ようやく人間以外のものに感じて、侍たちは恐怖して大きな円陣《えんじん》をつくっているばかりで、彼は無人の境をゆくがごとき位置にあったが、しずかに錆《さ》びたその声は、糸のように彼をひきとめた。

回廊の上に立っていた人影は、すこし左にうごき、階段をシトシトと庭へおりてきた。月光にそれは白髪白髯《はくはつはくぜん》の上泉伊勢守であることがすぐにわかった。片手にだらりと白刃をたれている。

「みごとじゃ。忍法者としても、殺すには惜しい奴」

「おれを、殺す？」

墨坂又太郎は、完全にむきなおり、はじめて抜刀《ばっとう》して、白い歯をみせた。

「この館《やかた》に忍びこむ方便《ほうべん》にしても、いちどはあなたさまに弟子の礼をとった手前、刃をむけるは気にそまぬが、左様に仰せあれば、恐れながら上泉伊勢守さまとて」

このひろい庭に数十人の人間がいるとは信じられないような静寂がみちた。月影すらも暗くなった。ただ、墨坂又太郎の両眼のみから、金色のひかりがほとばしり出た。

伊勢守はたちどまり、ぴたと両眼をとじていたが、やがていった。

「面白い奴と思うて弟子にしてつかわした。いかにもそちの申す通り、ひとたびはわが弟子になった男、手にかけとうはないが、しかしわが弟子と偽ったために武田家に迷惑かけたとあっては、成敗せねばなるまい」

眼をあけた。

「又太郎、うぬはもはや死んでおるわ」

同時に、墨坂又太郎の胴《どう》のまわりに黒いすじがうかびあがると、墨汁《ぼくじゅう》のようなものがあふれ出した。——はじめて又太郎は悲鳴をあげている。

「い、い、いつ？——伊勢守さまっ」

「先刻、うぬが正体を明らかにしたときに」

ちりん、とかすかな鍔鳴《つばな》りの音がして、伊勢守の刀身は腰にもどっている。そのあとで、血の滝《たき》をまきちらしながら、墨坂又太郎はどうと大地にころがるとともに、その胴が上下ふたつにわかれた。

源五郎はこの光景を茫乎《ぼうこ》として見まもるばかりだ。何がどうしたのかわからない。いま伊勢守のいった言葉の意味もわからない。ただ——時間が逆転したような感じがあった。

「伊豆、文五郎、参れ。おいとましよう」

あともふりかえらず、上泉伊勢守はあゆみ出す。回廊の上から、匹田文五郎と神後伊豆がとびおりてきて、そのあとにしたがった。

「長閑斎どの、あのような場合は、人を呼ぶより、まず御主君のおそばにはせよらるるもの」

寝所の入口に、長坂長閑斎はぽかんと口をあけていた。

「それはともかく、先刻言上したそれがしの献策《けんさく》、ようお考えあるよう御屋形にお伝え下されや」

伊勢守の言葉が――先刻もし落命したのがまことの信玄であるならば、長閑斎の行動はまさにそのごとくにあるべし、それをかえりみないで、あわてて侍たちを呼んだのは、あれが偽りの信玄であったことを物語る――という意味であることを知ったのは、ややあってののちだが、しかし長閑斎はもはや伊勢守を追う気力を喪失《そうしつ》していた。

伊勢守は、長閑斎の行動によってはじめてあれが影武者であることを知ったのではない。最初からちゃんと承知していて献策し、またつぎにすぐ代りの影武者をたてるであろうことも承知しているのである。

「……追うてもかなわぬことだが、追う必要もあるまい」

庭の一隅で、あと見送って真田源五郎もつぶやいた。いままでのいかなる忍者に遭遇《そうぐう》したときよりも、からだに冷たいものをおぼえていた。

「……いまの忍法者、討ち果たされたのは伊勢守さまなればこそ」

と、霧隠地兵衛も、長大息《ちょうたいそく》一呼してうめいた。

虫陣篇

一

晴れてはいるが風のつよい日で、遠い岡崎の町の空にまきあがる砂塵《さじん》が黄金色《きんいろ》の竜巻のようにみえた。

岡崎の北一里、鴨田郷《かもたごう》にある大樹寺の石段を、美しい滝のようにおりてきた数十人の女たちの裲襠《うちかけ》も、はたはたとひるがえる。

侍女たちにかしずかれた奥方風の女は、石段の下の乗物の方へあゆみながら眉をひそめてふきげんな表情であった。面に吹きつける砂まじりの風のせいかとみて、侍女たちは、

「御乗物をはやくこちらへ」

と、よびたてた。奥方はふとたちどまり、

「減敬《げんけい》、すこし気分が悪い」

と、いった。

侍女たちのなかからあらわれた男は、ふつうの日本の武士のようではなかった。年は四十四、五歳、荘重な顔をした美丈夫だが、きらびやかな唐人服《とうじんふく》をきている。

「いかがなされましたか」

ややﾞ調子におかしいところはあるが、心配そうにくびをかしげて、こうたずねた声はあきらかな日本語であった。

「あまりながいあいだ、香の匂いをかいでいたせいかもしれぬ」

奥方は蠟《ろう》のような顔色でつぶやいた。

「本来なら三郎どのが供養《くよう》にこられるべきを、いかに徳姫どのが病気じゃとて、母を使いにするゆえ。……」

と、不満そうにいったが、すぐに、

「ともあれ、一刻も早う城にかえろう」

と、うなずいて、乗物に身をかくした。

つづいて、すぐうしろの乗物に、いま減敬とよばれた唐人も身を入れる。主だった老女たちも数梃《すうちょう》の乗物にそれぞれ乗ると、これをかこんで数十人の侍女や武士たちが南へいそぎはじめた。山門の下で、僧たちがお辞儀をしている。

天正二年の春である。大樹寺に詣でて、いま岡崎へかえってゆくのは徳川家康の御台《みだい》築山殿の行列であった。

岡崎城は、徳川の祖城だ。いま家康は遠く東の浜松城にあって武田軍とのかけひきに苦汗《くかん》をしぼっているが、奥方の築山殿と嫡男《ちゃくなん》の三郎信康は、この岡崎の城にあった。

彼女がこの大樹寺に詣でたのは、この寺に夫の父広忠の遺骸《いがい》が葬ってあり、この三月十日が命日だからであった。

二十五年前のきょう、松平広忠は、縁に出て灸《きゅう》をすえているところを、家臣の岩松八弥なるものにふいに殺された。時に二十四であった。このとき松平家は織田と争っていたために彼の遺骸は能見《のうみ》ケ原というところに密葬《みっそう》して喪《も》を秘したが、のちあらためてこの大樹寺に葬ったのである。ともあれ、この若い父の急死によって、当時わずか五歳であった家康が、今川家の人質《ひとじち》として辛酸《しんさん》をなめる運命におちいったのである。

築山殿は、家康が今川家にあるころに結婚した夫人で、今川義元の義弟関口刑部少輔《ぎょうぶしょうゆう》親永《ちかなが》の娘であった。

夫婦のすべては初夜にきまるというが、この築山御前と家康がついにしっくりゆかなかったのは、最初のふたりの位置関係からきたことかもしれない。彼女は当時まず天下制覇《せいは》の望みをおこしたほどの今川義元の姪《めい》であり、家康は今川家の人質にすぎなかった。

——それから十七年、今川家はすでにほろび、いま家康は東海一の弓取りといわれる存在になったが、彼女はまだ夫をどこか見下した気質を失わなかった。

それに——彼女と信康をこの岡崎にのこし、じぶんは浜松に住んでいる家康に、彼のいう戦略的理由はともかく、感情的、肉体的に不服を禁じ得ないのだ。三十二歳の女ざかりというのに、彼女はいつも蠟《ろう》色の顔をし、みけんに針をたて、ヒステリックであった。

しかも、その息子の三郎信康が、気性はあらあらしいのに、ひどく妻に甘い。妻は信長の五女徳姫で、九つのときにお嫁にきて、いま信康と同年の十六だが、春というのに風邪をひいて、高熱を出して、信康の手をつかんではなさない。それで築山殿がたいして尊敬もしていない徳川家の先代の供養にひとりやってきたわけだ。

春の野をゆく行列は、しかしはなやかであった。質実というより、貧乏くさい徳川の家風に反発して、築山御前のまわりだけは、異常にきらびやかなのである。

「あ、待て。……」

築山御前のうしろの乗物から声がかかった。唐人減敬《げんけい》の声だ。

「この乗物、横へ」

行列はしばしとどこおったが、彼の乗物だけをわきにのこして、そのままますすんでゆく。

それが遠ざかるまで、減敬は草の中におろされた乗物の外に立っていた。ゆいあげた髷《まげ》に、珊瑚《さんご》のかんざしを横に一本さしているのも、いかにも支那の大人《たいじん》らしい風格だ。

彼は唐人の医者であるが、もと今川家に仕えていて、築山御前といっしょに徳川家にやってきた男で、奥方の信頼するただひとりの男であった。

「おまえたち、ここに待って。——知っているひとがある」

と、彼はいって、草の上をあるき出した。その方向を見送って、駕籠《かご》かきははじめてむこうの桜の樹の下にふたりの人間が立っているのに気がついた。鶯茶《うぐいすちや》の投頭巾《なげずきん》に、おなじ色の道服を着、白脚絆《きやはん》にわらじをはいているところをみると、どうやら医者風のふたりづれだ。

「おお、これは減敬どの――」

と、若い方がいった。背がひくく、達磨《だるま》みたいにまんまるくふとった男だ。

「老師、岡崎の城にお仕えなされておる減敬どのでござる」

桜の下に立っていた道服の老人は、こちらに顔をむけた。両眼をとじたままなところをみると、盲人らしい。

唐人減敬は野づらを見わたし、にやりと笑った。

「だれもきいてはおりませぬよ」

いままでとちがう流暢《りゆうちよう》な日本語である。

「二十一年ぶりでございますな、道鬼斎さま」

盲目の老人は、一眼だけをひらいた。

道鬼斎、山本道鬼斎勘介、十数年前、川中島で討死したこの武田家の大軍師が、いま生きていることさえ信じられないのに、徳川の本拠《ほんきよ》のこの岡崎の郊外に飄然《ひようぜん》と姿をあらわしているとは、もし家康が知ったならのけぞりかえっておどろくだろう。両眼をとじて盲とみせたのは、さすがに一眼つぶれているのをかくすためだろうが、それにしてもおどろくべき大胆さだ。

「二十一年目に、おまえに働いてもらうときがきた」

と、道鬼斎はしずかにいった。滅敬は平然としてこたえる。

「昨夜、蝶《ちょう》の飛脚《ひきゃく》を受けましたときから、左様に存じておりました。……して、御用は？」

「家康がの。去年よりしばしば忍者を甲斐《かい》に入れてあがきおる。御屋形の御生死をさぐらんがためだ。それは断じてさぐらせはせぬが、あまりに小うるさいゆえ、逆にこちらから忍者をもって、きゃつをこの世のものならぬ地獄におとしてやろうと思うてな」

道鬼斎はうすく笑った。

「ただし、おまえはまだ武田が入れた間者と知られてはならぬ。おまえにはまだ働いてもらわねばならぬ用がある。この男を使え」

と、まんまるい男をあごでさす。

「この仁は？」

「真田の家のもので、猿飛天兵衛という男よ。昨夜、蝶の飛脚をはなしたのもこの天兵衛じゃ」

——きのうの夜、岡崎城内の築山御殿に住むこの唐人医師滅敬の部屋に、ヒラヒラと舞いこんできた一匹の白い蝶。その羽根に細かい文字がかきつらねてあったことをだれが知ろうか。

ましてや、それを読んだこの御台さま御親任の唐人医師滅敬が、実に二十数年前、武田の軍師山本勘介が今川家へ入れた忍びの者であるときいたなら、その遠大の計に驚倒《きょうとう》しないものが世にあろうか。彼の本名は、小笠原幻夜斎という。――

彼のことについては、「甲陽軍鑑」にこう記している。

「甲州に小笠原幻夜斎とて忍法者これあり、種々の奇特をあらわし、風呂に入り戸をおさえさせ、人々知らざるように外に出で、或いは各々会合するに、座席の向いに山あれば、向いの山に火をいくたび立てん、各々見よといいて、人の好むように火を立てるほどのもの也」云々。

その唐人医者滅敬こと小笠原幻夜斎がきく。――

「道鬼斎さま、蝶の飛脚で仰せのごとく、大樹寺にて築山御前と、お名ざしの小侍従、お琴、おふうの茶に白桃花を入れましたが」

「それでよい。それが、家康を地獄におとす手はじめの一服じゃ」

道鬼斎は、口を洞窟《どうくつ》のようにあけて笑った。

「二つめの種は、この天兵衛がさっきあちらの野に蒔《ま》いてきたわ」

と、彼は、築山御前の行列がきえていった野末を指さした。

「ま、待ちゃ」

と、築山御前は乗物のなかから、たまりかねたような声を出した。

老女がそばに走りより、しばらく御台さまのひくい、しかし異様な調子の声をきいていたが、ふいにあわてて、まわりをかけまわりはじめた。

「そなたら、裲襠《うちかけ》をぬいで、早う輪をつくりゃい、これこれ、そこではない、もっと遠い――」

と、のびあがり、

「おお、あのひとむらの樹立《こだ》ちの中じゃ、走りゃ、走りゃ、輪をつくって、両手で裲襠をひろげて、いや、人は外側をむくのじゃ」

と、狂気のごとくさけぶ。

こともあろうに、御台さまが突如としてこの野原のまんなかで、排泄欲《はいせつよく》をお訴えあそばしたのである。

たちまち、春の樹林のなかに、けんらんたる陣幕《じんまく》が張られた。裲襠をぬいで、両手にひろげた侍女たちが、円陣をつくったのである。――そこへ、築山御前の乗物がかけてゆき、なかからあわてあらわれた御台さまが、履物《はきもの》もはかないでかけこんでいった。

このとき、もうひとつ騒ぎが加わった。御台さまだけでなく、侍女のうちの小侍従、お琴、おふうという女もまた便意をうったえ、あかい顔をしながら、御台さまの御相伴《おしょうばん》をするという破目にたち到ったのだ。

樹林にまじる桜の老樹は、いかなるところにも花吹雪《ふぶき》をふらせてゆく。

その下によろめき立った築山御前は、じぶんとならんでうずくまった三人の侍女を憎《ぞう》悪《お》の眼で見やった。このごろ浜松の城からやってきた美しい侍女たちだ。三人ともそろってそうなのは偶然であろうが、しかし、それにしても礼儀を知らぬ女たち、浜松にいる夫家康どのの礼儀しらずの行儀がうつったか。——と腹立たしかったのである。

あとふりかえらず、前をさえぎる裲襠の幕も無視して、草を蹴《け》ちらして築山御前があるき出したときである。

その草のなかから、ぱあっと何やら舞い立った。青色と褐色のいりまじった煙のようなものであったが、はっとして眼をこらすと、それが何千匹ともしれぬ蛾《が》のむれなのに、彼女は、

「あれ！」

と、さけんだ。

それは彼女と三人の侍女のあいだを霞ませるばかりに吹きめぐって、そのたまぎるような悲鳴に、幕を張って外側をむいていた侍女たちが首をねじむけたとき、すでにそれは春の大空に飛散し、うす雲のごとく消えていった。

二

岡崎城の侍女、小侍従、お琴、おふうの三人の様子がへんになってきたのは、大樹寺詣でののち、一月《ひとつき》ばかりたってからであった。

彼女たちは、しばしば茶をこぼしたり、皿をわったり、めだって粗相《そそう》をするようになった。坐ったまま、ぼんやりと酔ったような眼つきをしていることがあるかと思うと、歯をくいしばって何かに耐えているようにみえることもあった。それからまた、頰にぼうと紅をちらし、肩でみじかくあえいでいることもあった。

そして五月末のこと、築山御前が侍女たちをあつめて夜ばなしをしているとき、ふいに小侍従がたえ入るようなさけびをあげたかと思うと、ひきつけを起したのである。

「小侍従どの、どうなされたのじゃ」

だれしもが、小侍従が病気にかかったのかと思った。しかし、かけあつまって、みな息をのんだ。

小侍従の眼はひらいてはいるが、恍惚《こうこつ》とかすみがかかったようだ。口はひらかれて歯のあいだから舌がのぞいてみえる。そして、あおむけにたおれたまま、両足を縄のようによじってすりあわせながら、腰を妖《あや》しく波うたせているのであった。——何もしらぬ年若の侍女たちも、思わず頬をあからめ、顔を覆わずにはいられない姿であった。

「みな、あちらへいってたも」

そばに立って、じっと小侍従のあさましい姿を見おろしていた築山御前がいった。眼はただならぬひかりをおびている。なお、不安と好奇にどよめいている侍女たちに、

「ゆきゃと申すに」

と、築山御前はかんばしった声をなげてから、

「あ、待ちゃ、だれぞ減敬《げんけい》を呼んでたも」

侍女たちはどやどやと去った。

すぐに唐人医者の減敬がやってきた。

「何となされました、御台《みだい》さま」

「これはどうしたものであろう喃《のう》」

築山御前は白いあごを、足もとの小侍従にしゃくった。小侍従は、もう眼をつむったまま、むせぶようなあえぎをあげつづけていた。痙攣《けいれん》が電光のように走って、手の指をかがませる。

「先刻、ふいにたおれてこの始末じゃ」

——みていると、小侍従はかがんだ指をじぶんの裾のあいだにさしいれて、手くびを

くねらせて何やらかきむしっている様子だ。簗山御前は冷やかにいう。

「このような醜態をみせたははじめてじゃが、しかし小侍従の様子がこのごろいぶかしいとはみておった」

「いぶかしいとは」

「……何やら、淫《みだ》らな眼をして、息をして」

さすがに蒼白い頰に、ぽっと血の色がさした。

「しかも、わたしが気づいたところでは、この小侍従ひとりではない。お琴、おふうと申す女にも同様のそぶりがみえる」

「それ、みな浜松、お城からきた女人ばかりではありませぬか」

すでに日本に二十数年住んでいるそうだが、どこかに妙なアクセントをのこしている減敬は、愕然《がくぜん》としていった。意外にも、これは簗山御前にも思いがけぬ指摘であったらしい。

「おお、そういえば、いかにも」

「御台さまには、いままでお気づきあそばしませなんだか」

「わたしは、それより。――」

それより彼女は、この春大樹寺に詣でての帰り、野でこの三人の侍女とともに屎《くそ》をしたとき、ふいにまわりの草むらからいっせいに舞い立った無数の蛾の怪異を思い出していたのであった。――しかし、そのことは、いかに寵用《ちようよう》しているとはいえ、さすがにこの唐人医者には話せないことであった。

築山御前は減敬を見つめた。

「みな、浜松からきた女、これはどういうわけであろうか」

「拙者、わかりませぬ。が……何やら憑《つ》きものがしたようでござるな。男の憑きものが」

「男の憑きもの」

「御台さま、それ、三人も左様なそぶりをするとあっては、捨ておかれませぬな。恐ろしいこと、起らねばよろしゅうござるが」

「減敬、どうしよう」

「この女人に憑いておる男、何者か、それ、探らねばなりますまい。――おお、御台さま、よい医者がござります」

「なんと、そなたよりよい医者が。やはり、唐人か」

「いや、日本人でござるが、甲斐の徳本《とくほん》の弟子にて天徳《てんとく》と申す男」

甲斐の永田徳本、生まれは甲斐だが、牛に乗って諸国をへめぐり、天下の庶民から聖者のごとく仰がれている大医である。

「実は、拙者、若き日、今川家に奉公するまえに徳本先生の教えをこうたことがござるが、さきごろこの城下にて天徳と申す医者にあい、きけば徳本先生の弟子とのこと、ならば拙者にとって、それまで逢うたことないが、まさにおとうと弟子です。そのとき、その天徳が、狂気、乱心、憑きものなどの病いにかけては、拙者よりはるかに造詣《ぞうけい》がふかい、と見受けました」

「それ呼べば、小侍従に憑いておるものの正体がわかるといいやるかえ？」

三

小侍従、お琴、おふう、三人の侍女は築山御殿の一室にとじこめられた。

小侍従の忘我の発作はすでにとまっていたし、あとのふたりはそのときは何の異常もなかったが、しかし「医者にみせる」といわれたとき、三人とも思いあたることがあったとみえて、あらがいもせずその一室に入った。それどころか、やがて減敬が天徳とかいう旅医者をつれてきたとき、じぶんたちの方から「どうぞ、診《み》て下さりませ」と、顔あからめてひれ伏したくらいであった。

鶯茶の投頭巾に鶯茶の道服をきた天徳は、三十くらいの年ばえで、小柄ながら鞠《まり》みたいにまんまるくふとった男であった。一介の旅医者の天徳が岡崎城内に上ることができたのも、築山御前の信任のふかい減敬の推薦あればこそである。

彼は唐紙《からかみ》をとじて、三人の女を診ている様子であったが、やがて出てきて、くびをひねりながら築山御前に報告した。血色のよかった頬が蒼ざめている。

「奇怪なこともあればあるもの」

「何が」

「あの女人たち、いずれも恥ずかしきところにはげしい痒《かゆ》みを訴えられ、押して検診《けんしん》つかまつったところ、内に無数の白い小さな卵がビッシリと。……」

「えっ」

「そのうちにはすでに孵化《ふか》して虫となってうごめきおるものもあり……」

築山御前の顔からも血の気がひいていた。

「この刺激のため血はあつまり、脈うち、快絶の極《きわ》み、失神状態をよぶものと見受けまし てござります」

「――そ、それは、どうしたことじゃ」

「拙者にもわかりませぬ。かような奇病をみたこともありませぬ。たんに病いというより、何やら恐ろしいことの起る前兆ではないか。……」

それから旅医者天徳は、くびをかしげて築山御前をみた。

「減敬どのから、三人の御侍女がみな浜松より参られたことを承わってござる。それについて拙者いささか思いついたふしがござれば、いちどためしてみたいことがござりまうございます。ありますれば、しばらく拝借いたしとす」

「天徳、何を」

「御台さま、殿の……御衣服はござりませぬか。ありますれば、しばらく拝借いたしとうござるが」

──深夜であった。

「まず、御覧なされませ」

旅医師天徳は、唐紙の青銅の引手をすっとはねた。すると──その座敷を出るとき、向う側の引手を剝《は》いで出てきたのであろうか、こちらの引手をとりのぞくと同時に、そこに穴がぽっかりあいたのである。

「…………」

築山御前は膝をかがめ、穴に眼をあて、そのまま顔を吸いつけられてしまった。

「見えまするか。……おそらくは、三人の女、もだえにもだえ、痴態《ちたい》をさらけ出しておるのではありませぬか」

「…………」

「いままであの三人は、それぞれおなじ病いにとり憑かれておることを知らなかったのでござるが、いまおたがいに知った上は、なぐさめあい、いたわりあい、痒いところをまさぐりあい……しかも、かけばかくほど痒みは奥深うなり、もどかしさと快美はまじりあい、はては血と粘液にまみれて息もたえだえのはずでござるが」

「………」

「おたがいの恥を知れば、人間もはやおたがいに恥はありませぬ。あのあえぎ、あのうめき。——おそらく三人の女は黒髪をみだし、裾をみだし、半裸となってからみあい、おたがいの手足をすりつけているのではござらぬか」

築山御前に返事はない。

が、東海一の弓取りといわれる家康の奥方で、しかもその夫さえも軽蔑する名門の出のこの貴婦人が、かつてこのような姿を人にみせたことがあろうか。膝をかがめ、尻をつき出し、ときどき白いのどをこくりとうごかせる。——彼女はうしろで旅医者天徳がうすら笑いをうかべているのにも気がつかない。

「あっ、蛾が！」

と、彼女は声をおさえてさけんだ。

「三人のからだから、無数の蛾が。——」

「あたたかくぬれたところに生みつけられた卵、ひとたび幼虫となったうえは、たっぷり養分を吸って、成虫となるは早うござろう。——では、あの女人たちの秘密を解くといたそう。おどき下されし」

と、天徳はいった。

「秘密を解く？ 秘密とは？」

と、築山御前はふりかえって、ぎょっとした。

そこに立っていたのは、浜松城にあるはずの、夫家康であった。——いや、旅医者天徳が、先刻家康の衣服をかりてまとったのは知っている。背たけだけはピッタリとあった。しかし、夫は小ぶとりといった程度なのに、これはまるまるとしたからだだし、だいいち顔がちがう。そう思っていたのだが、ふといまの一瞬、この天徳に夫家康が二重写しのように重なってみえたのだ。

「これからそれをとくのでござる」

と、天徳はいった。——はっと眼を凝らせば、それはやはり旅医師天徳にまぎれもないのであった。

築山御前はいまのはじぶんの錯覚だったと思った。が、それがかならずしもそうでなかったと知ったのは、天徳が唐紙をあけて、悠然とその座敷に入っていったあとのことである。

彼女は閉じられた襖《ふすま》の穴に、また顔をあてた。

おお、何たる蛾の乱舞の妖しさだろう。女陰に生みつけられた卵はすでに幼虫となってうごめいていると天徳はいった。それがいまや続々と羽根をはやした蛾となり、蝶となって舞いあがり、雪洞《ぼんぼり》のまわりを青い煙のごとく吹きめぐっている。――ふつうならば、わが眼をうたがうこの怪異の景の種が、いつどこでまかれたか、築山御前は知っている。あのときだ。あの場所だ。春うららかな城外の曠野《ひろの》――あの日だったのに相違ない。

「……おお、殿！」

「いつこの岡崎へ？」

三人の女は、天徳をみて、おどろきの声をあげた。

それまで、うずきとも痛みともつかぬ感覚にもだえ、悩乱《のうらん》せんばかりの快美にころがりまわって半裸となり、とびめぐる虫すらみえないかのように霞《かす》んだ眼に、いっせいに灯がともったようにみえたのである。しかも彼女たちは、じぶんの姿を恥じもせず、先を争っていざり寄り、這《は》い寄って、天徳の足にしがみつくのであった。

「恋しい殿。……おふうでござります」

「お琴です。殿、このごろ、夜も昼も殿のことばかり思われて。……」

「小侍従をみて下さりませ、殿、殿！」

三人の女は、天徳のひざから腰へ、蛇のように這いのぼってゆく。――天徳は向うむきに立っているから、どんな顔をしているのかわからない。

穴の外で築山御前の顔は、蒼い鬼女のように変っていた。

四

「これが三人の女人の秘密でござる」

と、旅医者の天徳はいった。

最初の暗示をうけたのは、三人をみたとたん、これは男への想いにとり憑《つ》かれている、と直感したことと、次は、この三人がそろって浜松からきたという事実から、もしや、と思ったのだという。あとで、女陰に卵が生みつけられているという怪事を知ってくびをひねったが、一応はじめの直感に従ってためしてみたのだが、さてこの怪事が、三人が殿の寵愛《ちょうあい》をうけているという事実を知っている何者かの呪《のろ》いか、それとも天罰ともいうべき奇病であるかは、まだ判断のかぎりではない、というのであった。

もっともらしい顔でそういわれるともっともらしいが、よくかんがえてみると、この天徳という医者の推理の道程がいささか飛躍していることも、三人の女のみならず、じぶんの眼にまで天徳が夫の家康にみえたというふしぎさも、築山御前は忘れた。何者が呪い、いかに天が罰しようと、それがこの虫の変事というかたちとなってあらわれた奇怪さも思考の外にあった。

ただ、夫がこれらの女を愛していた、という事実だけが、彼女の脳に血しぶきをちらしたのである。

夫は浜松にあり、じぶんは岡崎にある。それを夫は、浜松は武田と相対する前線であり、岡崎は徳川の本拠であるといい、子の信康とともにしかと祖城を護っておるように、といった。しかし築山御前は、これがただそれだけではない、一種の別居であることをうすうすと感じている。

彼女は、夫を信じてはいなかった。夫の言い分の筋がとおっているのを、かえってあのひとらしい老獪《ろうかい》さだと思う。彼女は、夫を愛してはいなかった。それなのに、夫がほかの女を愛することをゆるせないのだ。

戦国の武将が、手あたりしだいみずからの好む女を愛妾とすることも、夫があのような仔細らしい顔をしていて、その実精力絶倫《ぜつりん》でなかなかの好色漢であることも、その彼が前線にあって――とくにことしのはじめから甲州軍が巻きかえしに出て、遠江《とおとうみ》の高天神城などに攻めよせて、そのために夫が悪戦苦闘していることも知っている。

それでも築山御前は、夫がじぶん以外の女を愛することをゆるすことはできない。

――それは、そんな事実がきこえてこようと、だまっているよりほかはないが、心の底では、決してゆるしはしない。

喪家《そうか》の犬のような人質にすぎなかった夫家康が、いまの地位になりあがったそもそもの端緒《たんしょ》は、今川義元の姪《めい》たるじぶんを妻にしたおかげではなかったか、その自負が彼女をとらえてはなさないのであった。

その夫の愛した女が、三人もじぶんの手中に入った！　なぜ家康が、浜松で手をつけた女を岡崎へ送ったのか。夫の女性観を知る彼女はかんがえる。女をただの道具としかみていない夫は、ただ不要になったから、飽きたから、小うるさくなったから遠ざけただけだ。そうと知っているのに、三人の女をふびんと思わず、安堵《あんど》もせず、それもじぶんをばかにした行為だと彼女は頭があつくなる。まさか三人がじぶんに告白するわけはなし、ばれるはずはないと夫はたかをくくっているのであろうが――ひとたびこのことを知った以上、じぶんはこのままにはおかぬ。

翌日の午後である。本丸にあった家康の一子信康のもとへ、小姓がそっと寄ってささやいた。

「ただいま、御台《みだい》さまおかかりの唐人医者減敬がはせつけて参り注進したことにござりまするが、母君さまには先刻よりただならぬおん気配、いそぎ築山へお成りあそばしては下さりませぬかと。――」

「なに、母者《ははじゃ》がただならぬ御様子だと？」

三郎信康はこのとき十六歳であった。彼は減敬という唐人が大きらいであったが、医者の注進だけにすててはおけなかった。

「しかも、他聞をはばかりまするゆえ、なるべくひそかにお越し相成りまするようにとのことでござります」

信康は二、三の侍臣をつれただけで、築山へかけつけた。するとそ、途中で、その唐人医者の滅敬に逢った。彼は信康を待ち受けていた様子であった。

「若君。……こちらへ」

したり顔で、裏の方へ案内しようとする身ぶりをみて、信康はむっとした。

「唐人、指図顔をして無礼な奴。おれは正面から入るわ」

「母君さまはこちらでござります」

滅敬はいった。のっぺりした顔が、何かそそけ立っているようにみえる。

「母者が、どうなされたのだ」

「恐れ入ってござりますが、そのことにつき若君さまにひそかにおいでを願いましたわけは、これから御覧あそばすもので御得心下さりましょう」

不安が、剛毅《ごうき》な三郎信康の口をそれっきり封じた。彼は滅敬のあとにしたがって、裏門をくぐった。

「あれでござります」

とある木戸の外で、滅敬はいった。のぞきこんで、信康は口の中であっとさけんで立ちすくんだ。

木の一本もない土の乾いた庭である。中空をまわった初夏の太陽は、まっしろなひかりのしぶきをなげおとしている。その庭のまんなかに、一糸まとわぬ三人の女があおむけに横たわって、蛙みたいに白い腹をさらしているのであった。日光に腹をさらしているのであった。

蛙みたいに白い腹とはいえない。下腹部を中心に、上は乳房、下はふとももにかけて、黒いさざ波がゆれうごき、ながれおちているようにみえる。――それは蟻《あり》であり、蛾であり、蝶であり、無数の昆虫であった。

そばにひとりの鶯茶の投頭巾をかぶったまんまるい男が立っている。彼は足もとに桶をおいて、ときどき柄杓《ひしゃく》で、女たちの下腹部に琥珀《こはく》色の液体をそそぎかけた。そのたびに、蛾や蝶のむれがぱっと群れたち、そして女の腰がうねうねとのたうつ。――彼女たちは四肢を大地にしばりつけられていた。

息をのんでこれを見つめていた信康は、かすれた声できいた。

「あれは何者じゃ。……何をしておるのだ」

「あれは拙者のおとうと弟子の医者でござりまするが、御台さま、お申しつけにより、やむなく蜂蜜を女にかけておるのでござります」

「なんのために、あのようなことをいたす」

「虫をよび、虫をたからせて、女を苦しめるためでござりましょう。朝からあれがつづけられているのでござります。女はもだえにもだえ……もはやもだえる力も弱りはてました。夜までには息も絶えようと存じ、恐れいってござりまするが、若君をお呼びたていたしましたようなわけで——と申しますのは、すべて御台さまのお申しつけでござれば」

「母者は——?」

と、いいかけて、信康は口をとじた。

太陽は中天にあり、軒のふかい屋内が暗いのでいままで気がつかなかったが、このとき信康は、その座敷の中央に坐って、蒼白い能面のように庭前の緩慢で凄惨《せいさん》な拷問《ごうもん》を見つめている母の築山御前の姿を発見したのである。あまり笑顔をみせたことのない母であったが、しかし信康はこれほど恐ろしい母の顔をみたことはなかった。

庭の光景よりも、この母の顔に対する恐怖につきうごかされて信康は走り出た。

「母上」

「三郎どのか」

やや築山御前の顔色がうごいたが、姿勢は微動だもせぬ。

「どうしておいでなされた」

「それより、これはいったい何事でござる」

築山御前の眼がひかった。

「その女どもはの、父上のお抱きなされた女子《おなご》、にもかかわらず、この城にきて、あたりかまわず淫らなことを口ばしり、あさましい姿をさらして恥じぬ色きちがいゆえ、これ以上人目にかけては父上のおん恥と思い、みせしめをかねて成敗《せいばい》しておるところじゃ」

信康の顔は土気色になった。彼は衝動をうけたのである。彼は世の中でだれよりも父を信じ、尊敬していた。その父が、このような女たちを抱かれたとは？　そして、このようにあさましい女たちを、母があきらかに嫉妬しているとは！

このあさましい姿も母が命じてさせたものだということはわかっているが、それにもかかわらず、虫に覆われてうごめき、白日《はくじつ》に秘所をさらけ出している三個の女体は、現実にみる以上になまなましく醜悪に視覚中枢にひろがって、脳裡の父母の姿に腐った肉泥をぶちまけたような感じであった。

信康は一刀をひきぬいた。つかつかと三人の女の傍に寄った。そして、天徳があっとさけび声をあげるよりはやく、三つの首を刎《は》ねた。

「……この方が、人間の慈悲でござろう」

十六歳の少年は灰色の顔色でつぶやいて、血刀を鞘《さや》におさめ、母の顔もふりかえらずに木戸を出ていった。

嘔気《はきけ》をおぼえたのは、じぶんの殺戮《さつりく》に対してではなく、父と母への幻滅からであった。呼びかけようとして、築山御前はだまりこみ、まっしろな日だまりにぶちまけられた三つの生首と血潮をみつめた。それは悪夢の世界の花と果実のようであった。だまりこんだのは、このとき彼女自身下腹部に、何やらうごめくものを感じたからだ。

この惨劇にいささか狂ったのか、それとも麻痺《まひ》したのか、旅医者天徳は、首のない三つの屍骸《しがい》に、夢遊病者のような手つきでまた蜜をかけた。

五

家康麾下《きか》の服部党の忍者蟬丸右近《せみまるうこん》が岡崎城にあらわれたのは、それから半月ばかりのちのことであった。

甲州に入っていた彼は、ふと容易ならぬ情報を耳にした。それは彼以外の六字花麿《じ》、漆戸《うるしど》銀平次、黄母衣《きぼろ》内記、御所満五郎らの伊賀者の忍者と相協力して知ったことであるが、武田の一部将真田信綱の弟に源五郎昌幸なるものがあり、この源五郎と家来の猿飛天兵衛、霧隠地兵衛という忍法者が、いままで甲府に入って消息を絶った味方の箙陣《えびら》兵衛、虚栗《みなしぐり》七太夫、墨坂又太郎を討ち果たしたらしいということ、さらに、その猿飛天兵衛が他の人物一人と同行して、この春岡崎に潜入したらしいということであった。

その情報をもって、蟬丸右近だけが浜松にかえったとき、ちょうど浜松にも岡崎から、信康が三人の侍女を斬り殺したという知らせが伝わってきていた。

「小侍従、お琴、おふう。――」

その名を数えて、家康の顔色が変った。

「信康、勇猛の性とはいえ、めったに侍女を手にかけるような忰《せがれ》ではない。また斬られた三人の女に、ちと気にかかることがある。――ひょっとしたら、岡崎へ入ったという武田の忍者の手が背後にうごいているのではないか？」

こうして蟬丸右近は岡崎にはせつけてきたのである。彼は一匹の梟《ふくろう》を肩にとまらせた、髭《ひげ》の青い三十年輩の男であった。

さみだれのふりそそぐ夜であったが、右近は城に上ると、すぐに三郎信康にお目通りを願い出た。そして信康から三人の侍女を手討ちにした事実の有無と、その理由をきいたのである。

「三人を斬ったわけか。そのわけは父上にきけ」

と、信康は吐き出すようにいった。

「あいや、その三人を殿が御寵愛になったことを御不快におぼしめしての御所業でござりまするか」

「おれが不快だったのではない。母上が不快に思われたのが事の起りだ」

そして彼は、重い口調であの日のことを語った。彼はそれ以前の虫の怪異を知らぬ。

「それでその後、御台さまにお逢いなされましたか」

「あまり逢わぬ。逢うてもそのことについて話はせぬ」

信康は、そのことについて、右近にも話をするのがいやな風であったが、武田から入った忍者云々《うんぬん》ということをきくと、さすがにはっとした表情になった。

「思いあたることはおわしませぬか」

「……おお、あの天徳と申す奴」

「天徳？」

「唐人減敬のおとうと弟子とかいう旅医者だ。しかし減敬は、そちも知っておるように、唐人ながらもはや二十年以上も母者に仕えておる男、おれの生まれるよりもっと古い。おれはあまり好きではないが、まさかあれが徳川を裏切ることはあるまい」

じっと眼を宙にすえてかんがえて、

「それに、きゃつが武田の忍びの者としても、あの三人の侍女をどうとかして、それが何になるのか？」

「天徳という医者は、始終御城内におるのでございますか」

「よくは知らぬ。減敬が築山御殿に住まいしておる以上、きゃつもあれ以来おるものとみる」

信康は起ちあがった。

「母上のところへ参ろう」

二、三歩あるいて、つぶやいた。

「母上は父上をおにくしみの御様子ではあれど、武田の忍者が潜入しておるとあれば、これは徳川の大事、心をしずめてきいて下さるであろう」

蟬丸右近は思案顔でいった。

「若君、公然とかけつけては敵に感づかれるおそれもござる。いちど拙者にひそかに築山を見回らせて下されい」

半刻《はんとき》ののち、信康と蟬丸右近は築山御殿の庭の樹立ちのなかで雨にうたれていた。

雨はふっていたが、夏ちかくむし暑い夜のことである。そればかりではなく三郎信康は、雨の冷たさを感じなかった。

閉めきると、かえって蒸すのであろう、障子はあけはなされていた。そしてあけはなされた座敷に、信康は母の痴態《ちたい》をみたのである。

雨にけぶり、雪洞《ぼんぼり》にけぶり、そして吐息にけぶるなかに——彼はこれほど美しい、これほど呪わしい母の姿態をみたことはなかった。

豪奢《ごうしゃ》な閨《ねや》に坐り、裾をみだした彼女は、男の膝に抱かれている。男の手は、彼女の一方の袖から入って、胸のふくらみのかげでうごめいている。彼女は一方の手を男のくびにまきつけ、息がはずむか口をひらいていたが、たまりかねたように胴をねじむけて男にしがみつくと、狂乱したかのごとく男の唇を吸うのであった。——みているうちに、信康もまた気が狂いそうになってきた。

「……殺せ、きゃつを」

と、彼はうめいた。

「きゃつ、減敬めを」

男は減敬であった。しかし、蟬丸右近は片手にしっかと信康を抱きとめたまま、一語ももらさず、じいっとその光景をながめている。信康は身もだえした。

「と、唐人の身をもって、おれの母を汚すとは……」

「あれが唐人、つくづくと見たははじめてでござるが、髷《まげ》のかたちはともあれ、あれが唐人とは拙者に見えませぬが」

「二十何年か日本に住んでおる奴だ」

「いや、きゃつは何やら妖《あや》しき術をつかいおります」

「な、何?」

「御覧あそばせ、御台さまのおん裾のあいだから、ときおり、ヒラヒラと蝶やら蛾やら……」

信康はぎょっとして、もういちど眼を凝《こ》らした。いかにも雨と灯と吐息にけぶる座敷に、なまめかしいふたりの男女をめぐって、蝶や蛾が妖々《ようよう》ととびかわしている。

「右近、討ち果たします」

伊賀の忍者は決然としてうなずいた。そして、左手をあげて、おのれの右肩をとんとたたいた。同時にそこから、音もなく梟がとび立った。

信康の眼に、それが雨の闇をとび立っていって、座敷の手前の杉の枝にとまるのがみえた。――と、そこで突然、人間の声がきこえたのである。

「武田の忍者」

ぱっと築山御前と減敬はとびはなれた。いまのは何の声であったかと、しばし虚空《こくう》に耳をすましている気配であった。

「武田の忍者」

声は笑うようにもういちど杉の枝でながれた。

減敬はあきらかに唐人とはみえぬ体さばきで、刀架の刀をひっつかんでいた。そのまま縁側になためめに走り出た。

そのとき、こんどは頭上の軒の上で、三たび奇怪な声がひびいたのである。

「武田の忍者」

減敬は手の一刀を庭前右の石燈籠になげた。それが鏘然《しょうぜん》たる音をたてて地におちたとき、彼のからだは左方の庭先にとびおりている。

常人にはみえぬはずの暗い軒先に彼の眼光が走って、

「――おおっ、梟！」

絶叫と同時に、鏢《ひょう》をつかんだ手があがった。間髪をいれず、背後からとび来ったもう一本の鏢が、唐人減敬の――まさしく武田の忍び者小笠原幻夜斎の胸まで銀色につきぬけた。

雨の庭にのけぞりかえってたおれる減敬を、縁側までおよぎ出した築山御前は、しどけない姿で、蠟面《ろうめん》のような顔で見おろしている。

「母上！」

血を吐くようなさけびをあげて、三郎信康が走り寄っていった。

六

雨のなかに異様などよめきのあがる築山御殿に信康をのこし、蟬丸右近はひとり本丸の方へいそいでいた。

石垣と石垣のあいだの路をあるいているその前に、ふっとふたつの影が立った。

「服部の者か」

と、しずかな声がきこえた。老人らしい声であった。

蟬丸右近は肩に梟をとまらせたまま、じっと闇をすかした。投頭巾に道服をきた影が一つ、黒頭巾に黒装束の影が一つ。——道服を着た男は、ちんばをひいていた。

「唐人減敬を討ち果たしたのはおまえじゃな」

「天徳はどっちだ」

と、右近はいってなおのぞきこんでいたが、ふいにその肩に驚愕《きょうがく》の波がうった。鳥がふわととび立った。

「旅医者天徳、本名は甲斐からきた猿飛天兵衛と申す奴だとは承知しておったが、もうひとりの同行者がわからなんだ。おお、それがうぬであろうとは——」

そううめいたとき、ふたつの影の背後で、奇妙な声がひびいたのである。

「山本勘介入道」

さすがの山本道鬼斎が思わずふりむいたとき、蟬丸右近は猛然とその背を抜き打っていた。あやうくこれと抜きあわせた猿飛天兵衛がいなかったら、稀代《きたい》の大軍師山本勘介も雨しぶきに血の霧をまじえたであろうと思われる。——

「 よう調べたの、服部の伊賀者」

まんまるい顔で猿飛天兵衛はにやりと白い歯をみせた。

「二十一年徳川に仕えた武田の忍者小笠原幻夜斎ほどの者を、みごと斃《たお》した上は、満足して冥土《めいど》にゆくがよい」

刃《やいば》をあわせたまま、蟬丸右近は身うごきができなかった。が、この敵猿飛天兵衛もまたこの刃をはずせぬはずだ。

それっきり造りつけの人形のように二条の刀身をかみあわせたふたりのあいだに、夜の雨は蕭々《しょうしょう》とふる。——蟬丸右近の眼に、その雨の糸が音もなく急にふえ、紗《しゃ》のようになり、そして眼も口もあけていられぬようになったのは、瞬刻の間であった。

「忍法、水牢《みずろう》」

そうさけんだ猿飛天兵衛の口から、気泡がたちのぼった。

蟬丸右近はさけんだ。その口からも気泡がたちのぼり、口に水がながれこんだ。刀は意志に反してたゆたい、手足もゆらめき、いやからだ全体が浮きあがりはじめた。

忍法水牢。——地上はまったく水底と化した！

氷のような水はながれ、渦まき、蟬丸右近は眼もつぶれ、息はつまり、水中に回転した。いちど回転したとき、はるか頭上の水面を狂ったように白波たてて梟の羽根がかすめ、二度回転したとき、これは黒い魚のように自在に上から流れよってくる黒装束の影と刀身の銀光をみた。

水中をおのれの血潮がながれたとみたのは蟬丸右近だけである。

水はしだいにわかれて、ふとい帯となり、紐となり、そしてほそいすじとなった。

ただふりしきるさみだれの闇の底に、大地に伏した伊賀者の屍骸のそばで、猿飛天兵衛は寂《さ》びた鍔鳴りの音をたてて刀を鞘におさめた。

七

数日後、青葉に夏風わたる足助川に沿って、奥三河の山道を北へスタスタとあるいてゆく鶯茶の投頭巾と鶯茶の道服のふたりの医者風の男があった。

「道鬼斎さま」

と、まんまるい男がいう。

「それにしても、せっかく岡崎城に入りながら、どうしてあの信康を討ってはならなかったのでございます」

「いま殺せば、家康はますます武田の敵となるだけじゃ」

と、山本勘介はいった。

「信康は生かしておけば、やがて徳川を内より崩す若者となる。十六歳の少年の胸に刻みこまれた父と母とに対するにくしみ、さげすみ、不信の念は、かならず父と母とに弓ひく魂に成長するであろう。五年後を待て、六年後を待て、いまかけておいた罠《わな》にかならず大魚と化した信康がひっかかる。――」

「それにしても、あの築山殿は恐ろしい女、あの女がいたおかげで、細工がし易うござったが、あれが家康の女房とは、家康も不幸な男でござるな」

山本道鬼斎はちょっとくびをかしげて、苦笑した。

「うむ、あの女房。……あれはなるべく長生きさせておいた方が、家康の寿命をちぢめるかもしれぬ。これは、あいつを使ったのがちと早まりすぎたか？」

「例の大賀弥四郎の一件の方は、どうでござる」

「あれか。……あれも、一応は罠をしかけておいたが、これは信康や築山殿より、先ず見込みがないな」

――そのとき、頭上の青葉のかげで奇妙な声がきこえた。

「山本勘介は生きている」

ふたりははっとして立ちどまった。声はつづいた。

「山本勘介は生きている。御用心。――」

そしてたかい茂みを、ばたばたと羽根の音が遠ざかっていった。東へ、東の山脈の果てへ。――

「人語をしゃべる梟。……あの伊賀者の使っておった奴だな」

山本道鬼斎と猿飛天兵衛は、茫乎《ぼうこ》としてそのゆくえを見おくるばかりであった。

八

家康一生の大悲劇といわれる信康事変が起ったのは、この五年後のことだ。岡崎にあった家康の嫡男信康が母の築山殿とともに武田家と内応したという疑いを信長からうけて、家康は信康を切腹させ、築山殿を暗殺させるのやむなきにいたったのである。

徳川信康がはたして武田家と内応したかどうかは、いろいろと説がある。彼はそのとき二十一歳になっていたが、すでに剛勇無双の噂がたかかった。家康がいかにこの愛児の将来に嘱望《しよくぼう》していたかは、後年、関ケ原の役《えき》に際しても、「さてさて年老いて骨の折れることかな、悴《せがれ》がいたらば、これほどにはあるまじ」と、こぼしたといわれるが、この悴とは三郎信康のことである。

この信康を、武田内応の嫌疑《けんぎ》をもって、信長が家康に成敗を命じた。――これについて、高柳光寿博士は、信康はまったく無実の罪で死んだものであり、それを承知で信長が自刃を命じたものだといい、その理由を次のようにのべている。

一つは信康が、信長の息子信忠よりも優秀児であるとみて、じぶんの子供の将来をおもんぱかり、未来の好敵手たる信康を殺したのではあるまいか。

また一つは、この無法とまでいえるじぶんの命令を家康がきき入れるかどうか、それによって家康のじぶんに対する忠誠心を験《ため》したのではあるまいか。

しかし、作者が思うのに、この論拠は少なからずおかしい。当時信長はまだ四十六であった。子供の未来を案じ、その好敵手の芽をつむという暴挙《ぼうきょ》を思いつくほど彼は老耄《ろうもう》してはいない。子供の未来のために他家の二十一歳の子供を恐れるほど、彼は自信のない男では断じてない。自分一代のうちに、唐天竺《からてんじく》までとりかねまじき野心に充満し、そんな女性的な心情をもつ信長では決してない。

さらに、家康の忠誠心の「実験」というには、あまりにこれはむちゃくちゃな実験である。信長の敵は家康だけではない。北に伊達あり、東に北条あり、さらに甲斐には武田勝頼なお健在であり、西には毛利、長曾我部、島津と、これから征服すべき群雄は雲のごとくにひかえている。そのために欠くべからざる同盟者としての家康に、いまの時点においてこのような非理残忍な「実験」をするということの無謀《むぼう》さは、かんがえてみるまでもないことだ。そんなことをすれば、実験どころか、唯一の盟友《めいゆう》たる家康をさえ敵にまわしてしまうことになるではないか。

むしろ作者は、信長が武田家内応の疑いで信康に自刃を命じ、家康がそれを甘んじて受けたということについては、信康にたしかにその事実があったとかんがえた方が常識的であると思う。

――五年後の天正七年八月二十九日、浜松にちかい佐鳴湖から約四町半、愴涼《そうりょう》たる谷間に築山御前をおびき出し、これを殺害する命令をうけたのは、伊賀者の頭領《とうりょう》服部半蔵であったといわれる。ついで九月十五日、信康は二股城で切腹したが、このかいぞえを命じられたのもまた服部半蔵であった。

このときに用いた刀が村正で、家康の祖父の清康、父の広忠が非業《ひごう》の死をとげたのもまた村正であった。かくて徳川家にたたる妖剣《ようけん》村正の伝説が生まれるのである。――

それにしても愛児信康がなぜじぶんを裏切ったのか、それはさしも炯眼《けいがん》な家康にとっても、人生最大の謎であったろう。

瞳陣篇

一

世に有名な風林火山《ふうりんかざん》の旗は、いまどこに残っているかというと、山梨県塩山市上萩原の雲峯寺《うんほうじ》に蔵されている。

この土地は、北に恵林寺《えりんじ》、東に天目山《てんもくざん》など、のちの武田氏滅亡の悲歌を、いまも風が奏《かな》でる地であるが、元亀天正のころは、いわゆる「甲金《こうきん》」をのせた荷駄が絡繹《らくえき》として通る黄金郷でもあった。

「甲金」とは、甲斐の金の意であって、金を吹きまろめて碁石のかたちにしたものだ。戦国武将のうち、群を超えて経済政策を重んじていた信玄は、領国のうち、熱心に金山をもとめ、開発させたが、それら金山のうちのひとつ、黒川山《くろかわやま》金山が、すぐこの奥、大菩薩峠とならんであったからである。

この黒川山金山の金山《かなやま》奉行大蔵藤十郎は一個の天才であった。もと信玄に仕える猿楽師金春喜然《こんぱるきねん》の子で、色白なノッペリとしたほそ長い顔が、その生まれと育ちをつたえているが、この素性にもかかわらず、まだ三十前の若さなのに、信玄に金山奉行を命じられたことでもそれがわかる。すなわち彼は、金山を見つけ出し、これを掘り、精錬することに天稟《てんぴん》の才をもっていたのである。

もちろん、黄金が好きだ。黄金狂といっていい。黄金に見入るときの彼の眼の恍惚《こうこつ》としたかがやきをみると、彼が金山発掘に異常な才能をもつのは、この金に対する偏執狂《へんしつきょう》的な欲望から発するものではないかと思われるくらいであった。

いかに黄金を産しようと、しょせん鉱山というものは荒涼としている。そして、そこにはたらく山師、絵図師、振矩師《ふりぐし》、掘子《ほりこ》、鍛冶《かじ》、大工などは、いずれもいのち知らずの野獣的な男たちだ。このなかにあって、一見優男《やさおとこ》の大蔵藤十郎はおそれ気もなく不満気もなく、むしろ冷厳といった態度で、荒くれ男どもをあごでこきつかっていた。それにまた金山掘《かなやまほ》り夫たちが犬みたいにしたがっているのは、奉行という肩書、また不従順なものは、彼のながいあごのしゃくり具合で、容赦もなく首を刎《は》ねられるという山法度《はっと》もさることながら、彼の黄金への執念に対する畏敬《いけい》の念であったといっていい。

それから、金山師たちの、藤十郎への畏敬の理由がもうひとつある。山の麓には、鉱夫相手の遊女屋がならび、また女たちはそこから毒蝶みたいに山に舞いあがってきてとびめぐり、天日のもとに凄じいばかりの性の宴《うたげ》をくりひろげたのだが、藤十郎が山を下ったことはほとんどなく、また鉱夫たちと売笑婦たちの恥しらずの痴態をみても、冷眼に苦笑をうかべて通りすぎるだけなのだ。彼には、鉱夫たちの成績だけが念頭にあるようで、その成績をあげるためには、こういう種類の本能を満足させる必要のあることを認めているらしい。そのくせ本人にはまったく興味がないらしいのが、本能だけの金山《かなやま》掘夫《ほり》にはまるで別世界のおどろくべき人間にみえるのだ。

「お奉行さまは、よほど惚れた奥さまがあるのか」

「うんにゃ、お奉行さまにはまだ奥さまがないときいたぞ」

「だいいち、甲府へもめったにゆかれないではないか」

「あれ——片輪じゃねえのかな」

「馬鹿、きかれると、首がとぶぞ。——こないだ野風呂をつかってござるお奉行さまをふとみたが、顔よりながいお道具がちゃんとぶらさがっておったがの」

「金掘りだけには眼の色をかえて——御館《おやかた》さまからたっぷり御褒美《ごほうび》をもらっても、女ぎらいじゃ、つかいかたがあんめ」

坑内《まぶ》や、釜の口や、坑外《おか》や、矩定場《きじょうば》で、金山師たちはよくこんな話をした。

その大蔵藤十郎が恋をした。

彼とて、鉱石《いし》が人間に化けた男ではない。実は数年前、甲府である女人《にょにん》に恋をして、それがとうてい望みのとげられぬ人妻であったために、それ以来女に想いを絶《た》ったのだ。

藤十郎が惚れたのは、山の売笑婦ではない。やっぱり人妻だ。しかし、配下の振矩師《ふりぐし》銀平次の女房であった。

振矩師というのは、いまでいう測量技師だ。山から山へ移動するいわゆる山師の下に働く絵図師とか、掘子とか、特殊技術をもつ連中は、とくに道具だけをかかえて渡りあるく者が多かったが、この振矩師もそうであった。

銀平次は、石見《いわみ》の銀山からその夏やってきた男で、年は三十くらい、漆《うるし》をぬったような皮膚をしたひたいに、バサと髪がかぶさり、眼が、まぶたのない人間みたいにギョロリとむき出されている。動物的な金山掘夫たちが思わずたじろぐくらい精悍《せいかん》な男だ。この醜悪な亭主がつれている女房のお花は、これまた何かのまちがいではないかと思われるような美しい女であった。

年も二十歳前後だ。黒髪をながくうしろへたらし、灼《や》けつくような山の太陽の下に、雪のような頰をして唇だけはもえるように赤い。スラリとのびた四肢は女豹《めひょう》を思わせた。それにしても獣じみた山男ばかりの金山《かなやま》を、よく女房づれであるいているもの――と、金掘師たちは眼をむいたが、すぐに彼らは振矩師銀平次の自信を了解した。

相手が人間であるかぎり、人相にはおどろかない掘子たちのうち五、六人が、山をひとりあるいていたお花を襲ったのだ。それでも胸にはキッチリと晒《さらし》でもまいているとみえて、ふたつの隆起こそみえないが、みじかい襦袢《じゅばん》にみじかい股引様のものをつけただけのお花は、充分挑発的で、なおわるいことに、彼女は男たちにむかって、へいきで淫らな冗談をいい、これみよがしにからかい、舌を出して悪態をつく。彼女が襲われたのは、みずから求めたものといっていいなりゆきであったが、いざ掘子にかこまれると、彼女の抵抗は猛烈をきわめた。岩から岩へとびうつり、ちかづく奴を蹴とばし、とられた腕に歯をたてる。男たちはまったく野獣と化して、ようやく彼女をある岩壁に追いつめた。そのときお花は口笛を吹いた。山の入道雲に、はねかえるような口笛であった。

掘子たちには、その入道雲から雷神《らいじん》がとびおりてきたのかとみえた。どこで口笛をきいて、どう飛んできたのか、亭主の銀平次が、三丈はあろうかと思われるその岩の上からとびおりてきたのだ。

「この茶毘《だび》野郎」

ほえると、彼は手をふった。同時に、ふたりの金山師の顔面が柘榴《ざくろ》みたいになった。その顔を砕いたものが、小さな鑽《たがね》であったことはのちにわかった。

「こ、こいつ、新参のくせに、仲間を――」

狂気のごとく藤蔓《ふじづる》巻きの山刀《やまがたな》をひっこぬいてかけ寄ろうとしたふたりの、のどぶえと胸に、またも鑽《たがね》はたたきこまれた。

「仲間の女房に手を出した奴はどいつだ」

わめいたときの銀平次は、もう歯をむき出して笑っている。恐怖にかられ、にげ出した生き残りのふたりが、二十歩ばかり岩を走って、追ってくる跫音《あしおと》のないのにふりむいたとき、黒い流星のようにとんできたふたつの鑽《たがね》は、正確にふたつの心臓にくいこんで、そこらの岩を、真っ赤な血しぶきで染めてしまった。

これをちかくで見ていた荷揚《にあげ》掘子の老人があって、腰をぬかして両手をあわせた。

「お、お助け――おれは何もしねえぞ」

「わかってらい」

と、白い歯をみせて、蒼空に笑いをはねあげたのはお花であった。

いきさつがわかって、六人もの掘子をいちどにみな殺しにした銀平次は罪にならなかったが、ほかの掘子たちはそれ以来、彼の女房に手を出すことはぷっつりやめた。

その女豹のような女に、大蔵藤十郎が惚れたのである。

二

どうして、その女に惚れたのか、じぶんでもわからない。

山師の奉行というより、一種の学者だとじぶんでは思っていた大蔵藤十郎だ。彼の生来の好みとはちがう女である。彼が甲府で恋したのは、これとは正反対といっていい女人であった。

あまりにその女人をふかく思ったばかりに、もはや生涯べつの女を娶《めと》るまいとさえ決心した藤十郎である。もし娶るならば、その女人とそっくりおなじ顔と姿をもった女でなくてはいやだ。——彼がほかの女に、ましてや金山師相手の遊女などに眼もくれなかったのは、道心堅固のせいではなく、この執念のためであった。

それなのに、相手もあろうに、女豹のような振矩師の女房に惚れたとは。

むろん、その女は抜群に美しい。その美しさが、藤十郎の恋する女人とは正反対だ。その正反対であるということが、藤十郎の心の虚をついたのかもしれない。そんな女をいままで見たことがないだけに、はじめ眼をまるくし、その衝撃が彼の胸に鮮烈な波をひろげたものらしい。

それに、お花の藤十郎に対する態度がすこし妙であった。たんに奉行に対するつくりものの、がらにないつつましやかさとはちがうものがある。山でゆきかうとき、金掘師たちといっしょに土下座して、この女は頬をぽっと染めるのだ。そのういしさ、なまめかしさに、ゆきすぎてからふとふりかえると、彼女はウットリとした眼で彼を見送っていて、ドギマギとあからんだ顔を伏せるのであった。

「ふむ、あの女、おれに気があるな」

どんな自惚《うぬぼれ》のない男でも、そう思わざるを得ないふしがある。ましてや、おのれのノッペリとした白皙《はくせき》の顔にも、才能にも自信のある藤十郎である。

「どうして、あれほど美しい女が銀平次のような男の女房になったものか。いままでは、べつに不仲ともみえぬが、しかしほかに思う男が出てくれば、話は別になる。——悪酔いから醒《さ》めたように、亭主の醜さが眼につくようになるぞ」

そして、「ほかに思う男」とは、むろん自分のことだ、と大蔵藤十郎はながいあごをなでた。

人妻だ。むろんこれが甲府の女人のような場合であったら、いかに藤十郎も手が出ない。しかし、これは配下の女房だ。しかも、どこの馬の骨ともしれぬ山渡りの振矩師《ふりぐし》の女房である。

藤十郎の心に、ムラムラといたずら心がわき起った。恋といったものではない。浮気であり、肉欲であった。

そして、彼は銀平次が麓《ふもと》の萩原へ用足しにいった日の夕、ひそかにお花を呼び出して、古鋪《ふるしき》——かつて採掘して、いまは廃坑となった穴のなかに彼女とともに入りこんだのである。

落磐をしたり、有毒なガスを発生したりして、もはや使いものにならなくなった坑道の入口には「金格子」というものをつくる。ふとい格子を葛《かずら》でくんで、大きな錠を下ろし、そばに立札をたてる。

「金格子を破り候ものは関所破りの科《とが》に準《なら》う。右は至って重き罪ゆえ、山内引回しの上、陰茎を切り、山を追う永代の法に候もの也」

これは黒川山金山にかぎらない。甲斐の金山にかぎらない。どこの山法でも、こぞって金格子を破ることをきびしく制禁している。

金山《かなやま》に関するかぎり独裁者にひとしい金山奉行の大蔵藤十郎が、配下の女房をこの廃坑のひとつにひきずりこんだのは、ある理由のほかに、彼の偽善性がある。自分に対する金山掘夫《ほり》の評価をよく知っているだけに、人目《ひとめ》もある奉行所の役宅に女を誘うことを恐れたのだ。それに、虫が知らせたか、女の亭主銀平次に、少なからずうす気味わるいところもある。

金格子の錠を、藤十郎は鍵をふところから出してあけた。錠も鍵も、お手のもので、彼が特別につくらせたものだ。入ると、ふしぎなことに彼は格子のあいだから外に手を出して、もういちど錠をかけた。

お花の逃げるのを恐れたのであろうか。——しかしお花は、藤十郎からあたえられた紙燭《ししよく》をもったまま、じっと立っている。あの女豹とは別の生き物のようにおとなしい。

奉行さまに呼ばれて胆《きも》をつぶし、恐れおののいているのかというと、そうでもない。それどころか、片手に紙燭をうけとり、片手にお花の手をひいて坑道《しき》のなかをあゆみはじめた藤十郎を、彼女はねとっとする掌《て》でにぎりかえしてきた。

それからこの廃坑の奥で何が起ったか。

半刻ののち、藤十郎はふたたびお花の手をひいて、金格子の外に出た。外は満月だ。ひるの暑熱を吹きはらう夜の風の中に、まんまるい月は水母《くらげ》のように浮かんでいた。

「よい月じゃな」

と、彼はつぶやいたが、実は月など眼中にない。彼の胸や腹やふとももには、はげしく波うった女の胸や腹やふとももの灼《や》けつくような感触だけがある。

茫乎《ぼうこ》として、ただようようにあるき出した大蔵藤十郎は、しかし突然はたと足をとどめた。蒼い月光の下の岩のひとつに、振矩師の銀平次が頬杖ついて、つくねんと坐っていたからである。

銀平次は顔をあげて、ニヤリとした。ふしぎなことに、彼の右眼はとじられたままであった。それから、肩に一羽の梟《ふくろう》がとまっていた。

「思いのほか、用がはやく片づいての、おめえを探していたのだよ」

藤十郎を無視したように、お花にいう。

「あ、あたい。――」

お花はうろたえて、口ごもったが、ふいに度胸をすえたようにさけんだ。

「おまえさん、お奉行さまだよ！」

銀平次はのぞきこんで「ほ」と息を吐いて、岩上にかしこまったが、どこかそのうごきにはわざとらしいものがあった。

「月がうしろにあるので、気がつきませなんだ。お奉行さまでござりましたか」

「うむ、ひとり夜回りに出て、この女房にふと出合い」

藤十郎はいった。

「いちど金格子の中の坑道《しき》をみたいというゆえ、見せてやったのじゃ」

あまり上手な弁明とは思われないが、そういうよりほかはない。先刻のなりゆきから、お花がじぶんを裏切ろうとはかんがえられないし、こうなったら高飛車に奉行の威をもっておさえつけるよりほかはない。

このとき、銀平次は何かを空中からつかんだような手つきをした。それをお花がなげたと知って、藤十郎がぎょっとしたとき、銀平次はその何かを岩の上においた。

「それは、もったいのうござります」

そういいながら、銀平次は岩上の何かを――小さな、鈍くひかるまるい球のようなものを、上からじっとのぞきこんでいる。

「ふうむ、火がもえておる」

と、つぶやいた。

「ここは、どこか？　坑道《しき》のなかだ。……おや、たたみがあり、唐櫃《からびつ》のようなものがあるぞ」

藤十郎の背に、水のようなものがながれた。

「おう、人間がふたりおる。……男と女だ。……男が女をひざに抱いて、耳に口をあてて何やらささやいておるわ。口のうごきでは、うまいことをいっておるらしいが、眼つきは女をおもちゃにしておるようじゃ。……さて、男は女のきものを剝《は》ぎはじめた」

銀平次は何をしゃべっているのだ？　何を見ているのだ？

「ふたりとも、まるはだかじゃ。白いはだかがふたつ、蛇のようにもつれあい、鞠《まり》のようにはずんでおる。……」

それからあと銀平次が口から吐きつづけた叙述は、露骨をきわめ、淫猥をきわめ、藤十郎の耳を覆わせるに充分なものがあった。「――だまれ、だまれ！」いくどか彼はそうさけび出そうとして、ただ顔の色を七面鳥みたいにかえた。それは彼自身の行動の描写にほかならなかったからだ。

「やっと、男はたちあがって。……はだかのまま、唐櫃をあけてみせる。おう、ぼうっと金色のひかりがさす。……」

「うぬは！」

藤十郎は、発狂したように刀の柄《つか》に手をかけた。武術には自信のない男であったが、それ以上、この男にものをいわせてはならなかった。

銀平次は冷然と奉行を黙殺して、ドロリとうすびかる小さな球をのぞきこんでいる。

「男が、ニヤリとしてこちらをむいた。……」

ニヤリとしてこちらをむいた銀平次に、恐怖にうたれ、藤十郎は手が柄に膠着《こうちゃく》したきりであった。

「お奉行さまの顔」

そういうと、銀平次は、岩上の球をとりあげた。とじられた右眼のまぶたをおしあけ、その球をおしこんだ。

ふたつのギョロリとした眼がひかっていた。——それは彼の眼球であった！

「うぬは——うぬは——怪しき奴！」

藤十郎は声をつまらせた。自分自身に対する絶大な自負から、世にこわいものしらずの大蔵藤十郎が、これほど人外境の恐怖にうなされる思いになったことはない。

「怪しき奴——」

銀平次は顔を横にむけ、そこにいる何者かにささやくようにいった。

「怪しき奴——甲金をかくす武田家の金山奉行大蔵藤十郎さま」

すると、そこでかん高い声で、おなじ言葉をくりかえしたものがある。

「甲金をかくす武田家の金山奉行大蔵藤十郎」

それは肩にとまった梟であった。梟が人語をしゃべったのだ。——ここにいたって藤十郎は、完全に気死の状態におちいってしまった。

三

ぱっと梟は舞いたって、ちかくの杉のたかい枝にとまった。そこから、また声がきこえた。

「甲金をかくす武田家の金山奉行大蔵藤十郎」

「お奉行さま、たとえおれを斬られても、梟はあの通りしゃべりまくりますな」

うす笑いしてそれを見あげ、振矩師《ふりぐし》銀平次はつぶやいた。

罠《わな》にかかった！　ようやく大蔵藤十郎はそのことを知った。女房と同腹だ。その女房と密通したことはさておいて、金山奉行たるじぶんが、廃坑の奥に黄金を隠匿《いんとく》していることを甲府に知られたら——そう思うと、さすがの藤十郎が、髪の毛も逆立つようであった。

それにしても、この男は自在におのれの眼球をとり出し、また嵌入《かんにゅう》させるらしい。その眼球が、ひとりでみたものを映すらしい。それに、人語をしゃべる梟を飼う。——この幻妖とも奇怪とも形容を絶する男は、いったい何者か？

「いいや、あなたさまに、べつに大それた謀叛気はない。ただ黄金《こがね》の精に惚れてのかくし金であることは、銀平次よく承知しております」

と、相手はのみこみ顔でいった。やっと藤十郎はかすれた声が出た。

「うぬは何者だ？」

「御案じなされますな。渡り者の乱波《らっぱ》で」

乱波とは、この戦国のころ、間諜を稼業とする男だ。伊賀者、甲賀者が多く、その特殊な使命を果すために人間業とは思われぬ技能をもち、その腕ひとつを頼りに、渡り鳥のように諸国諸大名のあいだをとびあるく者も少くなかった。——愁眉をひらくとともに、べつの恐怖をおぼえながら、

「忍法者か」

と、藤十郎は吐息《といき》をついた。

「されば、武田家に奉公の志がござって」

銀平次は岩からとびおりて、両腕をつかえた。

「御屋形《おやかた》の御信任厚いときく大蔵藤十郎さま、いちど御屋形さまにお目通りかなうよう、御尽力下さいませぬか」

「御屋形さまへお目通り。——」

藤十郎の眼が困惑にまたたいて、首がかしげられた。

「それはちとむずかしいぞ」

「われらをお疑いか。ただいまの眼球の始末は、われらの技《わざ》をお知りねがうためのいたずらでござる」

いまの弱味をにぎっているかぎり、生半可な遁辞《とんじ》はゆるさぬ、というように銀平次の眼がおしぶとくひかった。

「それはようわかっておる。おぬしほどの忍法者ならば、武田家でもよろこんで召しかかえるであろうが――当分、御屋形さまへのお目通りは待たねばならぬかもしれぬ――」

「――何ゆえに」

「御屋形さまは、ながいおんわずらいじゃ。それゆえ、他国の使者はもとより、家臣すらめったなものはお目通りはかなわぬ。それのかなう者は、代々の宿将の方々ばかり。実をいうと、おれも久しく御屋形さまにお目にかかったことがないのだ。金山のことで、ときどき躑躅《つつじ》ヶ崎《さき》へ参っても、人づてか、書類をもっておうかがいをたてるばかりなのだ」

それは事実であったから、藤十郎の顔には真実の当惑があふれた。しかも、心中に彼はかんがえている。――

もともと、この女房とて、しばらくなぐさんだら、亭主もろとも山の土にするつもりで、さればこそ女にあのかくし金をみせ、そのうちおれの側妾《そばめ》にしてやろうなど、うれしがらせの甘言をささやいたのだが、これは乱波の渡り鳥とわかったいまでも、その意志はかわらない。いや、渡り者の乱波であればこそ、いわゆる匹夫の口軽《くちがる》、いよいよもって、今明日にも何とか始末しなければならぬ。それにしても、あの梟をどうするか？

「とはいえ、そのうちかならず仕官の世話をしてやるほどに、しばらく待て、あせるな、あせるな」

「——左様でござりまするか」

「こういう縁となったからは、他人とは思わぬぞ。おれを信じて——」

相手を籠絡《ろうらく》するつもりで、うっかりいいかげんの世辞を吐いて、さっきのじぶんの所業を思い出し、大蔵藤十郎は狼狽した。

「おれも、あなたさまを他人とは思いませずおすがり申す」

銀平次はいちど何も気がつかない風で、澄ましていった。が、すぐにニタリと見あげて、

「ただし、おれの女房は、もう他人にして下されませ」

「いや、それは、あとで甲金をやるほどに、ゆるせ、ゆるせ」

「その代り——もういちど、おれの眼球《めだま》をつかって、面白いものを御覧にいれましょう。お奉行さま、御重臣御近臣の奥方のうち、あなたさまがいささかでも惚れなされたお方はござりませぬか？」

藤十郎のこの奇怪な乱波に対する不穏な決意は、つぎに相手の唇からもれた言葉で停

止してしまった。

「その女人の恥ずかしい夜のおすがたを、いちどのぞいてみたいとは思いませぬか？」

大蔵藤十郎は息をのみ、醜い男の眼球をにらみ、それからうめくようにいった。

「ひとりある」

四

めずらしく、黒川山の金山奉行大蔵藤十郎が山を下って、甲府へ出かけていった。振矩師の銀平次夫婦を供にしていた。

長い夏も終ろうとするある夕方、彼がひとりで訪ねていったのは、躑躅ケ崎の真田屋敷であった。

源五郎は館《やかた》に詰めていて、不在であった。それを承知でやってきた藤十郎だが、玄関でさも残念そうに、

「実は、黒川山で火縄の工夫《くふう》をした結果、鉄砲の火縄にもちと新機軸が編み出せたように思い、源五郎どのの御意見をうけたまわりたいときたのですが」といった。

手に、山から土産にもってきたらしいみごとな舟型の釣り忍《しのぶ》をぶらさげていた。舟は

岩をくりぬいて作ってある。

「源五郎の勤めは、このごろ夜も昼も、時を定めませぬ。十日もかえらぬことがあるかと思うと、ふいにブラリと退がって参ります。こうしているまにも、ふと帰ってくるかもしれませぬゆえ、しばらくお待ち下さいまし」

源五郎の妻の呉葉《くれは》が気の毒がって、彼をあげた。

大蔵藤十郎は座敷に通されて、呉葉を相手に金山の話などしゃべって待った。そのあいだに、庭には可愛らしいはだかん坊の男の子がふたり、木剣をもって喧嘩しながらかけこんできて、呉葉に叱られて、にげ出した。

「御子息ですな」

「はい。小太郎とお弁丸《べんまる》でございます」

「しばらく見ぬまに、見ちがえるように大きくなられた。おいくつです」

「兄が九つ、弟が八つ。——ほんとうに腕白で」

「いや、侍の子は、何より元気者でのうては」

「乱暴なところだけは、父親ゆずりでございます。とくに弟の方はあばれもので、ゆくすえはどうなることかと案じられるほどでございます」

しかし、呉葉の微笑は幸福そうであった。——ふたりの子供、兄の小太郎がのちの真田伊豆守信之《のぶゆき》、そして弟のお弁丸こそ、真田左衛門佐幸村《さえもんのすけゆきむら》と呼ばれる男になろうとは、いま若い母の知るよしもない。

源五郎がかえってきたのは、待ちくたびれた大蔵藤十郎がかえったあとであった。妻から話をきいて、

「はて、おかしな男が来たの。なに、鉄砲の火縄に新工夫があったと? それでは、ちかいうち大蔵の屋敷にいってきかずばなるまい」

と、いった。

藤十郎がもってきた美しい釣り忍《しのぶ》は、源五郎の手で、寝所の軒下に釣るされた。

庭にただならぬさけび声があがったのは、その夜明け方であった。

「――おおっ、あの梟だ!」

猿飛天兵衛の声だ。大刀ひっつかんで、源五郎は庭へかけ出した。夏の夜のことで、雨戸はあけたままであった。外は蒼い昧爽《まいそう》だ。

「いや、突然、大声をたてまして恐れ入ってござる」

天兵衛は恐縮してくびをすくめた。

「何となく、胸さわぎと申すか、この方角に気にかかる妖気をおぼえ、見回りに参りましたところ、ふいにそこの軒下より一羽の梟が舞い立って――」

苦笑していった。

「それがいつぞやお話申しあげた服部の忍者の梟のように思われ、われしらず小柄《こづか》を空に投げましたが、梟めは屋根をこえてとび去りました。何でもない、そこらの森の梟かもしれませぬ」

三人の男女が、経机をとりかこんでいた。大蔵藤十郎と片眼をとじた振矩師の銀平次と女房のお花であった。

経机の上に皿がある。皿にうすびかる白い球がのせられている。

梟がくわえてきた銀平次の眼球であった。それは釣り忍のながい葉のかげにかくされて、欄間《らんま》から寝所にねむる真田源五郎とその妻の呉葉の姿をながめてきた。――皿の上の眼球は、はじめ何の影像も映《うつ》してはいなかった。瞳孔《どうこう》は、日光をあびた猫の眼のそれのように小さくとじられたままであった。が、やがてそれがしだいに大きくひろがってくると同時に、角膜の表面に何やらがうごきはじめた。

男と女と――世にも男らしい男と、女らしい女との愛のすがたが。

それは小人国の若殿と姫君の春宮図《しゅんきゅうず》のようであったが、大蔵藤十郎には、視界いっぱいにひろがる地獄絵ともみえた。

真田源五郎は堂々と女人を愛撫した。それはこの眼球がみていたとはもとより知るはずもないが、たとえ知っていたとしても彼は恥じなかったかもしれぬ。愛するものは、彼の恋女房であった。

彼はたくましい両腕に妻のほそい胴を抱きしめ、妻のあえぐ肺葉をぜんぶすすりとるのではないかと思われるほど唇を吸い、白い腰に健康的な力づよい打撃をあたえつづけた。

そして、呉葉は――藤十郎は、彼女が真田家に輿入《こしい》れしてきた当時の気高く可憐な姫君姿を知っている。それからまた、彼女がいかにも武門のほまれたかい真田家の妻になりきって、優雅なものごしのなかにも凛然《りんぜん》として幼な児を叱ったときの、きのうの姿も眼にのこっている。その呉葉が――いま、夫に身も魂もまかせきって、星のように眼をけぶらせ、美しい乳房をあえがせ、嫋々《じょうじょう》としてたおやかな肢体を心ゆくまでなびかせ、波うたせているのであった。

藤十郎の眼は血ばしり、心臓は太鼓のように鳴り、息はいまにもきれそうであった。

――呉葉こそ、彼がひそかに想いをかけたただひとりの女人であったのだ。

わかっていた。わかっていたのになぜおれは。

彼は銀平次の眼球の幻燈に、みずからえらんで恋する女を映したことを呪《のろ》った。しかも、ひとたび見た以上、それは永劫《えいごう》に這《は》いあがれぬ地獄の責苦であった。

もともと野心家の素質をもつ大蔵藤十郎だが、それだけに信玄の偉大さと恩を肝に銘じ、いまだかつて主君を裏切ろうなど夢にも思ったことはなかった。その藤十郎が、この地獄からのがれる法があるならば、たとえそれが武田家の滅亡につながろうともいといはしない、という心境になったのはこのときである。

あぶら汗をながして苦悶する金山奉行を、振矩師《ふりぐし》銀平次と女房のお花は、うすら笑いをうかべて横眼でみていた。

皿の上の眼球の瞳孔がしだいにほそくなり、美しい秘画の色が薄れていった。

五

「種子島を操作している最中、火薬の爆発のため銃身が裂《さ》けて、源五郎どのが瀕死の大怪我をなされた。子供衆をつれ、いそぎ参られよ。……」

という大蔵家からの使いが真田家にかけこんできたのは、翌日の夕方であった。

その日夫が大蔵家にゆくとはいっていなかったが、鉄砲きちがいの夫ゆえ、充分あり得ることと呉葉は狂乱し、小太郎お弁丸の手をひいてかけつけていった。

躑躅ケ崎の館から、はね橋をわたって出てきたとき、真田源五郎は袈裟頭巾《けさずきん》をかぶった僧と、猿飛天兵衛、霧隠地兵衛といっしょであった。

その群れのそばを、うしろからかけてきて、砂塵をあびせながらかけぬけていった一頭の馬がある。ひとひらの紙片が砂けぶりとともに源五郎の顔を吹いた。

紙片には、こう書いてあった。

「源五郎よ、女房子供のいのち惜しくば、ただ一人にて大蔵屋敷に来れ」

袈裟頭巾の僧は、もうはるかかなたをかけ去る馬をみて、

「馬には二人のっておる。ダラリとくくりつけられておるのは、ありゃ大蔵藤十郎ではないか。地兵衛、あれをとらえろ」

と、絶叫した。

ヒョロリと背のたかい霧隠地兵衛は、韋駄天《いだてん》のごとくそれを追った。

甲府から南へ出たばかりの街道で、地兵衛はついにその馬に追いすがった。ならんで疾駆しながら、彼の手からうなりをたてて黒い縄がとんだ。これは女の黒髪を編んだ縄で、馬触るれば馬を斬り、人触るれば人を斬るの譬《たと》えどおり、その髪縄は馬のくびを切断した。人を斬らずに馬を斬ったのは、馬の鞍にむすびつけられている大蔵藤十郎を斬ることをおそれたためだ。

馬の首は、血の瀑布《ばくふ》をたばしらせながら、路上におちた。

「あっ」

と、地兵衛は絶叫し、棒立ちになった。

首のない馬は、おのれの首の上を、蹄《ひづめ》をたかくあげておどりこえた。馬上の黒衣の影は、ぴしいっと鞭でその腹をたたき、首のない馬をあやつって、何事もないかのごとく南へ飛び去ってゆく。

「はなしてくれ。おれを下ろしてくれ」

馬にくくりつけられた大蔵藤十郎は、虫のようにうごめいていた。

「おれはとんでもないことをした。おいっ、お花！　呉葉どのはどうしたのだ。まさか、呉葉を殺したのではあるまいな？」

「安心しな。ほ、ほ、うまくゆけば、銀平次がつれてあとを追ってくるさ」

「どこへゆくのだ。おれをつれてどこへゆこうというのだ」

「遠江へ――徳川の領国へ」

「これ、うぬはだれだ。素性は何者だ」

黒衣の女の声が、馬上で風をきりながら、ふいに男の声に変った。

「おれは徳川の忍者、六字花麿《ろくじはなまろ》」

大蔵藤十郎のあたまは混乱した。これは男か？　いいや、女だ。おれが金山《かなやま》の坑内《しき》で交わったのは、たしかに乳房と女陰をもつ白い豹のような女に相違なかった！　しかし、それなのに、この女の声は。――

あくまで男性的な高笑いを、六字花麿は夕焼空にあげた。

「おれはおまえを家康様のところへつれてゆく。おまえの人間よりも、おまえの金掘りの天才が欲しいのだ。さぞや家康様はおよろこびであろう。おれの土産はおまえだ。そして漆戸《うるしど》銀平次の土産は信玄の首だよ」

——ついに大蔵藤十郎は失神した。人間の袋みたいに馬腹にゆれているこの男が、のちに家康のもとで佐渡や伊豆の金山を切りひらき、山将軍といわれた大久保石見守《いわみのかみ》長安となる。

大蔵屋敷にかけこんだ真田源五郎は、門を入ったところでぴたりと釘づけになった。

そこに立っているのは一糸まとわぬ妻の呉葉であった。

両わきに、小太郎お弁丸のふたりの子供をしっかと抱いて、乳房に夕焼雲がうつっていた。

そのうしろに、髪をバサとひたいにたれ、まっくろな顔に凄じい巨眼をむいた山師風の男が仁王立ちになっていた。藤蔓《ふじづる》巻きの山刀をひきぬいて、きっさきをピタリと呉葉の背につきつけているのだ。肩に一羽の梟をとまらせていた。

「源五郎か。よう来た」

と、彼はいった。

「名は、きょう以前によく知っておる。塔ケ沢監物《けんもつ》、虚栗《みなしぐり》七太夫、箙《えびら》陣兵衛らを殺したのはうぬだな」

「徳川の忍者か」

「いかにも、おれは服部一党の伊賀者漆戸銀平次。うぬに朋輩を殺された恨みはあるが――源五郎、事と次第ではそれは忘れてやる」

「事と次第では？」

「これより館にとってかえし、信玄の首をとってくればだ」

「ば、ばかな！」

「そういうか。そういうだろうと思っていた。ならば、この場で、うぬの女房子供を刺し殺すが、よいか？」

「殺せ、その代り、うぬを八つ裂きにせずにはおかぬぞ」

「ウフフ、そうやすやすと八つ裂きになるおれではないが、しかし、すすんで虎穴に入ったおれだ。それくらいの覚悟はあるといっておこう」

漆戸銀平次は歯をむいて、声もなく凄絶きわまる笑いを笑った。

「源五郎、おれのいうことはたんなるおどしと思っておるのか？」

真田源五郎は、背すじまで凍りついた思いであった。朋輩を殺された恨みは、事と次第で忘れてやるといったが、これこそ最大のむごたらしい復讐であった。敵のかんがえる以上に。

彼は妻と子供を愛していた。おのれのいのち以上に愛していた。しかし、もとより主君のためならば、その愛する妻と子のいのちを絶つのもいとはしない。が――彼のまもっているのは、主君の影武者なのだ！

「源五郎、ゆくがいい」

と、漆戸銀平次はいった。

「半刻《はんとき》待つ。半刻待っても来なければうぬの女房は子供のみておるまえで犯しぬき、なぶり殺しにしてくれるぞ」

「いま殺して下さい」

呉葉がさけんだ。

「あなた、なぜ刀をおぬきにならないのでございます。なぜこの男をお斬りにならないのです。わたしや子供のいのちはどうあろうと――」

「よしっ。――死んでくれ、呉葉っ」

源五郎が絶叫して刀の柄《つか》に手をかけたとき門の外で鉄蹄のひびきがきこえた。ほとんど呉葉の背につきつけた刀の肘の弦《つる》をきろうとしていた漆戸銀平次を、一瞬とどめたのは、門を入ってきたものが、あまり異様なものだったからであった。

二頭の馬に、いずれも袈裟頭巾をかぶり、両眼に黒い紗《しゃ》を垂らした法師武者だ。いずれをみても、そっくりおなじふたりが、声をそろえてさけんだ。

「源五郎、影武者のために妻子を殺すな」

山彦のように笑った。

「真田一門、まことに武田家のために死んでくれる日まで」

そして、鏡のように同時に佩刀《はいとう》をぬきはらうと、同時に相手に斬りつけた。一方が一方よりわずかに早く、一方が血けむりあげて馬からどうところがりおちた。

この大意外事に、さすがの忍法者漆戸銀平次が、眼をむき出し、呉葉のうしろからッツと出て、落馬した法師武者をのぞきこんだ一瞬、源五郎の一刀が落日にきらめいて、その黒い醜顔に赤いすじをたばしらせた。

血しぶきの中から、ぱっと梟がとび立った。

「山本勘介は生きている。御用心――」

赤い夕空に消えてゆく人とも鳥ともつかぬぶきみな声を、馬上のもうひとりの法師武者は、血刃をさげたまま、じっとふりあおいでいた。

螺陣篇

一

空は蒼《あお》い河のように細かった。

その空の河はしんかんと澄んでいるが、眼下をながれる地上の河は、音たてて白いしぶきをあげている。河の両側は、きりたったような断崖であった。それで、空が細く見えるのだ。

岩は、見あげれば、天につながる壁ではないかとみえるほど巨大なものがあるかと思うと、河の中には、獅子のわだかまるに似たり、虎のうずくまるに似たり、竜の這うに似たり、大自然のふるった鑿《のみ》のあととは信じられないほど奇怪なものがある。そして、それらを彩るのは、もえるような満山の紅葉であった。

金峰山、奥千丈山に源を発する荒川は、やがて甲府に入り、笛吹川に合流するのだが、このあたりは、深潭《しんたん》をなすかと思えば岩をかむ急流となり、それらをつらねる滝は大小幾十なるかを知らず、天下第一と称してもさしつかえないほどの絶景だ。むべなり、いまこの峡谷を昇仙峡という。——

しかし、戦国の当時は、もとよりこの風光をとくに愛《め》でるために杖をひく者もなければ、したがって路らしい路があるわけでもない。ただ、この奥の御岳《みたけ》に詣でる行者が、その峻険をも修行のひとつとして、猿のようにつたわってゆくくらいのものであった。

「御岳はまだかえ?」

「お方さま、もうひといきでございます」

断崖に沿う路を、あえぎあえぎ、四、五人の女が上ってゆく。市女笠《いちめがさ》をかぶり、杖をもち、旅装束の一行である。これは武田の若大将武田四郎勝頼の側妾《そばめ》のひとりお圭《けい》の方と、その侍女であった。

この五月ごろから遠江《とおとうみ》に出撃して徳川軍とたたかっている勝頼が、ちかく凱旋《がいせん》してくるというので、その帰還の無事であることを祈るために、甲府の館を出てきたのである。凱旋、というのは、父の信玄ですら攻略できなかった遠江における徳川の重大な出城高天神《たかてんじん》城を、この夏みごとに攻め落したからだ。ただし、これに対して織田軍が徳川方に来援しているので、これを牽制《けんせい》するために、なお甲州の大軍は対峙しており、主将の勝頼が甲府に帰還することは、一般には秘密であった。

「おあん、しばらく待て、ほかの女たちがおくれたようではないか」

「まあ、ほんとうでございます。ひょっとしたら、さっきの崖路の崩れを越えかねているのかもしれませぬ。ひきかえしてみて参りましょう」

と、侍女のおあんがうなずいて、身軽にかけもどっていった。

おあんは、さっき過ぎた山中の最後の部落猪狩《いかり》の里の出身の女だ。それで道案内にたてたのだが、ながらく躑躅ケ崎の館に奉公しているとはいえ、もともと山家育ちだけに、やはり足がはやく、それに、ほかの従者がみな老女ばかりなので、お圭の方の手をひいていても、いつしか先になりすぎたものとみえる。

お圭の方は、磊々《らいらい》たる岩によりかかって、肩で息をしていた。若い、まだ二十一のお圭の方であったが、こんな嶮路を、こんなに長くあるいたのははじめての上に、彼女は身籠っていた。この夏のはじめ、勝頼が甲府にいちどかえってきたときに妊娠したものらしい。指折りかぞえれば、もう五か月以上にもなる。――

そのためか、輪廓のぼうと霞んだようなお圭の方の美しい顔を、このとき秋風がさっと吹いて、あたりいちめんは驟雨《しゅうう》のように紅葉につつまれた。

「お方さま、参りました」

市女笠をかたむけて、その紅葉の雨の中から、おあんがかけてきた。

「では、こうおいでなされませ」

また手をとってあるき出す。

市女笠がふたつならぶと、やっと通れる石の門のような路を、ふたりは通った。路はややひろくなったが、河もみえなくなって、両側は巨大な壁のような石中の路であった。

「ああ……」

百歩ほどあるいて、お圭の方は思わず眼を見張った。

そこは真紅の世界であった。風にゆれる幕《とばり》のような紅葉、それは地上にもちりつもって、これまた赤い毛氈《もうせん》をしいたようであった。ただ空の蒼さ、またぐるりと四方をとりまいた岩山がみえるが、それも撩乱《りょうらん》とちりみだれる紅葉に霞んでいる。

「美しいこと。――まるで浄土のような」

「ほんとうに、ここは浄土でございます」

「年寄《としより》たちに早うみせてやりたい。――またおくれたようではないかえ」

「あの女たちにみせるのはもったいない。ここはお方さまとわたしと、ふたりだけで眺めたい浄土でございます」

言葉がすこしおかしいので、お圭の方はふりかえった。おあんはしずかに市女笠をあげた。

「……あっ」

のどのおくで、かすかなさけびをもらしたきり、お圭の方は眼を見ひらいてしまった。

そこにニンマリと笑顔で立っているのは、おあんではなかった。女のように美しいが、見知らぬ、しかしあきらかに男の顔であった。

「喃《のう》、お方さま、ふたりだけで、この浄土の法悦を味わおうではござらぬか？」

と、彼はいって、両腕をさしのばした。

「……お、おあん」

さけぼうとしたお圭の方の唇は、男の唇で覆われた。胴もちぎれるかと思われるほど一方の腕で抱きしめられたかと思うと、もう一方の腕でその衣服を裂きすてられている。幾重ものきものが、まるで薄絹のように無造作に剝《は》ぎとられたのだ。

赤い緒がきれて、市女笠が飛んだ。

「な、何をしやるのじゃ。わたしをだれと思うてか」

「むろん、お方さまと呼んだ以上、勝頼どのの御愛妾と存じておる。このたび勝頼どのが遠江よりおかえりなさるので、その御無事を願って御岳《みたけ》詣でにおいでなされたことも」

声はもうお圭の方の耳たぶをくすぐっていた。

「というのは表向きのことで、ほんとうに御岳の金精《こんせい》明神に心願のことは」

「…………」

「ちかく相州の北条家より使者がくる。おん使者は、北条の当主相模守《さがみのかみ》氏政どのの奥方だ。奥方は信玄どののおん娘、すなわち四郎勝頼どののおん姉君じゃ。用件は、このたび氏政どののおん妹八重垣姫どのを、勝頼どのへ輿入《こしい》れさすことについてだ。……そうであろう？」

「…………」

「相手は関東第一の名門北条家の姫君、この婚儀がととのうとすれば、いままでの勝頼どのの側妾《そばめ》どのたちが、日輪のまえの月のごとくにかすむは必定《ひつじょう》。……されはこそ、何とぞして、この首尾がととのわざるように、そなたは御岳に秘願をかけに参られた。――」

「………」

「勝頼どのの御寵愛、近来第一のそなた。またいま勝頼どののおん胤《たね》を身籠っておるとあれば、その女心、むりもないが」

すでに話の途中から、お圭の方はなかば喪神している。たんに奇怪な曲者が出現して狼藉《ろうぜき》をはたらかれたという恐怖のみならず、じぶんの内心の秘密を魔神のごとく見ぬかれたという恐怖のためであった。

「ところもよし、紅葉のしとね、紅葉のまくら、躑躅ケ崎の館にも、これほど風流な閨《ねや》はござるまいが」

繽紛《ひんぷん》としてちりみだれる朱金の落葉の中に、お圭の方は犯された。

二

……半失神の水底から、お圭の方の意識はゆりあげられた。からだもねじれるような快美の世界であった。下半身がとろけ、全身が蜜の海をくるりくるりともみしごかれるような感覚に、彼女はわれしらずあえぎ、いつしか白い腕を相手のくびにしっかりと巻きつけていた。

男がしずかに身をはなしたとき、お圭の方は、ふたつのからだのあいだに蜜が糸をひいたような感じがした。

声も出ず、眼もうすくひらいたままで、恍惚と見あげていたお圭の方は、みだれちる紅葉の中ににんまりと笑って立つ男の姿が、しだいに視界にはっきりしてくると、ぎょっとして眼を大きく見ひらいた。

そこに立っているのは男ではなかった。顔はいままでの顔にちがいないのだが、頰からあごにかけての線がすうとやわらかくなり、全裸にちかい白い隆起がふっくらともりあがり——そして、股間はあきらかに女人そのものであった！

「探しものか」

男は——いや、その女は、やさしい、まるみをおびた声で笑った。

「それは、そなたが持っておる」

お圭の方は、じぶんの股間をみた。名状しがたい声をあげて、彼女ははね起きていた。

そこに「失われたもの」は移動していた！

「とれぬ。それは金輪際《こんりんざい》とれぬ。そなた自身のものだ」

相手はうす笑いしていった。

「よく見よ、それには、肉に巻貝のごときすじがかすかに入っておる。従って、ねじと同様、金輪際とれぬ」

そして女は、お圭の方の両脚のあいだにしゃがみこんだ。

「ふびんや、そなたはもはや勝頼の子は生めぬなあ」

「そんな……そんな……」

恐怖のために、お圭の方の声は嗄《か》れた。

「それをとる法はただひとつある」

「…………」

「べつの女に、おしつけることだ。女の愛液にひたし、やわらかく、なめらかにするほかに、それをとる法はない」

「…………」

「女ならば、だれでもよい。しかし、とくにある女におしつければ、その結果として、そなたの心願たる北条家の姫君の輿入れをぶちこわすことになる」

「……え」

はじめてお圭の方の眼がすわった。

「ある女とは？」

「御屋形信玄どのの側妾のひとり、お篠《しの》の方。お篠の方こそ、こんどの八重垣姫との婚儀の絵図面をひいた女、そのことは、そなたもよく知っておろう。したがって、お篠の方に、そなたは恨みもあるはずじゃ。お篠の方におしつけろ」

「……それが、八重垣姫さまのおん輿入れをふせぐことになるとは？」

「そのわけをいうまえに、ひとつ、ききたいことがある。いま躑躅ケ崎の館におる信玄は、ありゃほんものか？」

お圭の方はまじまじと相手を凝視した。かくしている様子ではない。あまりに意外なことをいわれたので、びっくりして口もきけないといった表情であった。

「いや、そなたは知るまい。左様な大秘事を、めったに余人に知らすはずはない。まことのことを知っておるのは、勝頼、宿将、そして信玄は側妾たち……数えれば三十指にも足りぬ少数の人間であろう。……しかし、おれは、いまの信玄は偽者ではないかと思う。いや、このたび八重垣姫婚儀のことにつき、北条氏政の御台《みだい》、すなわち信玄の娘が甲府にくるのも、北条家でもそれを疑って、娘の眼でたしかめようとしてのことだ」

「………」

「もし、それが偽者ならば、武田家の命脈はそれまでじゃ。信玄この世にありと思えばこそ甲州勢とたたかう織田、徳川の将兵も、何とやらおじけづいて気勢があがらぬが、信玄いまやなしと知れば、風向きはかわる」

口調は男のようだが、やさしい女の声で、みずから反芻《はんすう》するようにつぶやく。

「武田の上層部では、しかしそれくらいの北条の下ごころはよく知っておるであろう。したがって、たとえ信玄の娘なりとも、容易にその真偽が知れぬようにとりはからうに相違ない。それを、こちらからあばいてやるのだ。もし、それが偽者ならば、はっきりと偽者であるように見せつけてやるのだ。——そなたも、そのことはたしかめたかろうが」

「御屋形さまがどうあろうと、わたしの殿は勝頼さまおんひとり、何の関係もないわ」

「そう思うか。ふふ、そう思えば、いよいよもっておれのいうことに従え。その肉の栓をぬかねば、勝頼の子は生まれぬ。その肉の栓を、お篠の方にはめかえろ」

「……それから？」

そのとき、遠い秋風の声にまじって、「お方さま——」「お圭の方さま——」と、狂気のようにさけびかわす声がきこえた。

「おあん、といったか？　例の腰元、やっと、まるはだかにされて気絶しておるのを見つけたとみえる」

お圭の方は現実の世界にもどった。

「それにしても、おまえは何者じゃ」

「おれは徳川の忍び者、六字花麿《ろくじはなまろ》。——しかし、そなた自身に敵意はない。そなたに悪くはせぬ。たとえ、そなたがおれを憎もうと、いまとなってはおれのいうままにせねば、そなたは生まれもつかぬ片輪のからだからのがれられぬわ」

六字花麿はもういちどお圭の方の股間を見てげらげら笑い、まるでじぶんの情婦でも抱くように白い肩を抱きよせた。

「まず、耳をかせ」

三

武田四郎勝頼はこのとし二十九歳であった。

彼は二十歳のとき、織田信長の養女を妻にしたが、その妻が薄命で死んでからは、正妻というものを持ったことがない。ただ、資性豪勇、血気絶倫の美丈夫だから、爾来かぞえきれないほどの女を愛してきた。お圭の方もそのひとりであったが、現在の時点においては、彼女が、じぶんがいちばん愛されていると信じても、だれも異議をとなえるものはあるまいと思われた。

いままで正妻がなかった。——だから、いちばん愛されている側妾が正妻にひとしいという意識と、しかも勝頼の胤《たね》を孕《はら》んでいるという事実が、彼女の胸に、なんとしても北条家から姫君の輿入れしてくることをふせぎたいという盲目的な願いをかもし出したのであった。

人を呪わば穴ふたつ。——という諺《ことわざ》があるが、この不吉な願いは魔性のものを呼んで、彼女は「穴」を失ってしまった。このことをだれに訴えることもできない妖怪的な肉体の持主に、彼女自身がなってしまった。あの男が、徳川の忍者であろうとなかろうと、彼のいいつけをきかない以上、彼女の穴をふさいだものがとり除かれぬとあれば、たとえ天狗変化《へんげ》のたぐいであろうとも、彼のいうとおりにしなければならぬ。

御岳詣での途中、神かくしにあったように一刻姿を消し、やがて衣服もぼろぼろになって姿をあらわしたお圭の方は、老女たちにあっても、紅葉の嵐につつまれたとみるや、気が遠くなって、どこで何をしていたのやらじぶんでもわからぬといい、それは失神したおあんも同様であったから、老女たちは、それでは信濃の戸隠山の鬼女の眷族《けんぞく》でもあらわれたのであろうか、とおそれおののき、御岳に参ることも中止して、ころがるように山の麓に逃げおりてきたのである。

信玄の愛妾のひとり、お篠の方が、夜中奇怪な曲者に襲われたのは、それから数日後のことである。

あとになって思い出しても、それは信じられないほど怪異な記憶であった。その夜彼女は、躑躅《つつじ》ケ崎《さき》の一室にひとり眠っていた。

その日、若大将四郎勝頼が前線から帰還してきた。そして、甲府に居残っていた宿将もまじえて、信玄とともに密議に入った。彼女もその席に侍《はべ》っていたから、密議の内容はよくわかっている。
二、三日のちにも、小田原の北条家から、奥方自身が使者としてやってくることについての対策をうちあわせるのが目的であった。奥方は、勝頼の姉にあたるのだから、これは里帰りといっていいわけだが、戦国の世に、いったん隣国の大名に嫁にやった女が、使者としてくるとは稀有《けう》なことである。しかも相手は関東第一の名門北条家の奥方なのだ。もう二十年ものむかし、天文九年に十五歳にして北条家に輿入れしてから、彼女は小田原から一歩も外へ出たことはあるまい。
織田、今川、武田、北条、徳川、これらの群雄の婚姻関係は網の目のようにからんでいる。表面的には親族の縁をむすんで友好状態にありたいという意志を示したものであるが、内心は疑心暗鬼をいだき、現実的にも反覆常なく、きのうの味方はきょうの敵という端倪《たんげい》すべからざる時代だから、これはおたがいに人質をとり入れていることでもある。したがって、ひとたび輿入れさせた娘が、下民のごとく里帰りするなどという習いはないといっていい。——こんどの件についても武田家で北条夫人を呼んだおぼえは決してなかった。

ただし、北条氏政の妹で、ことし十六歳の八重垣姫を勝頼の妻に——という話をもちこんだのは、武田家の方であった。

その発案には、お篠の方もまったく乗気になった。神かけての大秘事ではあるが、彼女はいまの信玄が影武者であることを知っている。影武者とはいえ、まことの信玄公同様に見なければならない義務、それこそはまず味方の甲府侍をあざむく絶対の必要条件であることもよく心得ている。しかし、信玄のいないことは、厳たる事実であった。そして、現実に四郎勝頼があとを相続している以上、二十九歳になる勝頼にいまだにしかとした正妻がないということは、何としても気にかかることであった。勝頼さまはこのごろお圭の方をいたく寵愛なされておるようであるが、あれはもともと下賤《げせん》の女、それに女の本能でみたところ、ひとかたならぬ淫蕩の素質がある。あのような女をいつまでも寵愛なされていたら、やがて将来武田家の鉾先《ほこさき》もまがってくる運命におちいらぬともはかりがたい。

お篠の方の意図はまずそれだが、しかしこんどの縁組の話は、もっと深刻な政略から発したものであった。頑強きわまる徳川、それに武田を押えさせて、じぶんは傍若無人に西に版図《はんと》をひろげている織田と対抗すべく、この際、背後の北条とは、この上ともに友好関係をかためておきたい、という、そもそもは山本道鬼斎の発案だったのだ。

この縁談を、北条家では大体において受け入れた。ただし、むこうとしては、まだ一点の不安があるらしい。それは信玄あってこそ頼むに足る武田と思い、そしてその信玄の存生《ぞんじょう》に一抹の疑惑を抱いているようなのだ。去年、北条家の重臣板部岡江雪斎《いたべおかこうせつさい》が病気見舞いと称してやってきたのも、本心は信玄の安否を見とどけるためであったということもわかっている。そのとき影武者のひとりは、夜中、屏風のなかに影うすく坐って、まんまと江雪斎の眼をくらまして追い返した。――

それでも北条家では、まだ完全に疑念をぬぐい去ってはいなかったようだ。こんど奥方自身がかえってくるというのは、表むきは、父信玄の見舞いをかねて、義妹たる八重垣姫を嫁にやる四郎勝頼に見参したい、ということで、彼女が弟をみるのは二十年ぶりだから、その理由はいずれももっともらしいが、ほんとうは父の信玄の存生を、娘の眼でしかとたしかめたい、という目的に相違なかった。

勝頼が遠江からはせもどってきたのも、姉にあうため、というより、この姉君をどうあしらってよいか、家臣の一存としては窮する場合をおもんぱかってのことであった。

密議は苦しげであった。

いかに二十年ぶりとはいえ、血をわけた御息女の眼はとうていあざむけぬ、むしろすべてをうちあけて協力を乞うたら、もとは信玄公の姫君、決して武田に悪《あ》しゅうはなさるまい、というのが、穴山梅雪や跡部《あとべ》大炊助《おおいのすけ》や長坂長閑斎の意見であった。

これに対して、高坂弾正《だんじょう》、真田源太左衛門らは、あくまで信玄存生をもってあざむきぬくことを主張した。いかに信玄公の姫君とはいえ、関東にゆかれてから二十年、もはや完全に北条家のおひとにおなりなされておるとみるべきで、それがひとたび嫁した女人として当然のことである。北条家がもし信玄公のこの世におわさぬことを知ったら、波のつたわるがごとく、徳川も知る、織田も知る。武田家が四面楚歌《そか》の状態におちいることは火を見るよりもあきらかなことである。やはり影武者をもって謁見《えつけん》せられ、もし御息女がなおお近づこうとなされたら、勝頼さまのおんあしらいをもって、何とぞしてそれを隔《へだ》て申しあげたい、というのが、真田、高坂らの切々たる苦略であった。

勝頼は、心中にどう思っているか、はげしい気持をおさえた、にがい表情をしていた。

「面倒ならば、姉君を斬れ」

と、いった。

みな愕然としたときに、勝頼の傍から、

「よろしゅうござるか？」

と、しずかに、しゃがれ声でいった者がある。

袈裟頭巾《けさずきん》の眼の部分に黒い紗《しゃ》をたらした僧である。ときどき館を影のように徘徊《はいかい》しているのを見たことがあるが、さすがのお篠の方も、この人物がだれであるかを知らない。

その袈裟頭巾の僧は、くびをのばして呼びかけた。

「源五郎」

「はっ」

と、一座のうしろで真田源五郎が手をつかえた。

「もし、北条家の御台《みだい》さまが、信玄公を影武者と看破された御様子のみえたるときは、やむを得ぬ。失いたてまつれ」

戦慄すべき命令であった。

「ただし、甲斐においては、それはならぬ。相模へおかえりなさるを追って、小田原の城下に至ってから手を下したてまつれ。猿飛、霧隠をつれてゆくのじゃ。生きてかえるとは思うなよ」

両掌《て》をくむと、数珠《じゆず》の音が幽《かす》かに鳴った。

「死なれた信玄公を生かしたてまつるには、生きてござる御息女を害したてまつらねばならぬ。わしの知っておる夕姫さまが、小田原へ輿入れなさるときおん年十五、お泣きなされた夕顔のようなお姿が、まだ眼に残っておるが、修羅の戦国の世や。……」

密議はなおつづいたが、お篠の方はそのあたりから席を下がった。

みずからもこのたびの縁組の談合に参画したとはいえ、その結果の思いがけぬ波紋を思うと、お篠の方はねむりがたかった。

燭台が、じ、じっと鳴って、灯がすうとゆらいだ。お篠の方は、入口にだれか立っている影に気がついて閨《ねや》から頭をあげた。

「だれじゃ」

さけんだのは、一声である。恐怖のために、のどはひきつってしまった。

その影は、般若《はんにゃ》の能面をかぶっていた。片手に灼金《やきがね》のごとく一刀をさげていた。しかし、お篠の方ののどをひきつらせたのは、それではない。その人間は一糸まとわぬ裸形《らぎょう》であったが、胸にむっちりとふたつの白い隆起を盛りあげながら、下半身はあきらかに男であることであった。

……半失神の水底から、お篠の方の意識はゆりあげられた。からだもねじれるような快美の世界であった。下半身がとろけ、全身が蜜の海をくるりくるりともみしごかれるような感覚に、彼女はわれしらずあえぎ、いつしか白い腕を相手のくびにしっかりと巻きつけていた。

妖怪がしずかに身をはなしたとき、お篠の方は、ふたつのからだのあいだに蜜が糸をひいたような感じがした。

闇の中を妖怪が遠ざかってゆく気配を知りながら、お篠の方は宿直《とのい》の侍を呼ばず、その妖怪を両腕さしのばして呼びとめたい衝動をおぼえたが、依然として声はつぶれたままであった。

般若の面をとり、ものかげにかくしてあった衣服をまとったお圭の方は、じぶんの部屋に入ると、べたりと坐って、しばらく肩であらい息を吐いていた。彼女にも、なお下半身からうずくような快感がひろがってくる。

彼女はやおらわれにかえって、袖につつんでいたものをとり出した。ほんのさっきまで彼女自身の肉体の一部かと思われたものだ。

「それをとる法はただひとつある。べつの女におしつけることだ。女の愛液にひたし、やわらかに、なめらかにするほかに、それをとる法はない」

と、あの六字花麿という男はいった。

その通り、それはとれた。じぶんから離れたのみならず、お篠の方のからだからも離れた。どうして御岳詣《みたけもう》での荒川の谷でじぶんからとれなかったのか、ふしぎなくらいである。

しかし、みればみるほどふしぎな生き物であった。生き物——たしかにこれは肉体の一部であって、作り物とは思われなかった。ぬれた肉の表面に螺旋《らせん》のようなくびれが入り、まだかすかに脈うち、そこからうすうすと蒸気のようなものがたちのぼっている……。

彼女は見入って、それからふたたびわれにかえった。眼をすえて燈心をながめ、つぶやいた。

「わたしはまだやらなければならないことがある。あの男のいうとおりにすれば、八重垣姫さまのお輿入れがやむと、あの男はいった。……」

四

お篠の方は、不安におびえながら、信玄の影武者の閨に侍《はべ》った。そのあくる日の夜のことだ。

あれはいったい何者であったのか？　この躑躅ケ崎の館に、外部から曲者が忍びこむことは絶対にできない。城でないだけに、いっそう完璧な監視の網が、信玄さまの軍法通り張りめぐらしてあるのだ。とくにこのごろは、真田一門の忍びの者も護っていてくれる。――しかし、あれは人間ではなかった。

いや、あれは現実のものではなかったのではないか。妖《あや》しい甘美な夢か幻ではなかったか。――お篠の方はそう思おうとしたし、そう思うよりほかはなかった。が、夢と信じても、その感覚の記憶は酔ったようにあとをひき、いつしか息がはずみ、肌がうるおってくるほどであった。

信玄の第五の影武者の閨に入ったとき、彼女を襲ったのは、密通した女が夫と相対したような恐怖であり、ひしと抱きしめられたとき、彼女のからだに電流のごとくはしったのは、あまりに生々しい記憶からきた快美の痙攣《けいれん》であった。

しかし、その夜の彼女の反応は、影武者をひどく悦ばせたようであった。

「篠、……そなた、いままでの篠とちがうようであるぞ」

と、彼はいった。——お篠はぎょっとした。

影武者は、渾身の力をふりしぼってお篠の方を愛撫した。影武者でありながら、信玄「遺愛」の女人を愛するのに、彼はまったくうしろめたさをおぼえない、彼自身、信玄そのものになりかわっているからだ。

秋の夜に、もえるように汗ばんだお篠の方のからだを凍らせたのは、あけ方、ふと信玄の股間をみたときであった。

堂々たる「小信玄」には、螺旋《らせん》のごときくびれがうねっていた。

堂々たる「小勝頼」に、螺旋のごときくびれがうねっているのを、お圭の方は見た。

夜があけても、勝頼はお圭の方を離さなかった。五か月ばかり、甲斐と遠江にわかれていたあいだにためた情熱をそそぎつくし、なお肌にしみ出した白い膠《にかわ》が、寵姫のやわ肌を吸いつけたようであった。

お圭の方は、じぶんが身籠っていることを勝頼に告げた。勝頼は眼をかがやかせて、彼女の腹に手をあてた。

数日中にも北条の姫君さまを奥方さまにあそばすための御使者が参られるというお話

でございますが、と眼じりに怨《うら》みをふくんだ笑みをたたえてお圭の方はきいてみた。

「姉か。姉君は父上の御病気御見舞いにおいでなさるとよ。左様な話は、どうなるものやら、その北条の姫がくるのを見とどけた上でのうては、あてにはならぬ。そちが案ずるのはまだ早い。それに、姫はまだ十五というではないか。どうにもなるものではない」

勝頼はたくましい力で、お圭の方の乳房を鷲づかみにしていった。

「それより、圭。……そなた、以前の圭とはちがうようであるぞ」

その日の夕刻、館《やかた》の回廊をあゆみながら、お圭の方は勝頼の肉体に印されていた巻貝のごとき条痕を思いうかべていた。

それが何によって生じたか、彼女は知っている。……あれは、じぶんのからだの中のすじが作り出したものだ。そして、じぶんのからだの中のすじは、あの六字花磨がくれた奇怪なものから刻印されたものだ。

「……世の中に、たがいに恋いしたうべき相手は、男と女、ただ一組なのじゃ。それを探し、それを見つけ出すのが、まことの恋というものじゃ、しかし、それは天のみが知っておって、地上のふたりにはわからぬ」

あの男は、ぞっとするほど厳かな顔をしてそういった。

「そなたは、勝頼どのと、そのような縁《えにし》にあると信じておるであろう。が、まことに左様か、それはわからぬ。ただ、これから左様な縁になることはできる。そなたと勝頼どのは、からだをもって、鍵と鍵穴の関係になることができる」

それがあの巻貝のごとき条痕であった。

「そうなったあかつきには、勝頼どのはそなただけを愛し、ほかの女とはどうしても合わぬようになるぞ。いや、それ以前に、肉は肉を呼び、魂は魂を呼んで、勝頼どのの想いは、ただそなたのみに燃えるようになるのじゃ」

その言葉は、呪文《じゅもん》のように胸にしみこんだ。

「そのためには、まず、その肉筒《にくづつ》を、お篠の方のからだをもってそなたから離すこと。——お篠の方以外の女であってはならぬ。そのことが、北条家の輿入れをとめる路につながる。たとえ勝頼どのがそなただけを愛すればとて、戦国の世の大名同士は、色恋ぬきで婿や嫁のやりとりをするもの。その姫君がおいでなされては、やはり要らざる面倒となろう」

「お篠の方さまをつかうと、なぜ北条の輿入れがやむことになるのじゃ」

「いまの信玄どのが偽者《にせ》であることがあばかれるからだ」

「わからぬ、第一、御屋形《おやかた》さまが偽者であるなど、わたしには信じられぬ！」

「ええ、うぬを相手では口がくたびれた。まあ、やってみろ。おれを信じろ」

あの男は、美しい顔に笑みをうかべて、魅入《みい》るようにわたしの眼をのぞきこんだ。

あれは徳川家の忍者といった。あの男は何をたくらんでいるのか？

――お主には、そこから先を判断する力はなかった。その男のことを告白することは彼女にとって死を意味し、死以上の恥を意味し、そしてあらゆる判断以前に、彼女は憑《つ》かれたようになっていた。いまのお主の方としては、たとえ武田家が滅亡しようと、勝頼さまとただふたりだけになれるならば悲しくはないというさけびだけが胸にこだましていた。

回廊を、白い影があるいてきた。お篠の方である。うなだれて、彼女は何やら深い悩みに沈んでいるようであった。

「お篠の方さま」

お主の方は呼んだ。父と息子と、その愛妾同士は顔を見あわせた。

「おうかがいしたいことがございます」

「なんでしょうか、お主どの」

お篠の方はふしんげな眼を相手にそそいだ。

「実はきのうの夜でございますが」

お篠の方の顔に動揺があらわれた。

「わたしのところの婢《はしため》が、あなたさまのお部屋に黒装束の男が入る姿を見かけたと申します。ふしんに思って、婢がじっと立ってうかがっておりましたところ、ほどたってその影は、またお部屋から出て参りました。それがちらとこちらをむいたとき、なんと般《はん》若《にゃ》の面をつけていたそうでございます。……御存じでございましょうか」

「存じませぬ。……わたしはねむっておりましたから」

「婢は、むせぶような女の吐息の声を聞いたと申しますが」

「存じませぬ。……その女、夢でもみていたのではありませぬか」

お篠の方は息を刻むようにいった。顔色は蠟色にかわっていった。お圭の方は、その恐怖の表情をじっと凝視していった。

「ところが、わたしがけさ庭をあるいていたところ、これを拾ったのでございます」

と、袖のカゲから般若の面をとり出した。

「しかも、ごらんなされませ。この裏に、こんな文字がかいてあるのです。わたしには、何のことやらちっとも解《げ》しかねますけれど、お篠のお方さまにはおわかりでしょうか」

お篠の方は義眼のような眼で、その文字を読んだ。

「信玄は死せり。妾の密通によりあきらかとなりおわんぬ」

お篠の方は、声も出なかった。――いかなる弁明も無用である。たとえ真相をつげたところで、事態はいよいよ救いがたいものとなる。だいいち彼女自身に事の真相がわからないのだ。

「それではあなたさまにもおわかりにならないのでございますね。とにかく穴山梅雪どのにでもお知らせしておきましょう」

冷やかにお圭の方はいった。もともとこの両人は平生からおたがいに虫が好かないところがある。しかし、お圭の顔はたんなる意地わるさではなく、もっと凄味のある、憑きものがしたような薄びかりをはなっていた。すべて六字花磨の脚本通りであった。シトシトと回廊を去るお圭の方の姿が、お篠の方の視界でしぼられるにつれて、暗々と消えてしまった。

信玄の愛妾お篠の方がその夜から姿を消し、その縊死《いし》屍体《したい》が裏山の紅葉林のなかで見出されたのは、それから七日のちのことであった。

五

父の信玄の愛妾と、子の勝頼の寵妾と、ふたりの女のあいだに奇怪な暗闘が行われた翌々日のことである。小田原からきた使者の一行が躑躅ケ崎の館に到着した。ながい山野の旅をつづけてきたことは、乗物や三十余人の従者や馬をまッしろに染めた埃《ほこり》が物語っていた。

ただ一梃の乗物からおり立ったのは、三十半ばの気品にみちた女人である。英雄信玄の娘、名門北条相模守氏政の御台《みだい》お夕の方であった。彼女は懐旧の念にたえぬもののごとくあたりの風物を見まわし、出迎えて嗚咽《おえつ》する武田の老臣や老女を見下ろして、かすかに眼に涙をうかべたようであった。

が、すぐに凜然《りんぜん》と顔をあげていった。

「父上の御病気は？」

「いまのところ、まずまず――」

と、門前に平伏した武田の宿将原隼人助昌胤《はやとのすけまさたね》がいう。

「四郎は」

「お待ちかねでござります。では、御台さま」

お夕の方がしずしずと館に入ったあとで、混乱が起った。つづいて入ろうとした北条家の家来たちと、武田の家臣たちの間にもみあいがはじまったのである。

原隼人助ははせもどって、大手をひろげて制した。

「御台さまを案じ召さるな。二十年ぶりのおん父子の御対面、お心しずかにあそばすよう、当家の支度に遺漏《いろう》はない。北条どのの御家来衆は、ひとまずこちらへ――」

「ならん！」

と、混乱の中で吼《ほ》える声がした。

群狼の中の獅子王のごとき巨人である。髪と髯《ひげ》と、顔じゅう毛に覆われたなかに、眼が凄じいひかりをはなって、朱盆《しゆぼん》のような口でわめいた。

「御台さまはあくまで北条家のおん方、われら、いついかなるところにもおつきして、お護り申しあげねばならぬつとめがある」

「おぬしが御家来衆の御支配か」

隼人助はややひるみながらきいた。

「御姓名は」

「北条の乱波《らっぱ》組頭領風摩小太郎。ひきつれたのは、風摩一族だ！」

はっとしたのは隼人助ばかりではない。門の内側にいた真田源五郎と猿飛天兵衛、地兵衛も愕然としていた。

北条家の乱波風摩のものといえば、忍法者と野武士の混成部隊ともいうべき相貌をもった剽悍精強《ひようかんせいきよう》をきわめた名高い一族であった。

「源五郎さま、こりゃ……」

と、猿飛天兵衛が息をひいた。

「なんだ」

「せっかくの道鬼斎さまの御下知ではござるが……」

霧隠地兵衛がつぶやいて、それっきりだまりこんだ。

「どけ、通るぞ！」

風摩一族は大地を鳴らして、館の中へ歩み入っていった。

――躑躅ケ崎の館における信玄とお夕の方との対面は、実に意外な結果をひき起した。

正面に屏風をまわし、薄暗い底に横たわる信玄と、それにかいぞえする女たちもことごとく、傍にすわる勝頼と、左右に居ながれる群臣の影は、いま機山信玄の臨終ではないかと思われるほど異様な雰囲気で、そこに案内されてきたお夕の方が、ぎょっとして一瞬立ちすくんだのはむりもない。が、すぐにうしろにどやどやと入ってきた風摩一族が、ピタピタピタピタと乗りこみ、その中から、

「御台さま、しかと御対面あそばせ！」

だれがさけんだか、りんと銀の鈴のようによく透る声をきくと、お夕の方は、

「――父上！」

と呼ばわりながら、スルスルとかけ寄ろうとした。

狼狽して、勝頼が立ちあがった。そのとき、すぐそばで思いがけなく女の悲鳴があがった。

「おまえじゃ、わしの探しもとめていた女はおまえじゃ！」

何たることか。病床に寝ていたはずの信玄の影武者がむくりと起きあがって、側に侍《はべ》っていた女たちのひとりに、狂ったように抱きついているのであった。

「御屋形さま、いかがあそばしましたか！」

「お夕の方さまがいらせられましたぞ。御屋形さま!」

波のようにさわぐ女たちの中で、信玄は歯をむき出し、涎《よだれ》をだらだらながして、ひとりの女にしがみつき、おさえつけ、はては呆れたことに衆人環視の中にあって、けしからぬふるまいに及ぼうとする。

「篠はどこへいった。篠はどこにおる? わしは篠を探していたが、ここにおったな。いや、これは篠ではない。それはわかっておる。わしは乱心してはおらぬ。しかし、この女は篠と同様、わしの探しておった女なのじゃ。それはわかる。わしのからだが、この女を呼んでおる——」

その女の顔をみて、勝頼の面色が変った。肩までむき出しになり、黒髪をみだし、悲鳴の口をあけているのは、彼の愛妾お圭の方であった。

ものもいわず四郎勝頼ははせ寄った。

「けだものめ」

絶叫とともにその佩刀《はいとう》が一閃して、彼は父の信玄を——姉や北条の家来たちの眼にはいかなることがあっても父と見せねばならぬ人を、大袈裟に斬りさげたのである。

六

大書院には、氷結したような静寂が満ちた。

あまりの意外事に胆をうばわれたのは、北条の使者一行ばかりではなく、居ならぶ武田家の群臣も、あっと息をひいたきり、とみには声すらも出なかったのだ。

それを見まわし、勝頼は血笑《けっしょう》を浮かべた。

「姉上」

と、呼んで、

「驚かれな、こりゃ父上の影武者でござるわ」

「……おお」

「影武者の分際《ぶんざい》をもって、おれのもちものに無礼なふるまいに出たゆえ、手討ちにいたした」

「そなたの、もちもの？」

「おれの、妾《めかけ》」

昂然《こうぜん》といって、勝頼はまた笑った。

「それでも、八重垣どのを下さるか？」

お夕の方は笑わなかった。

「四郎どの、父上は……まことの父上はいずれにおわす」

「父上はすでにこの世にない」

みな、水を浴びたような顔色であった。

信玄の死――この驚倒すべき事実を、はじめて耳にしたからではない。それは、その座にある武田家の家来たちの大半がすでに知っていたことであったし、また彼らが想像したように、北条家の使者は、お夕の方もふくめて、実にその疑念を抱いて会見に来たものであったからだ。

彼らすべてをおしひしいだのは、その事実を明確に告げた勝頼の行動であり、かつその全身にもえあがるような凄じい気魄《きはく》であった。

「……父上はこの世におわさぬと？　して、いつ？　どこで？」

弱々しい悲鳴に似たお夕の方の問いに、勝頼はこたえず、ただ、

「武田家の主《あるじ》は、いまやこの四郎でござる」

と、いった。

「父死してより一年有半、そのあいだこの勝頼、敵に一歩も甲州に踏みこませぬはもとより、父すら手に入れることのかなわなんだ高天神《たかてんじん》の城を攻め落した。さるを、信玄あ

るがごとく敵をあざむけ、という父の遺言を、何とかの一つおぼえのごとく守ろうとする臆病者どもは、まだ子供だましの影武者などを立てようとする。いかにも父は英雄であったが、いつまでも英雄の亡霊のかげに生きておるは、勝頼いやでござる。もはやあきあきしてござる」

そして、燦々《さんさん》とひかる眼で、家来と姉をはたとにらんだ。

「姉上、父信玄すでになし、甲斐にあるはただ四郎勝頼のみ。それを御承知で、なお八重垣どのを下さると仰せられるのなら、勝頼、よろこんでいただこう。またもし、これを以《もっ》て時至れりと北条家で思案なされて兵馬をお向けあるなら、これまた勝頼、よろこんでお相手いたす。左様に相模《さがみ》どのにお伝えあれ」

こういったときの勝頼は——信玄の遺戒《いかい》をなお重しとする重臣たちまでが、思わず、ああ、みごと、と見とれたくらい壮美に見えた。

「これにて御使者の御用向きはおすみでござろう。おなつかしき話はさまざまあれど、八重垣どのをお寄越しなさるか、兵馬をお寄越しなさるか、それが判然とせぬうちは、姉君とは申せ、敵やら味方やらまだわからぬ。従って、御挨拶もいまのところまずこれまで。——お引き取り願おうか」

キッパリというと、

「お圭、起て、うぬにきくことがある」

と、あごをしゃくって、背を見せようとした。

そのとき、裂帛《れっぱく》の声がかかった。

「お待ちなされ」

勝頼をはじめ、武田家の家来たちはふりかえって、いっせいに眼を見張った。

風摩小太郎のそばに坐っているひとりの少年であった。まだ十五、六であろうか。

――それが先刻、「御台《みだい》さま、しかと御対面あそばせ！」とさけんで、お夕の方をはげました声とおなじであることを、どれだけの人間が知っていたであろうか。また、お夕の方と勝頼の問答のあいだ、ひそやかに風摩と何やら話していたことを、どれだけの人間が見ていたであろうか。ただそこにいた者は、この少年のたぐいまれな美しさに瞠目《どうもく》したのである。

「われら、御使《おつかい》のむき、たしかに相すみました。仰せのごとく、これより小田原へひきとりまするが」

きっと勝頼を見て、

「信玄公、すでにこの世を去りたまいしと――それほどの大事、まことに小田原に御注進してよろしゅうござりましょうか」

「……うぬは何者だ」

と、勝頼はいった。

「副使風摩小太郎の弟風摩大太郎と申すものでござる」

兄が容貌魁偉《かいい》の巨漢なのに、この弟は信じられぬほど優雅な美少年であった。しかも兄の名の小太郎に対して、これを大太郎とは、たとえ事実にせよ、ひとをばかにしている。

しかし、それをとがめるわけにはゆかないから、

「しかと相模どのへ注進せよといま申したばかりではないか。また、注進するなといっても、注進せずにはおかぬであろうが」

と、勝頼はいって、じっと少年の顔に眼を吸われている。怒りっぽい彼が、この場合、存外おだやかに答えたのは、あきらかに相手の美貌のゆえであった。

「勝頼さまにはいさぎよう左様に仰せられまするが」

と、風摩大太郎はいった。

「ほかの御家来衆が御承知なされましょうか」

「おれが承知なら、家来どもが不承知でも何ともならぬわ」

「もとより表向きには。しかし御家のためには、主人の意にそむいても軽はずみなふるまいに出でる向きがないではござりますまい」

「これ、風摩とやら、うぬは何と申したいのだ？」

「この甲斐より小田原に帰るまで——お夕のお方さまの御運を案ずるのでござります

る」

「武田家の者が、途中で襲うとでも申すか。たわけ、おれの姉を」

「家のためには、実の父すら国を追い、妻の父すら手にかけるも辞さぬのが、戦国の習いでござる」

ズバリといった。あきらかに実の父信虎を放逐《ほうちく》して甲斐を掌握し、妻すなわち勝頼の母の父諏訪頼重を殺した信玄の閲歴《えつれき》をいっているのだ。

この不敵な少年使者をにらみつけている勝頼の顔に、ふいに狼狽の波がゆれはじめていた。父のことを喝破《かっぱ》されたからではない。風摩大太郎の疑いが、充分根拠のあるものであったからだ。

彼自身にも思いがけぬ意外事のために、みずから父の影武者を手刃《しゅじん》して、武田家の大秘事を曝露した。そのことを彼は、いま高言したように悔いてはいないし、それを知った姉が小田原に帰るのを、いまは妨げようとは思わない。しかし、「面倒ならば、姉上を斬れ」と、ほんの先日口にしたのは彼自身であったからだ。

「げんに、どこやらより凶念《きょうねん》がながれて参る」

と、野ぶとい声で、風摩小太郎がいった。彼は勝頼をめぐる群臣のうち――薄暗い末座にひそと坐っている袈裟頭巾に紗《しゃ》を垂らしたひとりの僧の方をじっとながめていた。

「勝頼さま、まことお夕の方さまの小田原へお帰りあそばすを請け合いなされまするか」

「も、もとよりだ」

「さらば、恐れ入ってござりまするが、その証《あか》しとして、ひとり人間をお貸し下されませ」

「だれを」

「そのおん方」

と、大太郎は、勝頼の足もとに伏してまだ背を波うたせているお圭の方に眼をやって、

「たしか、勝頼さまのおんもちもの——と仰せられましたな。そのお方をもって、お夕のお方さまの御道中の守り神といたしとうござりまする」

「いや、それは」

勝頼はいよいようろたえた。お圭には何かまだきかねばならぬことがあるような気がしたし、それより彼女がいまじぶんの子を身籠っていることを思い出したからだ。

「おお、それはよい知恵」

と、お夕の方はいい出した。

「いえ、人質の何のと、左様な意味からではない。しかし、四郎どのの側妾《そばめ》を小田原へつれてゆくはよいことじゃ。側妾を出しても、八重垣どのをもらい受けたい——そなたがそれほど小田原と縁《えにし》を結ぶことを望んでおるように思われて、わたしとしても氏政どのに話がしよい」

負けずぎらいの勝頼が、なお何かをいいかえそうとしたとき、隅で、しゃがれた声がいった。

「まことに武田家北条家を結ぶよい引出物《ひきでもの》でござる。わが君、おききとどけ下されませ」

袈裟頭巾の僧であった。

七

「御屋形《おやかた》のおかくれなされたことは、あくまでも秘し通さねばならぬ」

と、山本道鬼斎はいった。黒い紗に覆《おお》われて顔はみえないが、沈痛な声であった。

「勝頼さまはあのように仰せではあれど、御屋形の御遺言は守らねばならぬ」

——北条家の使者の一行は、もうどこらあたりまでいったであろうか。

彼らが甲府を東へ向って去ってから数刻ののちである。躑躅ケ崎の館《やかた》の一室に、道鬼斎に呼ばれて坐っているのは、真田源五郎と猿飛天兵衛、霧隠地兵衛であった。

「勝頼さまのお心はようわかる。あの御気概は、実にさもあるべきところとお見上げ申した。なれど……あの御気性が恐ろしい。危ない。そこを御屋形さまはお見通しなされて、ことさらあのような御遺言を残されたのじゃ。われ死してより、三年喪《も》を秘せと仰せられた。その三年は、まだ一年半しかたってはおらぬ。信玄公いまやなし、と知らせて、なお甲斐が泰山の安きにあるには、その兵馬の備え、志気が、わしの見るところではまだ不足じゃ。なお一年半……信玄公の死は、いかなる手段を用いてもかくし通さねばならぬ」

声は、勁烈《けいれつ》な調子に変っていた。

「しかし、北条はそれを知った。いや、勝頼さまが知らせなされた。北条が知れば、時をおかず、徳川が知るであろう、また上杉が知るであろう。武田領の国境、四方八方から、敵はもはや恐れげもなく雪崩《なだ》れこむであろう。そのすべてを撃退する力は、勝頼さまの御勇気は御勇気として、われらにない、とわしは見る」

「……ど、道鬼斎どの」

源五郎は切迫した声でいった。

「では、やはり、北条の御台《みだい》さまを」

「のみならず、御台さまに従ってきた三十余人の家来のすべてを」

と、山本道鬼斎は鉄のひびきを持つ声でこたえた。

「きゃつらもまた、ことごとく武田家の秘密を知ったゆえ——」

「それは、むずかしい」

と、悲鳴のように猿飛天兵衛がさけんだ。

「道鬼斎さま、そのお話は先日源五郎さまよりひそかに承わりました。そのときは、やってやれぬことはあるまい、と考えましたが、それは御台さまの護衛が風摩組と知らぬときでござる。その三十余人が、風摩組と知れた上は——」

霧隠地兵衛も憂色を浮かべて、

「しかも、その風摩組が——わが方が左様なもくろみをめぐらし得ることをすでに看破して、あらかじめ釘をさし——かつ、お主のお方さまをおん人質としてつれ去ったではありませぬか」

「お主のお方さまは、御懐妊とお見受けする」

「えっ」

源五郎は眼を見張った。

「では——では、そのお主のお方さまをおん人質とした以上、なおさら北条家一行に手を出すことはできないではありませぬか」

そして、彼は、さらに奇怪なことに気がついた。

お主のお方さまを人質としたい——と、北条方が要求したときにこの道鬼がすすんで応諾の言葉をはなったことを思い出したのである。お主のお方さまが御懐妊なされたといえば、まさしく何ものにもかえがたき武田家のおん子、それを承知で、おん母子もろともに北条に人質にするとは、道鬼は何をかんがえているのか。

「いかにも、北条の使者も、そこに目をつけて、人質にといい出したものであろう。……わしの見たところでは、彼らもまたお圭のお方さまの御懐妊を見ぬいたものと思う」

覆面の軍師僧は、自若《じじやく》としていよいよ驚くべきことをいう。ここに至っては、源五郎以下、ただ黙して黒い紗を見まもるのみだ。

「聞け。……玉石倶に焚《ぎょくせきともにた》く。勝頼さまのおん胤《たね》を滅《めつ》するとも、なおかつ信玄公の御遺言は奉ぜねばならぬ。これは、絶対の至上命令だ」

「…………」

「左様にほぞをかためながら、わしがなにゆえお圭のお方さまのおん人質をすすめたか。それには理由がある。まず第一に、そのことをもって北条家の使者を安堵《あんど》させ、油断させること、第二に、お圭のお方さまは二度と甲府に戻られまじきおひとであること」

「…………」

「なぜかと申せば、お圭のお方さまには、徳川の忍者がとり憑《つ》いておる形跡がある」

「…………」

「いかなる忍者が、いかにしてとり憑いておるかは、わしにもまだよくわからぬ。わしも先刻はじめて気がついたことじゃ。が、気がついて思い出せば、この秋、いつであったか、お圭のお方さまが御岳《みたけ》詣でをなされたことがある。そのとき、いちじお方さまが神隠《かみかく》しにあったように消えられ、あとに侍女のおあんがまるはだかにされて気を失っておったということがあったそうな。お館でお篠のお方が奇怪な縊死《いし》をとげられたのは、その数日後であった。そのときは、何のことやらわからなんだが、先刻、第五の影武者が、突如狂ったようにお圭のお方さまに狼藉《ろうぜき》しかかったのを見て、はじめて、徳川の忍者がこれらの事件の背後にあることを気がついたのじゃ。なぜ徳川の忍者というかといえば——それは、この一年有余にわたる執拗なきゃつらの出没を思い起せばよかろう。いまやお圭のお方さまは、当家にあだなす敵の傀儡《かいらい》と、わしは断じてはばからぬ」

「…………」

「実は、北条の使者の去ったあと、勝頼さまはわしをにらんで、何やらおとがめの御様子であった。お圭のお方さま御懐胎《ごかいたい》のことを打ちあけられようとなされたものと思う。それをきいては、臣下としてわしは、いまおまえらに頼むようなことを封じられてしまう。それゆえ、わしはいそいで、殿、御帰国以来、お圭のお方さまが以前とはちがう妖《あや》しき女性《にょしょう》におなり遊ばしたとは思われませぬか、といった。勝頼さまは愕然として声をのまれた。思いあたられたようである」

「…………」

「何を思いあたられたか、とみには仰せられぬ。また、詳《くわ》しくうかがっておるひまがない。北条の使いは当国を去りつつある。それを追って、小田原へ帰させぬのがいま緊急の大事じゃ」

「………」

「源五郎」

「はっ」

「わかったか」

「わかりましてござる」

「しかも、その上、その北条の使者を消した者は当家の手ではない、と北条家に思わせなければならぬ条件があるぞ。ただ始末するだけならば、当館《とうやかた》においてでも出来たことじゃ。それはならぬ。北条家とは、なお当分友好関係を保っておきたい、という年来のわしの方針は変らぬ」

源五郎はうめいた。

「お圭のお方さまをおん人質にしたのは、そのためもあるのじゃ。徳川の手が及んだものと北条家には思わせるようにしろ」

「なんのために、徳川が甲斐に来た北条の使者を？」

「家康が、武田と北条の仲を裂かんがため、北条の使者を武田が討ったものと見せかけようとした――と北条家に思わせるようにしろ」

源五郎は、あっと口の中でさけんだ。

この入道が大軍師であったことはもとより知っているが、それにしても知恵は回るものかな、と舌をまかざるを得ない。徳川ならば思いつくであろう反間苦肉の計を、未然にこちらで応用するのだ。しかし、知恵の回るとはいうものの。――

「むずかしい。しかし、種《たね》はある。仕掛もある。げんに徳川の忍者に憑《つ》かれたお主のお方さまが北条の使者一行中におわす。さらに、わしの見るところでは、お主のお方さまにとり憑いた徳川の忍者も、かならずそのあとを追おう。その二つを手品につかうのじゃ」

道鬼斎は黒い紗のかげから、じっと三人を見つめたようであった。

「どのように使うか、それは時と所と場合できまる。いまわしには、そこまで頭が回らぬ。むずかしい。天兵衛地兵衛が嘆じたように、三十余名の風摩組をたおすさえ至難と思われるのに、さらにそのような細工をしろというのは無理難題にちかいことは、命ずるわしにもよくわかっておる。しかし、わしはそれを命じねばならぬのだ」

「承わりました」

猿飛天兵衛と霧隠地兵衛はうなずいた。確信あっての返事ではない。確信なくてもひき受けねばならぬ任務であることを胸にたたきこんだ。凄壮《せいそう》の応答であった。

「源五郎、天兵衛、地兵衛。……しかとそなたらに頼んだぞよ」

返答はしなかったが、真田源五郎は必死の眼光をかがやかせて手をついた。道鬼斎はあごをしゃくった。

「では、いそぎ、立て」

八

甲府から石和《いさわ》を通り、御坂《みさか》をすぎて籠坂《かごさか》を越えると、駿河《するが》に入り、やがて沼津に達する。これを御坂路《みさかじ》という。――

これは富士山の北麓から東麓をめぐってゆくことになり、道が険しいから、大軍の往来には不便であるが、甲府から小田原にゆくには、武田対北条の関係が友好状態にあるかぎりいちばん安全であり、また最も短い距離であることはたしかである。

御坂峠を上り、下れば、河口湖《かわぐちこ》、さらに吉田をすぎると、山中湖にかかる。甲府から十二里半。

湖畔にそよぐ白すすきの中を、北条家の使者の行列がゆく。二梃の輿《こし》をはさんで、それぞれ四、五人ずつの侍女と、三十数人の風摩組と。――

ここから一里、籠坂をすぎれば駿河だ。その坂にそなえての休息でもあるが、まだ空の碧《あお》さをうつす晩秋の湖の、この世のものとは思われぬ神秘的な美しさが、一行の足をとどめた。湖をへだてて、すぐ西に、すでに白雪をかぶった大富士が蒼天にそそり立っている。

北条家御台《みだい》お夕の方は、網代輿《あじろごし》から下りて、湖の汀《みぎわ》にたたずんだ。むろん北条の領土からも富士は見えるが、生まれた国でちかぢかと見るその壮大な山容はまた格別なのであろう、まわりに従った侍女たちに何やらしゃべっているその表情は、どこかほこらしげにさえみえる。

三十数人の風摩組は、黒い砂浜や、それに沿うすすき野に散って、やはり富士を仰いだり、湖の水で顔を洗ったり、思い思いに休んでいた。

「はてな。……」

そこから五十歩ばかり離れた杉の大木のかげで猿飛天兵衛はくびをひねった。

「どうした」

と源五郎がきく。天兵衛は地兵衛にささやいた。

「気づかれたかな」

「そんなはずはない」

源五郎はせきこんだ。

「おい、どうしたというのだ。おれたちが勘づかれたというのか」

「源五郎さま、あの風摩組の配置をどう御覧なさる」

「風摩組の配置？ ばらばらにちらばっておるではないか。甲府以来、いちばん油断しておるようにみえる」

甲府から十二里半、彼らはひそかにこの一行をつけて来たが、風摩組の守護ぶりは、彼の眼にもまさに鉄桶《てっとう》とみえた。そしていま、彼らの護りは、いちばん放心的にみえる。武田の領土のうちは手を出すな、と山本道鬼斎にいわれたからここでどうするという気はないが、襲撃するならいまをおいてない、とすら源五郎には思われる。――もっとも、ここで襲撃しても、この一行を全滅させる自信はないが、さればといって、これからさき、北条の領土にちかづくにつれて、それが容易になるという見込みはまったくないのだ。

いかなることがあっても生かしては帰せぬ一行、という山本勘介の決意を至上命令とし、武者ぶるいしてここまで追尾して来たが、その途上で、はじめて天兵衛地兵衛が最初しりごみしたわけを思い知らされた感じで、これからさき、どうして彼らをみな殺しにすべきか、さすがの源五郎がほとほと絶望的になっていたほどであった。

しかもいま、最も無秩序に見える風摩組の配置をどう見ると天兵衛はいう。――

「ばらばらには見えまするがな。あれこそは、われらの方でいう乱れ髪の布陣。……油断しておるとみせかけて、その実敵を誘い寄せ、一撃にとりこんで逃さぬ陣形でござる」

「なに？」

「ところが、どうかんがえても、きゃつら、おれたちに気がついておるとも見えませぬ。

はて、何者に対してこのように警戒しておるのか？」

「――や？」

と、地兵衛がひくくさけんだ。

それは霧隠地兵衛のさけびであったが、風摩組三十余人のさけびでもあった。彼らはいきなり汀《みぎわ》めがけて走り出し、奥方をとりかこんだのである。そして彼らは、いっせいに湖上をながめた。

すると、湖の上で、何やら声がきこえた。かん高いが、たしかに人間の声であった。が、一帯に何者の影も見えない。――ただ、水の上に、一本の木が流れていた。

「御用心」

また奇妙な声が、秋風にながれた。

「山本勘介は生きている。――」

はじめて、遠い流木の上にとまっている豆つぶのような一羽の鳥影が見えた。梟《ふくろう》だ。

――なんで忘れよう、徳川の忍びの者が使うあの人語をしゃべる梟だ。

凝然《ぎょうぜん》としてこの光景をながめていた地兵衛がつぶやいた。

「ははあ」

「なるほど、風摩の乱れ髪の陣はこのためか」

「――しかし、徳川の忍びの者はどこにおる？」

「……見ろ」

と、天兵衛がささやいた。

彼があごでさしたのは、もう一つの網代輿だ。それはお夕の方の輿とはずっとはなれて、砂浜から遠いすすきの中に置かれていた。いうまでもなく、人質のお圭のお方の輿であった。その輿の方が——湖と反対側の簾《すだれ》が、音もなくひらいたのである。

むろん、この輿のまわりにも、それまで四、五人の風摩者が護衛していた。しかし、——いまの湖上の梟とその声の奇怪さに、彼らはばらばらと水の上へ馳け出していた。

あとには、ただひとりの被衣《かつぎ》をかぶった女中が残っているばかりだ。

その女中があるき出した。つづいて、輿から出たお圭の方が、あとを追う。ふたりはすぐに、その背より高い穂すすきの中へ身をかくしてしまう。——風摩組はまだ気がつかないが、それでもふたりの女は風摩組に全身の神経をあつめているとみえて、その原の一角に身をひそめている源五郎たちには気がつかなかったらしい。彼女たちは、彼らの方へちかづいて来た。

「花麿——花麿どの」

お圭の方は、はずむ息を殺して呼ぶ。

「いつ、北条の侍女に化けたのじゃ。わたしは、いま輿の外で呼ばれるまで知らなんだ。

……いえ、おまえさまなら、北条の侍女に化けるくらいは何でもないであろう。男か女るのを待っていた。きっとおまえさまがわたしのまえにまたあらわれると信じていた。か、わからぬおまえさまじゃもの。——わたしは待っていた。おまえさまの呼んでくれ

……」

被衣をかぶった女は返事もしない。お圭の方のついてくるのを無視しているかのごとく、先に立って風のように歩く。

「花麿どの、これはどうしたことじゃ、おまえは、おまえのいう通りにすれば、八重垣姫さまのお輿入れはおとりやめになるといった。わたしはおまえのいう通りにした。それなのに、八重垣姫さまのお輿入れはおとりやめにならぬ。それどころか、ひきかえに、わたしはこうして小田原へ人質になってゆく。……」

かきくどくお圭の方の声は、泣く声に変った。

「わたしは、勝頼さまのお胤《たね》を身籠っておるのじゃ。わたしは甲府へかえらねばならぬ。勝頼さまに逢いたい。逢わしておくれ、甲府へつれ戻しておくれ、花麿、それでは約束がちがう、勝頼さまとわたしと、どこまでも離れぬ縁《えにし》となるといったおまえさまの言葉とはちがう。——」

彼女はたまりかねて、女の被衣をつかんだ。被衣は彼女の手にのこった。

女は立ちどまった。源五郎たちがひそんでいる杉の大木から、七、八間はなれた場所だ。被衣の下からあらわれた顔を、余人が見たら、だれが男と思おう。黒髪ながき凄艶《せいえん》

の美貌は、女にすら珍らしいほどだが、まさに徳川の忍者六字花麿であった。

彼はふりむいて、はじめて口をひらいた。男の声だ。

「ところで、信玄はほんものか、偽者か」

「御屋形。——」

お圭の方の顔に、なんとも形容できぬ表情が浮かんだ。彼女にとっては、あの信玄が影武者であったということが驚くべきことであった上に、その影武者が突如としてじぶんに挑《いど》んできたわけがわからないのだ。

「北条の御使者に逢われた御屋形さまは、おまえのいう通り影武者であったけれど——」

「どうしてそれがそなたにわかった」

「お夕のお方さまの御面前で、いきなりわたしに御無体なふるまいに及ばれようとなされ、勝頼さまが斬りすてられたのじゃ」

じっとお圭の方を見つめている六字花麿の眼に、かすかに笑いが浮かんだ。それこそは彼のたくらみ、待ち受けていた事態であった。

妖しき螺旋《らせん》をもつ肉筒を、勝頼の寵妾お圭の方に植え、それを信玄の愛妾お篠の方の愛液をもって除かせる、そのあと、お圭の方の肉体にも、お篠の方の肉体にも、その螺旋が印せられるのだ。その螺旋は、こんどは勝頼と信玄の肉体に移る。この条痕を共にする男と女とは、狂乱的な愛執《あいしゅう》の念を持つようになるが、そこにお篠の方を消し去れば、信玄はお主の方に本能的にひかれ、この不倫の欲望の果ては、もしそれが影武者であるならば、勝頼はかならずその影武者を成敗せずにはおかぬ破局を呼ぶであろう。

「左様か。やはりいまの信玄は影武者であったか。そして、それを北条の使者は知ったというのじゃな」

六字花麿の目的はそれであり、そしてただそれだけであった。

「安心するがいい。それで八重垣姫は勝頼の嫁には来ぬ」

「なぜ？」

「信玄なき武田家に輿入れするは、亡国の花嫁になるにひとしいからだ」

「でも、わたしは――わたしは小田原へつれられていく」

「どうしても甲斐にとどまりたいか」

「もとよりじゃ」

「では、ここで死ぬか」

この声を発した唇はなお笑っていたが、眼は冷たい殺気をはなった。お主の方は、ぎょっとした。花麿は一歩ちかづいた。

「それとも――そなたの腹には勝頼の嬰児《やや》がおるな、それといっしょに、徳川の人質としてやろうか」

そういったとき、ふいに六字花麿はぐるりとまわりを見まわし、こちらに眼をとめた。

「はて、男の匂いがするぞ。――」

七、八間はなれたすすきの中で、いちど立ちあがろうとした源五郎は、そのとき思いがけなく頭上の杉の枝で、珠《たま》のまろぶような笑い声をきいた。

九

源五郎たちは驚愕した。

彼らは、風摩組が警戒していたのはじぶんたちでなく、徳川の忍びの者であることを知った。その徳川の忍者は、なんと、いつのまにやら北条の侍女のひとりに化けて、いま、まんまとお圭の方をつれ出して来た。――

しかし、まさしくこれは道鬼斎が予言した通りだ。道鬼斎はお圭の方と、徳川の忍者を道具に使って、北条家の使者一行をみな殺しにせよといった。が、その徳川の忍者の出現ぶりがちょっと意表に出た上に、お圭の方をどうしてよいかわからない。いまや彼女は、はっきりと武田家にたたりをなす女怪と変じていることを知った。たとえその胎内に主君のおん胤《たね》があろうとかえりみるなかれ、と道鬼斎がいったときには戦慄したが、いまにしてそれが道理であったことを知った。知ったが、いま主君の寵妾が徳川の忍者に殺されようとしているのを黙って見すごすべきか否か。――とっさに判断に苦しんでいるときに――ふいに、「男の匂いがする」といわれ、さらに樹上でべつのほがらかな高笑いをきいたのだ。

彼らは湖畔に散った風摩組一行の動静にばかり全身の注意をうばわれて、その杉の木の梢《こずえ》に誰かがひそんでいようとは、不覚ながらまったく気がつかなかった。

「あっ……花磨どの！」

驚愕したのは、源五郎たちばかりではない。六字花磨もはっとしたようだが、それ以上にお主の方は必死の声をあげて、花磨の腕にしがみついた。

そのまえに、なお銀鈴に似た笑いの尾を曳いて、杉の木の上から風鳥《ふうちょう》みたいにすすき野に飛び下りたものがある。

「あの男です。風摩組の頭《かしら》の弟。……」

「風摩大太郎という奴だな」

かっと眼をむいたまま、六字花磨がその名をうめいたところをみると、甲府からここまでのあいだに、むろん、その美少年の名をおぼえたものであろう。

「六字花磨――と申したか」

風摩大太郎はりんりんといった。

笑顔を花磨の方へむけて、悠然と白すすきを折りとって、ふっと風に穂を吹いている。

――人をくっているといえばこれ以上のものはないが、それより源五郎の息をのませたのは、そのあえかと形容してもまだ足りぬ美しさであった。

「き……きゃつ。おれたちのことを知っていたはずだな」

ささやくと、天兵衛は声もなくうなずく。

「それで、どうしていままで知らぬ顔をしていたのだ?」

地兵衛は首をふる。

風摩大太郎はいった。

「六字花麿。……その女人をいかにしてたぶらかしたか、それがききとうて待っておった。抵抗してもむだだ。風摩組は、おまえが化《ば》けの皮をあらわすところを、ちゃんと待ち受けておる。神妙にわしの問いに答えろ」

花麿はだまって立ちすくんでいる。お主の方がひきつるような声でさけんだ。

「あの男を殺して! 花麿、はやくわたしをつれて逃げて!」

「うるさい!」

花麿の凶相《きようそう》を、剣光と血しぶきが彩《いろど》った。いきなり彼は、帯のあいだの懐剣をぬくと、お主の方ののどぶえをかき斬ったのだ。うめき声すらたてず、女は草に崩《くず》折《お》れた。

しかし、その次に出た彼の行動は意外であった。彼は、その懐剣を捨てたのである。

血まみれの懐剣を捨てた手を、そのまま裾の合わせ目にさし入れた。泥から何かをぬきあげたような音がした。

鳥の頸《くび》でもかき斬るように、あまりにも無造作にお圭の方が殺害されたのを眼前に見て、われを忘れ、血相かえて立ちあがろうとした真田源五郎は、恐ろしい力でひきすえられた。天兵衛と地兵衛が、その両腕をとらえていた。

そして、源五郎は見たのだ。六字花麿がおのれの裾のあいだからぬきとって草の中へ捨てたものを。——それは、巻貝のごときくびれの入った男根に見えた。

同時に六字花麿は、みるみる変貌しはじめた。

いや、顔そのものは変らない。女にも珍らしいほどのその美貌は変らない。——が、そのどこか凄味のある美貌の印象が、忽然《こつねん》として一変して来たのだ。

眼が恍惚とけぶり、唇がやわらかくぬれ——そして、からだの方はあきらかにまるみをおびて来た。胴がほそくくびれ、腰がふくれ、胸にはムッチリとふたつの隆起が盛りあがって来た。

六字花麿の忍法「陰陽転《いんようてん》」

——海に棲むある種の環虫類では、雌《めす》が子を生むと雄《おす》になり、このときいままでの雄は雌に変って、次にはこれが子を生み、雌雄交替をくりかえしてゆくものがある。ここまで下等動物をあげないでも、魚類とか貝類のうちに、性転換が自在なものは数少なくない。それを、人間たるこの六字花麿は、肉筒一本をもってあざやかにやってのけるのであった。

肉筒を挿入すれば男となり、これを抜去すれば女となる。

たんに、形態の変化ばかりではない。その女たるや——まさに、女の精だ。現実の女は、いかに女らしい女でもある程度男性ホルモンをそなえているものだが、この場合、六字花麿は、全身女性ホルモンに満たされるのではないかと思われる。——かつて、女性美というものに不感症ではないかとすら見えた金山奉行大蔵藤十郎を痴情妄念の虜《とりこ》としたのも、まさにこの女の化身《けしん》であった。

しかも、彼は——いや、彼女はいま、おのれの身に纏《まと》う女衣裳をクルクルとぬぎすてた。ぬぎすてるというより、女衣裳が五彩の滝のように足もとにおち、それを踏みはだけてすっくと立ったのである。

「若衆」

染まりそうな蒼い空を背に、雪白の裸身をくねらせ、彼女はにっと笑った。

白すすきの中で、源五郎たちは金縛りになった。花麿の忍法に驚愕したのではない。彼らは、花麿がもともと男であったのか、女であったのかも知らない。ただ、その女身の裸像は、彼らの男性を衝撃した。あらゆる理性、抑制《よくせい》を熔鉱炉に投げこんだ。それほど原始的な力を持っていた。それは、あらゆる男の肉体と精神状態を、射精直前の状態におくものであった。彼らが、獣のようにまろび出さないで、自らを金縛りにしたのは、彼らなればこそといっていい。

「いえ、大太郎さま。……」

なまめかしい声で呼びかけながら、彼女は近寄ってきた。——風摩大太郎は茫然として立っている。

「わたしを抱いて見とうはないかえ？」

さっきまで浮かんでいた大太郎の不敵な笑いが、その頬から消えているのを六字花麿は見た。反対に花麿の顔は、媚笑《びしょう》にぬれる妖花のようだ。

風摩組が待ち受けている、ときいた刹那、しまった！と彼は心中にさけんでいた。まったく気がつかなかったが、いわれてみれば、それがいつわりでないと思いあたるものがある。逃れる法は、足手まといのお主の方をあの世へ捨て、この少年をたぶらかすよりほかはない、というのがとっさの判断であった。その通りの行動に移った。そして、その効果には自信があった。

しかも、その自信以上に——眼前に眼を見張っているたぐいない美少年に、彼は「女として」たぶらかしではない肉欲をおぼえた。いま、すれすれに顔をよせて、

「いとしや、この稚児《ちご》、ほほ、女が怖いかえ？」

美酒のように薫《かお》る息を吐きかけた。

「では、わたしの方で可愛いがって進ぜる」

その刹那、六字花麿は、左肩から袈裟《けさ》がけに斬られ、驚愕した表情のままのけぞった。斬られた花麿以上に驚いたのは、すすきの中の源五郎たちだ。全身を白蛇のようにくねらせ、そのまま草の上にうごかなくなった徳川の忍者を見ても、夢幻の光景を見ているようであった。

しかし、彼らは六字花麿の呪縛《じゅばく》からとかれた。それにしても、この美少年は花麿の忍法にかからなかったのか。この風摩小太郎の弟は、あのようにあえかに見えて、どれほど強烈な意志力の所有者なのか。――眼を見張っても、風摩大太郎はそうは見えず、依然として茫乎《ぼうこ》として、血刃をたらしたまま、絶命した徳川の忍者を見下ろしている。

「武田の家来衆」

と、彼は向うをむいたままいった。源五郎たちはさらに愕然とした。

「御安心なさい。信玄公この世におわさぬことは、小田原にかえっても申しますまい。誓って、風摩組の口は封じる」

風摩大太郎はふりむいた。源五郎たちは、六字花麿と同様の忍法者がそこに再現したのかと思った。少年の笑みをおびた顔が、美しいながら、別人のように女らしい輪廓に変っていることを見出したからだ。

「こうはいっても、山本勘介は容易に信ずまい」

と、大太郎はいった。その清らかな頬に、嬌羞《きょうしゅう》ともいうべききくれないが散った。

「では、勘介につたえてたも。わたしは――信玄なくとも甲斐は勝頼が護る、と仰せられた四郎どのが好きになりましたと」

「――あなたは？」

かすれた声で、三人はさけんだ。美少年はしずかにこたえた。

「わたしは、氏政の妹、八重垣です」

――八年後、武田勝頼は天目山に滅亡の日を迎えた。

「これは籠《かご》の鳥、網代《あじろ》の氷魚《ひお》にして、逃るべきかたもなければ、勝頼公、秋山紀伊守をお使いとして、北の方へ申させ給うは、『一門の運命きょうをかぎりのこととなり、女房のおん身なれば御自害に及ぶべからず、これより小田原へいかにもして送りとどけ参らすべく候。われらが菩提《ぼだい》を弔《とむら》わせ給え』とぞ仰せつかわせける。

北の方この由をきき給いて、『さてもこれほどにうたてきことを承わるものかな。前世の縁《えにし》浅からねば夫婦《めおと》の契《ちぎ》りふかし。同じ樹陰に宿り、同じ流れを汲むも他生《たしよう》の縁とかや。ましてや契りてことしは七年《ななとせ》になるとおぼえたり。たとへ小田原へ越えたりとも、おん身は末の露と消え給わんに、みずからはもとの雫《しずく》と残りても何かはせん。ここにてともに自害して、死出の山三途《ず》の川とかやも、手に手をとって渡り、後の世までの契りをこめんこそ本意なれ』とて、すこしもお退《ひ》き給わん色はましまさず。

さるほどに北の方は、西に向って念仏申させ給い、『勝頼はいずこにおわするぞ。みずからははや自害申すなり、急がせ給え、待ち申すなれ』というおん声を最後のお言葉として、氷のごとくなる脇差をひきぬきておん胸につき立て、衣《きぬ》ひきかつぎて伏し給う。勝頼は前後もしらずたたかい給うところに、秋山紀伊守走り参りて申しけるは、『御前ははや御自害に候』と申しければ、さればとてとって返し、北の方の伏し給う衣《きぬ》ひき除《のぞ》いて御覧ずれば、雪のごとくなるおん肌ははや血に染まり、紅顔翠黛《こうがんすいたい》のおん粧《よそお》いもいつのまにか色消えぎえと、朝顔の露しおれたる風情《ふぜい》にて伏し給う。昔楊貴妃《ようきひ》、安禄山《あんろくざん》がために殺され給うとき、かんざし地に落ちたるを見給える玄宗皇帝のおん悲しみも、いま身の上に知らせ給う勝頼の御心中、思いやられて哀れなり。ややありて、落ちる涙をおさえて、おん髪《ぐし》をわが膝にかきあげて、生きたる人にものをいうように、『さても不運なる者に相馴れて、悪縁にひかれ給いしも前世の宿業《しゅくごう》なれば力及ばず。しばらくおん待ち候え、死出三途をばわが手をとって引越し参らせん』とて、北の方のおん胸につき立て給いし脇差の、柄《つか》も朱《あけ》に染まりたるを、衣《きぬ》のはしにておしぬぐい、腹十文字にかき破り、腸《はらわた》をつかんで四方へ投げすて、北の方と同じ枕に伏し給う」(甲乱記《こうらんき》)

鐘陣篇

一

恵林寺《えりんじ》の巨大な山門に立つと、真正面に富士が見える。

前面に御坂《みさか》山脈が横たわっているために、富士は上半身をのぞかせているだけだが、それはまだ雪をかぶって、その反面が夕映えに鮮やかな紅色に染まっていた。

しかし、下界にはもうなまぬるい南風が吹きはじめている。山国の甲州にもようやく春がおとずれて、山門の外の二本の桜は、無数の蕾《つぼみ》をふくらましはじめているのであった。

早春の風が送ってくる去年の落葉を掃きながら、土岐《とき》菊之丞はもの哀しげにその桜の樹を見あげた。

それにしても、なんという大木であり、古木だろう。――これは足利時代の高僧夢窓《むそう》国師がこの恵林寺を開いたときに、寺とともに永遠なれ、と祈って手ずから植えたものというから、樹齢およそ二百五十年ちかくになる。その巨大な幹は苔《こけ》に覆われ、むしろ妖怪じみていたが、それでも春がくれば、こうして可憐な蕾をふくみはじめている。

――しかし、その桜をふりあおぐ菊之丞の脳裡には、そんな由緒や、植物の神秘に対する感動はまったくない。ただ、春がくるのに、とかなしくかんがえただけである。

美しい春がくるのに、若いじぶんは、あの古木と同じ年に生まれて、同じように古怪に苔むしたこの寺の扉に閉じこめられてゆくのだ。——この禅寺の寒烈な空気、きびしい修行、粗末な食事、それが死ぬまでつづくと思うと、菊之丞は絶望的な滅失感《めっしつかん》にとらえられざるを得ない。

夕風が吹いて、じぶんの前髪がフサフサとひたいにふれた。このゆたかな前髪も、数日のうちに切られ、あたまをまるめて、名も青念と変えられるのだ。

菊之丞は、すがりつくような眼を、寺から外の松里村の方に投げた。——すると、虫が知らせたか、その方角からひとりの娘が小走りに駈けてくるのが見えた。

「あ、お美輪。——」

彼はさけび、いちど反射的に山門の方をふりかえったが、そこに人影もないのを見すますと、箒《ほうき》をほうり出し、ころがるように駈け出していった。

「ああ、よかった。菊之丞さまが山門の外におられて」

お美輪は息をはずませて、すがりついて来た。

「どうしたんだ」

「菊之丞さま、お美輪はお嫁にゆきます」

「えっ」

て、
菊之丞はのけぞりかえり、血相かえて何か口ばしりかけたが、すぐに相手の手をひいて、

「ここで話はならぬ。こちらへ、こちらへ」

と、唇をふるわせながら、路をそれて、河原の方へ下りていった。

恵林寺のすぐ左側を笛吹川がながれている。大菩薩峠をはじめ奥山の雪はまだ溶けのこっているが、河は滔々《とうとう》と灰色にふくれあがり、河原といってもほとんどなかったが、わずかに黒い石の磊々《らいらい》ところがる場所に、ふたりは手をとりあって坐った。

「お美輪さん、お嫁にゆくとは……どういうわけだ」

と、菊之丞はあえぎながらいった。

お美輪は、松里村の庄屋の娘だ。そして、ふたりは恋仲であった。

恋仲——といっても、去年の暮、菊之丞が住持の快川和尚の供をして、その家を訪れたときに相見たのがはじめてだから、それから三か月ほどにしかならない。しかし、最初の一瞥《べつ》から、ふたりは恋の火花でむすばれた。菊之丞は、恵林寺にいるのがふしぎなくらいの美少年であったし、げんにまだ髪をおいている。そしてお美輪も、蕭殺《しょうさつ》たる甲斐の山峡の娘にしては、まさにひなにまれなる豊麗な少女であった。それ以来、菊之丞は寺の使いで村に出るたびに、苦労をしてお美輪とあいびきをした。それは五本の指で数えられるほどの回数であり、数語の語らいをするだけのみじかい逢瀬であったが、そ

れだけにふたりはこがれあった。

「どうやら、菊之丞さまとのことを、だれかが父に告げ口したらしいのです」

「あ！」

「それで、昨晩父から叱られて……まえから話のあった隣の塩山《えんざん》の庄屋どののところへ、いそぎ輿入れするようけさから大騒ぎ、やっとすきを盗んで、こうして逃げ出して来たのですけれど」

「そ、それで、お美輪さんはゆくつもりか」

「ゆきたくはありません。でも、菊之丞さまは、どうせ女人結界《にょにんけっかい》の仏門にお入りになるお方、左様な人と恋をしてどうするつもりか、と父に叱られて、わたしには返事のしようもありませんでした。菊之丞さま、ほんとうにどうしたらよいのでございましょう」

菊之丞にも返答のしようがない。まったく、お美輪の父親のいうとおりだ。

「何より、快川和尚さまに申しわけない、と父は申します。父が気も転倒して、わたしを無理無体に嫁《かた》づけようとするのは、それもあるのです」

菊之丞は、美しいきれながの眼に涙をうかべて身もだえするばかりであった。

もともと菊之丞は問題児だ、彼は美濃の豪族土岐氏の一支流の息子で、去年までそこにいた。ところが、天性の美貌がたたって、一族中の美しい未亡人と密通し、それが曝露されて、大騒動をひき起した人間である。きびしい糺明《きゅうめい》の末、ともかくも年若のゆえにゆるされて、その代りははるばるこの甲斐の恵林寺へ送られて来たのであった。ここの住持快川和尚が、やはり一族の出身で、もともと美濃の崇福寺に住んでいたのを、十一年前、信玄に迎えられた人であったからだ。剃髪《ていはつ》こそまだしないが、菊之丞はいま快川のきびしい監督の下にある。

「お美輪。……」

と、彼はのどのつまったような声でいい、ひざに泣き伏した娘のえりあしに眼を吸いつけられた。その眼は、ちかいうちに僧になるべく決定づけられた人間の眼ではない。童貞の眼ですらない。

夕風に白じろとひかる娘の細いくびすじを見ながら、彼のあたまにはじぶんを男にし、獣にかえた美貌の後家の濃艶奔放な肢態が花のようにゆれている。

「……お嫁にゆくか」

「菊之丞さま」

「顔を見せや」

恵林寺の山門の奥から、夕《ゆうべ》を告げる大梵鐘《ぼんしょう》の音がながれて来た。

ひざの上の娘をゆすりあげ、あごに手をかけてあおのかせると、涙にぬれた眼と唇があった。それに悲哀をおぼえるより、菊之丞は肉欲をおぼえた。

数えるほどの短い逢瀬に、ふたりはまだ契《ちぎ》り合ったことはない。——しかし、菊之丞は、このときほとんどわれを忘れた。ひざの上でお美輪をひしと抱きしめ、裾にのばした手つきは、四十男みたいに馴れた動作であったが、しかしさすがにその脳髄は熱い泥と化したようだ。

いや、まわりの石も燃え、流れも燃えた。落日の中に、若いふたりは溶け合おうとした。——

「邪淫戒《じゃいんかい》！」

ふいに叫ぶ声が、菊之丞の耳を打った。

首をねじむけてふりあおぎ、菊之丞はがばと起き直っていた。裾を割り、世にも恥ずかしい姿となったまま、お美輪は河原に投げ出された。

頭上の路に、五つばかりの僧形《そうぎょう》が見えた。その中に——菊之丞は、ひともあろうに快川和尚の鶴のような姿をたしかに見たのである。

「——あっ」

菊之丞はもういちど石の上にひれ伏してしまったが、やがて、

「老師のお呼びじゃ、ござれ」

という僧のひとりの声に、身づくろいし、お美輪を捨てて、つんのめるように路の方へ走っていった。

快川和尚は、黙って菊之丞を迎えた。数日中にも、名実ともに出家しようとする身で

ありながら、寺のすぐ傍で恋に身をやいていた美しい若者を迎えて、杖に両掌《て》をかさねたままの老僧の眼には、さすがにふかい憂いがほのびかっている。

「無空《むくう》」

と、そばの僧をふりかえっていった。

「おまえ、この男をつれて寺へ戻れ。そして、すぐに頭を剃《そ》るように」

それだけいって、快川和尚は、あとの侍僧をつれ、ブラブラと村の方へあゆみ去った。

土岐菊之丞が、無空坊の手で剃髪されて青道心《あおどうしん》となり、名も青念と改められたのは、その夜のことであった。

濡羽色《ぬればいろ》のフサフサとした髪に遠慮会釈もなく剃刀《かみそり》をあてながら、禅僧無空は、こんな歌をしきりに口ずさんだ。

「さそわずばくやしからまし桜花、また来んころは雪のふる寺」

青念には、なんのことかわからなかった。ただ、頭の寒くなった悲哀感にいっぱいであった。

青念にとってはなかなかの悲劇だが、これは寺の中の小さな一事件にすぎない。ところが、その夜のうちに、寺の外には、やや大事件といっていい異変が起っていた。

夜があけて、山門の外の桜の傍に、一本の高札が立てられていたのである。

「徳川家乱波御所満五郎《らっぱごしょまんごろう》なるもの、さきごろより僧形《そうぎょう》に身をやつし当領に潜入せること分明となり終んぬ。右は武田家を危うくする不敵の曲者なれば、領内を徘徊する雲水はきびしく詮議し、不審なる沙門《しゃもん》あらばかまえて逃竄《とうざん》せしむることなかれ。

奉行」

二

恵林寺の山門の外に、こんな高札が立っていたとは何か意味ありげだが、べつにそういうわけではなく、ちかくの法光寺や、塩山の向岳寺の門前にも——いや、この笛吹川上流の山村一帯に、同じ文句の立札が、一夜のうちに十数本立てられていたという。——

「徳川の乱波御所満五郎とは——いったい、いかなる顔をした奴か」

「背丈は？　年ばえは？」

「それがわからぬでは、ただ僧形に身をやつしたとあっても、詮議のしようがないではないか」

「ただ坊主を疑え——といわんばかりでは、愚僧どもにも大いに迷惑」

そんなざわめきが、やがて、

「おかしいぞ、御奉行の方では何も御存じないというぞ」
「では、あの立札はいたずらか。何者のいたずらじゃ」
「いたずらにしては、あまりに大仰《おおぎょう》で、仔細《しさい》らしゅうて、かえって気味がわるいの」
と、変って、数日、恵林寺の中でも、何かとこの怪事件についての私語がかまびすしかった。

その騒ぎを、青念は放心状態できいている。そんなことは、彼にとって無縁のことだ。彼の胸をしめているのは、お美輪恋しさの思いだけであった。これほどじぶんがあの娘にひかれていたとは思いがけなかった。あの日、河原で抱きしめたときの柔肌《やわはだ》、息の匂い、ぬれた歯並のあいだからのぞいていた小さい舌までが、まざまざと眼に浮かぶ。全身が熱くなると、ふいに頭の寒さがよみがえる。そうだ、じぶんは僧となったのだ。とくに戒律きびしいこの恵林寺は、もはや牢獄のようにじぶんをはなさないだろう。……

青念は庫裡《くり》で、たったひとり味噌を磨《す》っていた。ただささえ情けないのに、お美輪を思うと、涙がこぼれる。一すり磨っては涙をおとし、二すり磨っては涙をおとし、青念は味噌を涙だらけにした。

「さそわずば、くやしからまし桜花、また来んころは雪のふる寺」

ほがらかな声がきこえて、無空が庫裡に入って来た。ちらっと見ただけで、青念は急にわれにかえったように味噌を磨る。その一瞥は、恨めしげであった。

「さそわずば。……」

と、もういちど口ずさみかけて、無空はそばにやって来た。

「青念道心、おれが恨めしいか？」

頭上からふって来た声は、笑いをおびている。あわてて、青念はくびをふった。

「いいえ」

「何が、いいえだ？」

青念はいよいよ狼狽して、口がきけなくなった。

「いいえ、という以上、おれのきいた意味がわかったようじゃな。つまり、おまえは、おまえをくりくり坊主にしてしまったおれを、まだ恨んでおるわ」

しかし、無空の声はなお笑っていた。

「あれは、老師のお申しつけだ」

「わかっております」

「とはいうものの、あたら若衆の美しい黒髪を切ったときは、ふびんでおれも剃刀《かみそり》持つ手がにぶったぞや。おまえの気持はようわかる。おまえはまだ坊主になる気はないな。娑婆《しゃば》へのみれんを断《た》ち切ってはおらぬな」

「あいや。……」

「何、おまえを責めておるのではない。おまえほどの色男であれば無理からぬことと、ひそかにおれは同情しておったのだ。青念、そのときおれが、さそわずばくやしからまし桜花、という歌を口ずさんだのをおぼえておるか」

忘れたわけではない。それ以後も、青念はなんども無空がこの歌を吟じていたのをきいている。げんに、たったいまも耳にした。しかし、なんの意味だかよくわからない。わかろうとも思わなかった。それは無空の癖にちかい鼻唄のたぐいだろうと思っていた。

「つまりそれは、若い美しい時は二度と来ぬ。それを逃がして、雪のふる寺へおまえを追いこむのが、はたしておまえにとってまことの功徳《くどく》になるか、どうか、と迷うあまりに出た歌であったよ。さそわずばくやしからまし桜花、また来んころは雪のふる寺。……ところで、青念、おまえはこの歌を作ったのはどなたか、存じておるか」

「いいえ」

「御屋形《おやかた》じゃ」

「え?」

「甲府におわす機山《きざん》信玄公じゃ。御屋形がむかし、この恵林寺山門外の二本の桜に対して詠まれたものじゃそうな」

「左様でありましたか。存じませなんだ」

歌はおろか、青念は信玄公など知らない。いちども見たことはないが、しかし彼はある理由から御屋形さまに対して一種ぶきみな印象をいだいていた。その印象にくらべて、この歌の——いま無空から説明をきいてみれば——なんとものの哀れにみちていることか。

「いつのころか、快川老師が使僧をもって、信玄公に恵林寺にお立寄りねがうと申された。信玄公御返事には、近日出陣つかまつるゆえ、帰陣ののち寄らせていただこうとのことであった。老師はなお、山門外の桜はいままっ盛り、その下に立って待っておりますぞと伝えられたところ、信玄公笑って、花と承わって参らぬは不風流と仰せられて、ついにお越しなされ、いまの歌を詠まれたという。そのとき快川老師も大いに褒《ほ》められたそうじゃが、この歌はよいな。信玄公のお歌のなかではいちばん出来がよいのではないか。——」

無空の語韻から笑いが消えた。剃りたての青念のあたまに息がかかった。腰に手をあてがい、無空がかがみこんだらしい気配である。

「ところで、青念よ。おれは何も信玄公の歌の講釈をしに来たのではない。——実はな、この歌の心をくんで、おまえをこのふる寺から解き放ってやろうと思うてな」

「えっ」

「桜花咲く自由な天地へ、お美輪のいるところへ」

「そ、そんなことが!」

「いろいろと、おれも思案したがの。庄屋の娘、お美輪がちかいうち祝言するときいて、ついに決心した。いまのうち、おまえを逃がしてやろうと」

そうだ。お美輪はお嫁にゆく。そのことが青念のためらいを炎に溶かしてしまった。

「ほんとうですか、無空どの」

「なんのために、わざわざ嘘をいう。それというのも、このおれも、いまはこう笛吹川に洗いまるめられた黒石のような頭をしておるが、若いころは煩悩《ぼんのう》のかぎりをつくしたからの。そのおぼえから、いちがいにおまえを責められぬと思うての」

青念はうるんだ瞳を散大させて、無空をあおいだきりであった。

笛吹川の石といったが、いかにも羅漢《らかん》のような異相の男だ。年は四十前後だろう、若いころ煩悩のかぎりをつくしたとは思われないほど枯れた顔をしているが、そうきいて、よく見れば、その眼光にたしかに強い精気がある。洒脱《しゃだつ》なたちで、快川老師の信頼も厚い禅坊主であったが、これまで頭を剃られた以外、べつになんの交渉もなく、ただ眼に雲煙のごとく過《よ》ぎらせていたその人が、いま青念には毫光《ごうこう》をはなって見える。

「おまえは、しょせん禅寺におるべき人間ではないかもしれぬ。よいわ、寺を出て、お美輪をつれ出し、手に手をとって、広い空の下へ飛んでゆけ。――むろん、老師のおゆるしはなかろう。逃げたあとで、おれがうまくとりつくろってやる。路銀も少しは工面《くめん》してやろう。――と、思うておったがな、青念」

鉢のひらいたあたまをかしげた。

「ちとこまったことが出来たぞやい」

「な、なんでござりましょう」

「例の高札よ」

「高札」

「おまえ、きかぬのか。徳川の乱波《らっぱ》が坊主に化けて、このごろ甲州に入ったとかいう。——おかしいことに、この立札は御奉行のあずかり知られぬところじゃというが、それならばそれで、いっそうこの立札こそいぶかしいと、それ以来、領内では僧の詮議がきびしいときく。ま、恵林寺へ来て二年ちかいわしなどは知る人も多いから安心じゃが、おまえなど、寺を一里も離れれば、すぐにふんづかまるぞ」

「あ」

「お美輪をつれて逃げるとあれば、むろん僧形《そうぎょう》ではかなうまい、頭巾《ずきん》をつけるなり、笠をかぶるなり、何かでごまかすよりほかはあるまいが、万一、笠や頭巾をぬがされる破目にでも陥れば、剃りたてのつるつる坊主、かえって言いのがれるすべがない」

青念は、まるいあたまをかかえてしまった。

「というて、その髪の生えるのを待っておっては、お美輪がお嫁にいってしまう」

あたまをかかえて、庫裡《くり》の板敷につっ伏し、青念は身もだえした。耳の外にきいていたえたいの知れぬ高札騒ぎが、じぶんを縛る蜘蛛手《くもで》かがりの縄になろうとは思いがけぬことであった。

「やれ歎くな青念」

無空の声にまた笑いがこもった。

「そうと知っておって、かようなことをおまえにすすめには来ぬ。ひとつだけ、おまえが甲斐を逃げられる法がある」

「そ、それは、無空どの」

「要するに、おまえの頭に髪の毛が生えればよいのじゃろ」

「しかし、髪は――」

「即座に生える法がある。――先ず」

無空はずかと、青念のまえに仁王立ちになると、いきなり墨染めの衣の裾をまくりあげた。

青念は息をのんだ。無空は下帯もつけてはいない。青念の顔の前に、どぎもをぬかれるほど巨大な大男根が突出した。が、むろん無空坊はそれを誇示するつもりではなかったらしい。手をのばして、密林のような秘毛の一本をぐいとひいて抜きとったのである。

「これをな」

顔をひっこめる隙もない。無空の指がにゅっとのびると、青念の白い頰にそれがねじりつけられたのだ。

「こうすると、おまえの頰に生える」

青念はじぶんの頰に手をやって、ぎょっとした。頰のまんなかに一本の毛がくっついている。おそろしく長いが、まさに無空の陰毛だ。それが、はなれない。はなれないどころか、じぶんの毛と同様、皮膚そのものが持ちあがって来たではないか。

「ふふ、奇妙であろうが」

無空は、その毛を無造作にひっぱった。血の出るほどの痛みとともに、毛はむしりとられた。

「これはの、わしが若いころ雲水として放浪しておったとき、伊賀の山中である坊主から教わったものよ。白髪を黒髪に変える不老の術の一つとしての。――その通り、髪はぜんぶ植え変えることができる。おまえのつるつる頭に髪を植えれば、もとの通り、土岐菊之丞に帰る。――ただ、いかんせん、おれにも髪がない」

そして彼はゲラゲラと笑った。

「おれの陰毛をみんなやるわけにはゆかん。いかに人に見せるものではないにしろ、腹から男根だけニョッキリ生えておっては、われながら気味がわるい。――青念、髪を探せ、寺を逃げたかったら、いそいで髪を探せや」

無空坊は飄々《ひょうひょう》としていってしまった。

無空坊のへんな術に呆れるよりも、青念は髪を手に入れるのに血まなこになった。

――ところが、髪はどこにもなかった。この恵林寺に老若二百数十人の雲水が、日夜修行しているが、あらためて調べるまでもなく、ことごとくが坊主あたまなのである。寺の外にそれを求めようと思っても、数日前とちがって、こんどは一歩も外へ出ることが出来なかった。例の高札の件で、みだりに外出して要らざる疑いを受けるなという申し渡しが長老から出ているのみならず、どうやら疑心暗鬼か、青念だけにはことさらきびしい眼が、門番からそそがれているように感じられる。まさか、彼がお美輪と駈落ちしようと望んでいるとは知らないはずだが、それでも先般のこともあり、特別の監視が門番にゆだねられているらしいのだ。

ただでも生える髪がいまないことが、これほどじぶんの運命に致命的なものをもたらそうとは、まったく予想もしないことであった。青念は狼狽し、焦燥し、途方にくれた。そして天啓のように、「信玄公の不動像」のことを思い浮かべたのである。

三

乾徳山《けんとくざん》恵林寺は、甲州東山梨郡松里村にあって、足利時代、二階堂出羽入道道蘊《どううん》が夢窓国師を招いて建立したものである。

永禄七年、武田信玄は、濃州崇福寺にあって名僧の噂のたかかった快川和尚を、礼を厚くしてこの寺に招聘《しょうへい》し、以後武田家の菩提寺とした。英雄と傑僧は肝胆《かんたん》相照らした。機山という道号は快川から受けたものであり、また快川は信玄を「人中の竜象《りょうしょう》、天上の麒麟《きりん》」と評した。

境内三万六千四百坪、山林一里四方、七堂巍々《ぎぎ》として、山門を入ってゆくに従い、右に大鐘、太鼓の高楼、左に五重の塔、楼門、左右七十二間の回廊、三門、草門などをつらねて、その荘厳さは一国に比類ないほどの規模であった。

この山門こそ、のちに壮絶悲壮な歴史の脚光を浴びることになる。すなわち天正十年四月、武田勝頼が天目山の露と消えたのち、菩提寺たるこの恵林寺も織田徳川軍に包囲され、焼討ちをくう破目となった。そのとき快川国師は、寺中の僧を山門の楼上に呼びあつめ、みずから椅子によって垂語《すいご》した。すなわち曰く、

「安禅必ズシモ山水ヲ須《モチ》イズ
心頭ヲ滅却スレバ火モマタ涼シ」

そして山門を焼く大紅蓮《だいぐれん》の中に、結跏趺坐《けっかふざ》して不動明王のごとく入定《にゅうじょう》した。――これは、のちのこと。

不動といえば、このとき恵林寺にあった一個の不動像について、一つの奇譚が残って

いる。

「甲陽遺聞録」という書にこうある。敵が焼討ちにかかったときくや。――「和尚は仏殿に入り、常々親しみ深かりける信玄の像、煙になさんも心憂く、とても遁《のが》れぬ命ならば、ともに火中に死なんぞと、かの像を背中に負い、煙の中を遁しける。この信玄の像は、信玄三十三歳にて剃髪のとき、自身の毛をもって不動の尊像に植えたるにて、信玄の霊とどまりたる像なるが、ふしぎにも火中を遁れ、いまなお恵林寺にこれあり。位牌《いはい》には恵林寺殿機山信玄大居士とあり。その後東照神君、甲州御入国のみぎり、兵火のために伽藍焼失すといえども、信玄の像つつがなきを御感《ぎよかん》ましまし、すなわち諸堂御再興仰せつけらる。今の恵林寺これなり」

快川が入定《にゆうじよう》する直前まで、自身の命よりも気にした不動像である。これは恵林寺にとって、仏殿の仏像以上に大事な重宝であった。

この信玄の毛を植えた不動像には、毎日、供物《くもつ》が捧げられた。その役には三人の若い僧が選ばれた。その三人の中に、まだ剃髪していなかったころの青念も加えられていたのである。余人は、この祭室に入ることをかたく禁じられていた。

青念にとっては、その古い不動の木像は、あまり気持のいいものではなかった。とくにその頭に、フサフサと人間の髪の毛が植えてあるのを見てはなおさらのことであった。信玄三十三のとき剃った髪といえば、それから二十二、三年になるはずだ、それなのに、この「人中の竜象、天上の麒麟」は、切った髪にまでふしぎな精気を残すものか、それはきのう切ったように生々しかった。青念が、まだ見ぬ信玄に、ぶきみな印象を持っているというのはこのためだ。

いま青念のあたまにひらめいたのは、この不動像であった。いや、不動像の髪の毛であった。

恵林寺にある髪の毛は、これだけだ。――しかも、その毛のぶきみなほど生々しい感触が、いまや青念を誘惑し、とらえてはなさぬ魔力となった。

その日、青念は、「信玄公の不動像」に供物を捧げる当番であった。彼はその像から五分の一ばかり髪をむしりとった。ところどころをむしり、むしったあとに残りの髪をかぶせたが、むろん髪はめだって少なくなった。彼はそれ以上、むしれなくなった。

ふるえながら無空にそれを見せると、

「なに、あの御像《みぞう》から盗んだというか。……えらいことをやったの」

と、無空はいったきり黙りこみ、まじまじと青念の顔をみていたが、やがて、

「なるほど」

と、つぶやいて、その髪の毛をおしいただき、さて、

「しかし、足りぬな」

と、首をかたむけた。

「でも、これ以上髪をとりますと、御像が――」

「おまえ、あたまにこれだけ毛を生やして逃げる気か」

「それでは、みなむしりとるよりほかはありませぬ」

「おまえ、次の当番はいつだ?」

「三日のちでございます」

「まず、この髪はしまっておけ。かまえて人に見せるでないぞ。……ところで、お美輪の嫁入りは十日後ときいたわ」

それをきいて、青念はいよいよのぼせあがった。勇気をふるい起して、ぜんぶ不動像の髪を盗まなかったことを悔いた。

薄暗い祭室に安置してある不動像だから、翌日の僧は異変に気がつかなかったらしい。しかし、二日後の当番が、やっと発見したのか、信玄公の不動像の髪の毛がめっきり減っているという噂が、ぱっと寺内にながれ出した。

快川和尚もこれを見て、愕然としたらしい。すぐに三人の供物役が呼ばれて、きびしくとり調べられた。二日目の当番僧はもとより、青念も、まったく気がつかなかったと必死に弁明した。何しろそんな大それたことをする動機がわからないのだから、彼らは一応釈放されたが、その代り明日から供物を捧げる役は免ぜられた。

ひきさがってから、青念の背は、冷たい汗にしとどにぬれていた。いまの審問に恐怖したばかりではない。つづいて髪を盗む機会は去った、同時にお美輪と駈落ちする機会も去ったと懊悩《おうのう》したのである。

いちど、朱塗りの四脚門のかげで、そっと無空をつかまえた。

「無空どの、尊像へ供物の役を免ぜられました」

「らしいの。……だから、いちどに盗んでしまえばよかったのだ」

「ど、どうすればよいのです」

「とにかく、いまは騒ぎが大きすぎる。しばらく待て」

「待てと仰せなされても、お美輪が」

「まだ数日のひまがある。乗りかかった舟だ。おれが何とかして外から髪を手に入れてやる」

「ま、まことでございますか」

「手に入ったら、こちらから知らす。あ、人が来た。勘づかれてはならぬ。よいか、辛抱して、待っているのだぞ」

無空は四、五歩スタスタと歩み去ってから、小手をかざして遠い山門の方をながめ、のんきそうにひとりごとをいった。

「咲いたわ、雲のように——さそわずばくやしからまし桜花、また来んころは雪のふる寺。……」

青念の焦燥など念頭にないように、恬然《てんぜん》とひるがえる墨染めの衣であった。

信玄の不動像に異変が起ったということは、むろん快川和尚から寺僧一同に、かたく口外を禁じられた。

しかし、噂はひろがった。ただ不動像の髪の毛がなくなったというだけではない。

――

「甲府の御屋形さまのおん病いが篤いというぞ」

「快川禅師が一心不乱に祈られておるが、日一日の御尊像の髪が落ちてゆくそうじゃ」

「ぜんぶなくなったときが、御屋形のお果てなされたときという。――」

声は、寺の外にも散った。憂色に満ちて、里人が坊さまにきくと、坊さまたちは言葉は否定するが、顔色は否定しない。――僧たちが、いつしか不吉の兆《ちよう》を信じはじめていたのである。そして、

「ついに御屋形さまはお果てなされた。数日のうちにこの恵林寺で、御葬儀がとり行われるという。――」

という噂が、ものものしく一帯に波うちはじめた。噂の出所が森厳な武田家の菩提寺《ぼだいじ》であるときくだけに、人々は動揺した。流言は、笛吹川のながれに従って、甲斐の国全体にひろがっていった。

四

恵林寺の僧たちが、不動像の事件を不吉の兆と感じたのは、ただ迷信とか、またはそれが寺で無二の重宝だからとかいう理由ばかりではなかった。

この二、三年、気にかかっていたことがあるのだ。それは山門の桜が咲いたのに、信玄の恵林寺詣でがないということであった。

快川がこの寺の住持となって間もない春、信玄が花見にやって来て和韻《わいん》の宴を張ってから、彼はこの風流がいたく気に入ったとみえて、それから毎年、桜が咲くころになると、必ず恵林寺に一日は来訪するのが常となっていた。出陣していてさえ、わずか十数騎をひきいてはせ戻って来て、花の露に戦塵と魂を洗って去ったこともある。それは恵林寺の春の行事の一つにさえなっていた。

その行事が突如断絶した。おととしの春、それは信玄が遠江《とおとうみ》遠征で病んで陣を返したときであったからやむを得ない。そのときはここの快川和尚も急遽遠征の陣に呼ばれたほどの騒ぎであった。が、倖い天寿ながらえて、以来信玄は甲府躑躅《つつじ》ケ崎《さき》の館《やかた》の奥ふかく病を養っているときく。もはや快方にむかったという噂はしばしばながれ、人々の眉をひらかせたが、それでもその姿を館以外にあまり現わしたことはないようである。

——去年の春もまた恵林寺には来なかった。病が一進一退しているのであろうと、僧たちは案じた。そしてことし、天正三年の春を迎えても、やはり信玄と和尚の快笑の声を山門の桜の下にきくことができそうにないと知って、僧たちは、もはやただごとでない不安にとらえられていたのだ。

そこに不動像の異変である。たとえそれを何者かのいたずらだと見た者も、そのこと自体が不吉の兆に思われるのであった。

僧たちの不安は、門外の流言となってひろがり、門外の流言は逆に僧たちを不安に追いこんだ。

「和尚」

と、ついに長老の雪岑《せっしん》までが、

「御屋形は御安泰におわそうか？ 甲府へうかがわれてはいかがでござる」

というのをきくに及んで、快川はにがい顔をした。が、すぐに厳粛な沈思にふけり、やがてうなずいていった。

「とるに足らぬ流言とは申せ、かくまで騒ぎが大きゅうなっては、御屋形のお姿を見せねば事しずまるまい。もとより花見の宴とは参るまいが、一応は御屋形においでを願うとしようぞ」

御屋形の恵林寺来訪の事が、快川和尚から寺内に告げられたのは、その三日後のことであった。

信玄恵林寺に来《きた》る。

そのよろこびもさることながら、それによって御屋形の御健在であることをたしかめ得て、僧たちは歓呼した。不動像の変事を凶兆と見たのは、根も葉もないことであったのだ。これであらぬ流言は雲散霧消するであろう。――また、そのように快川和尚も判断して、信玄公の来臨を請うたものにちがいない。

明日はいよいよ御屋形がお越しなされるという前夜のことであった。僧侶たちのどよめきが、遠く近くの僧房からまだきこえる夜の境内を、それも耳にないような顔で、青念は歩いていた。

同時にこれは、あさってがお美輪の婚礼という夜のことであった。あれっきり、なんの音沙汰もない無空を、血まなこになって探していた青念は、その夕刻、やっと見つけた無空から、「今夜戌《いぬ》の刻、鐘楼のところへ参れ」とささやかれたのである。

朧夜であった。高い梢で、くうう、くうう、と山鳩が鳴いている。蒼い虚空《こくう》を、チラチラと舞うものを、遠い山門から吹き送られてくる花かと見ると、おぼろ月に浮かれ出した夜の蝶であった。

「……あ」

鐘楼にちかづいて、青念は思わず立ちどまった。

はじめそれを何かと思った。高い鐘楼の――梵鐘の下に、白い靄《もや》みたいなものがわだかまって見えたのだ。それが、かすかにうごいている。いや、息づいている。

「無空どの」

と、青念はぎょっとしてさけんだ。すると、どこかで声がきこえた。

「青念、お美輪はここにおる」

たしかに無空坊の声であったが、妙に籠《こも》って、しかも異様な反響をひいた声であった。

それなのに、無空らしい姿はどこにも見えない。

青念は夢中で鐘楼の石段を駈けのぼっていた。

「お美輪！」

彼はその白い靄みたいなものを抱きしめた。まさにお美輪だ。お美輪が一糸まとわぬ姿となって、女人禁制のこの禅寺にいる！

「どうしてここへ来たのだ。こ、この姿は、どうしたのだ？」

のけぞるようにしたお美輪は、ただ唇をわななかせるだけだ。恐怖そのものの表情をみて、青念は急にいまの無空の声を思い出した。

「む、無空どのは？」

「無空はここにおる」

また反響する声が、しかも頭上からふって来た。

青念はふりあおいで、息をのんだ。頭上にあるのは吊鐘《つりがね》だけだ。声はたしかにその中からきこえた。――無空は、鐘の中にいるのだ！

それは、高さ六尺六寸、口径約四尺の青銅の大梵鐘であった。しかし、むろん鐘は竜頭《りゅうず》を鐘楼の屋根から吊られ、宙に浮いている。

その梵鐘の中から、ソロソロと二本の足が下りて来た。足の所有者は、両腕をつっぱって、いままで内部にひそんでいたらしい。

「青念、逃げるなよ。髪はある。そこにみどりの黒髪が」

と、無空は笑った。逃げるなといわれなくとも、青念は逃げられない。無空の足はフンワリと、抱き合ったふたりにまたがり、はさみつけてしまったからだ、力をこめているとも思われなかったが、あまりにも意外な出現ぶりに、青念の胆はおしひしがれた。

「しかし、女の髪をもらって駈落ちするまでもあるまい。恋の浄土はいまここにつくってやる」

青念のからだとともに、その胆もさらにおしひしいだことは、次に起った。ふたりの上にまたがった無空の足がひらくと同時に、その筋肉が瘤《こぶ》のように怒張し、鋼鉄のようにかたくなった。そして、青念の眼のまわりが急に暗くなった。――鐘が、徐々に下りて来たのだ。

鐘のどこを支えているのか、青念にはわからない。しかし、無空が鐘をもちあげ、竜《りゅう》頭《ず》を鐘楼の天井からはずし、鐘を下ろしはじめたことはたしかであった。技《わざ》か、力か、なんにしても何百貫ともしれぬ大梵鐘を下ろしてゆくとは超人か、魔人か、たとえるに言葉もない。

鐘は音もなく地についた。三人はその中に閉じこめられた。地につく寸前、地と鐘のわずかなすきまから、ゲラゲラと笑う無空の声がながれ出した。

「さあ、青念、好きなことをやれ。やりたいと思っていたことをやれ。ふたりだけの宇宙だ。ほかに誰も見ておる者はない。――いや、おれが見ておるが、おれはむしろ手伝ってやるぞ。あはははははは」

朧夜に、岩が化けたように鐘は寂《じゃく》と坐ったままであった。ヒラヒラと舞ってきた白い花弁の二、三片が、その魁偉《かいい》な疣《いぼ》にとまり、竜頭にとまった。

三十分ちかくたって、鐘が地から浮いた。それは徐々に上ってゆき、踏んばった二本の足が見えはじめ、そして――にぶい、かすかな音をたてて、天井から下がっている金《かな》物《もの》に、また竜頭がかかった。

「忍法、煩悩鐘《ぼんのうがね》。……」

つぶやいた声は、さすがに牡牛《おうし》がうめいたようだ。

無空は肩で息をしながら、足もとにわだかまった物体を見下ろした。そこにあるのは、異様な物体であった。真っ白なものがクネクネとからみあい、もつれあって——どうやら抱き合ったふたりの人間らしいが、白いというより半透明な、寒天のような色をしていた。

青念とお美輪だ。ふたりは顔を——いや、全身をすきまもなく密着させたまま、死んでいた。いつのまにか、青念もまた衣をむしりとられて、まるはだかであった。

「……おれにとっては至妙至境の極みにある男と女の血が欲しかっただけじゃが……寂《じゃく》滅《めつ》為《い》楽《らく》、極楽往生とはこのことだ。うぬら、これほどの法悦境は、たとえ生きて駈落ちしたところでこれからも味わえなんだであろう。ありがたいと思え」

無空はつぶやいて、両掌《て》をあげて、鐘の内側をなでまわした。はなした掌は、おぼろな月光にも、ベットリと黒血にぬれていた。

それから彼は、ふたりの足くびをひっつかんで、肩にかけた。からみ合ったふたりの屍《し》骸《がい》は、あたまを下にダラリと背に垂れたが、それでもはなれない。

「煩悩鐘よ。……首尾よう信玄を呼べ」

無空は鐘にそう呼ぶと、まわりを見まわし、境内に人影がないのを見すますと、ふたつの屍骸を肩にかけたまま、鐘楼の石段を駈け下り、境内を走り出した。

無空の怪力はいま大梵鐘をもちあげたことでも超人的なことはよくわかるが、それにしてもふたつの屍骸を背負って、なんという春風のような身の軽さだろう。いや、彼の怪力というより、ふたつの屍骸のゆれ具合から、まるで体重がないように見える。そういえば、あの半透明なからだの色はどうしたことだ。――まるで全身の血液がからっぽになったように。

境内を走りぬけると、無空は西側の土塀のくぐり戸をひらいた。すぐ下は、月光に銀のしぶきをあげながら渦まきながれる笛吹川であった。

五

翌日、信玄が来た。

甲府から恵林寺まで約五里、一行がついたのは、その日も午後だいぶおそくなってからのことである。数年前まで信玄がやって来たときには常に騎馬であったが、こんどは輿《こし》に乗って来た。

密行の旅ということで、触れはなく、供回りの武士も四、五十人に過ぎなかったが、噂は電光のようにながれて、恵林寺に近づくにつれて、沿道には待ち受けてひざまずく土民も多かった。それに対して、信玄はときどき輿の簾《すだれ》をあげさせて会釈《えしやく》した。

ゆられてゆく輿の中にいるのだから、はっきりとは見えないが、それでも土民たちは、

「おお、御屋形さまじゃ」

「御屋形さま、よう御丈夫になられて」

「あの守り神がおわすかぎり、甲斐は磐石《ばんじやく》」

と、涙さえうかべて狂喜した。

恵林寺についた信玄は輿から下りた。晴れてはいたが、やや寒い日で、寺のうしろにそびえ立つ乾徳山《けんとくざん》から吹きおろす山嵐をいとって、信玄は袈裟頭巾で面《おもて》を覆ったままであった。

が、その頭巾のあいだからのぞく眼、堂々たる大武将の風格をそなえた挙止《きよし》、それは恵林寺の僧たちがかつて見た機山信玄にまぎれもなく、まして快川和尚がその手をとって案内する風月相知《ふうげつそうち》ともいうべき光景を見て、だれがこれを第六の影武者と思ったであろう。

実をいうと、きのうの夜からきょうにかけて、寺の内外に妙なことがあった。ひとつは松里村の庄屋の娘お美輪と、寺内の新発意《しんぼち》青念が忽然《こつねん》として姿を消したことと、僧堂で坐禅をしている僧のうち少なからぬものが、ふいにあぶら汗をながし、悩乱の態《てい》を見せたことである。しかし、これらの怪事は、信玄来るという重大な、歓喜すべき出来事

のまえに、すべて忘れられた。

——いや、信玄が来てからも、ひとつの怪事が起った。

夢窓国師が作ったといわれる幽邃《ゆうすい》な庭に面する奥深い書院に通されたのは、信玄と四、五人の側近だけであったが、その中にひとり僧形《そうぎょう》の男がいた。信玄と同様に袈裟頭巾をつけていたが、その眼の部分を黒い紗《しゃ》で覆っているのと、きわめて簡素な墨染めの衣をまとっているのがちがっていたが、この僧がふと床の間を見て、くびをかしげたのだ。

「老師」

と、彼は快川に呼びかけた。

「あれは？」

快川はそこにある掛軸を見て、眉雪《びせつ》をうごかした。

そこには、これまで夢窓国師の筆になる、「草木国土悉皆成仏《そうもくこくどしつかいじようぶつ》」という掛字《かけじ》があったはずなのが、いま見ると、なんと「女陰男根悉皆成仏」というたわけた文字に変っていたのである。

「存ぜなんだ！」

さすがの快川和尚も、やや顔色をかえて起ちあがり、その方へちかづこうとした。

「老師、しばらく」

僧はその衣をとらえた。

「何か、道鬼」

快川は、ふりむいた。――僧はいうまでもなく、山本道鬼斎であった。快川は彼を知っている。知っているどころか、永禄四年川中島の決戦に討死したと伝えられた山本勘介は、信玄が陣没した元亀四年まで十二、三年間も、実はこの恵林寺にひそんでいたのだから。

「このたび老師より、御屋形にまつわる不吉な風聞を一掃せんがため、是非ともおいでを願うとのお申し越しで、げにもっともと、かくは出て参ってござるが――その風聞が突如として起ったことに、ふと疑念を抱いておりました。いや、正しく申せば、風聞の因たる御不動像の髪が失せたということが、ひょっとすると徳川の忍びの者の計ではあるまいかと思いあたったのは、甲府よりくるこんどの旅の道中でござった」

「何、徳川の忍びの者？」

「老師、この寺にそれらしい怪しき奴がひそんではおりませぬか。この掛字のいたずらをした者はそやつと存ずる」

「左様か、道鬼――そういわれれば、不審なことがある。あの御不動像の供物役たる若《じゃく》僧《そう》がひとり、昨夜から見えぬ。――が、この寺に徳川の忍者が入っておるとは――そこまで思いの及ばなんだのは、快川一代の不覚であったが、しかし、その消えた若僧の素性はわしの縁辺《えんぺん》、未熟な奴ではあるが、決して左様な大それた人間ではない。——」

さすがの快川も、虚をつかれた思いで、言葉もつれて立ちすくんだ。

「そのほかに、この寺に思いあたる怪しき者はおらぬはずじゃが」

「その若僧《じゃくそう》とは?」

「年は十九、名は青念、女のような美僧じゃが」

「よし、源五郎。——供の中の天兵衛、地兵衛を呼び、寺内くまなく探せ」

と、道鬼斎はふりむいて命じた。侍臣の中にあった真田源五郎は、一礼して走り出した。

「老師、ついでに髪をとられた御不動像を拝見いたしたい」

「ござれ」

「きいた通りじゃ。方々《かたがた》、御屋形様をしかと御守護願い申すぞ」

道鬼斎は、残りの侍臣たちに影武者を託して、快川和尚とともにあわただしく去った。

第六の影武者と三人の侍臣が異様な音をきいたのは、それから半刻とすぎぬうちのことであった。

そのあいだに、春の日はおちて、美しい名園に銀鼠色の薄暮が漂い出した。ふかい樹々や石や燈籠《とうろう》がおぼろに霞みはじめた。のちになってみれば、それもまた忍者の妖《あや》かしの術ではなかったかと思われる。――というのは、いつのまにか彼らの視覚聴覚も、おぼろおぼろとなって来ていたからだ。

銀鼠色の意識――その中に、彼らは、ひとすじのせせらぎのようなある声をきいていた。

樹々をわたる春の夕風の音でもない。泉水におちる水の音でもない。遠くにきこえる笛吹川のひびきでもない。何とも名状しがたい声だ。

はじめそれは鐘の音に似ていた。といって、大きな梵鐘の音、小さな鉦《かね》の音ではない。ウーンとうちに籠《こも》っていつまでも耳の底に余韻をひいているひびきなのだ。さらに形容すれば、吊り鐘を撞《つ》いて数分たってから、その鐘の中に頭をさし入れているときの感じに似ているといえようか。

その音にまじって、彼らはもうひとつの声をきいたのだ。吐息のような声、あえぐような声、そして、すすり泣きのような声を。

最初のうち、ぎょっとして耳をすましていた彼らは、いつしかその声に耳をとられていた。いや、全感覚をひきこまれ、没入していた。――何というなまめかしい、男の胸をかきむしる声であろう。ひとりではない、あきらかに男の声と女の声だ。ささやき、むせび、もだえにもだえぬく声だ。

この座にいた者は、期せずして床の間の掛軸を見つめていた。

「女陰男根悉皆成仏」

あるいは、その文字を見つめていたから、鐘を錯聴《さくちょう》しはじめたのではないか。——と、かえり見る理性は、すでに、彼らから失われている。錯聴であろうと、幻聴であろうと、それはきく者に凄じい妄想を抱かせずにはおかない、そして妄想を抱いたうえは、糸でたぐるようにひきずりよせずにはおかない声であった。

フラフラと彼らは立ちあがった。

おぼろ夜の鐘楼で、鐘が化けたように、梵鐘からにゅっと二本の足が生えていた。

その中に立って、内側から鐘をたたいている者がある。たたくというより、指ではじいているのだ。ほんのすぐそばにちか寄らなければきこえないほど微かな音だが——その音が、円周をひろげるにしたがって、奇怪なむせびの波紋をひろげてゆくことを、彼だけが知っている。

しかも、その音波が、この世の愛執《あいしゅう》をすべて断《た》ち切った禅僧はしらず、心に邪念迷妄のある者の耳にだけ共鳴を起すことを。

「……淫楽の極《きわ》みで息絶えた男女の血を塗った煩悩鐘よ」

と、彼はまたつぶやいた。無空だ。

「信玄を呼べ」

六

　口径約四尺、高さ六尺六寸の大梵鐘とはいえ、三人の人間が入ればほとんど空間をあまさないだろう。——そこに、青念、お美輪、無空が入って、いったいいかなる光景が描き出されたのか。

　いま、無空のつぶやきによって察するに、それは身の毛もよだつ春宮図《しゅんきゅうず》であり、甘美極まる地獄相であったらしいが、それはほとんど想像を絶する。

　要するにいま、その鐘をたたくことによって、心に煩悩妄想を抱く者にかぎり、酔ったように吸い寄せられるらしい。——ひるま、ちょいと実験して、禅僧のうちの少なからぬ者を悩ました無空は、そのときはすぐにやめたが、いまは鐘に入っていつまでもそれをたたきつづける。

　この煩悩鐘を、猿飛天兵衛と霧隠地兵衛と——かすかながら、真田源五郎もきいた。してみれば、この三人の道心のほども知れるが、むろん三人はそんなことに気がつかない。

「源五郎さま。……たしかに敵の忍者でござる」

「どこに？」

ものもいわず、天兵衛と地兵衛は、夜の庭を駈け出した。――のちに思い合わせれば、このとき鐘楼をめぐる境内の周囲には、悩ましい吐息の旋律にひかれたおびただしい僧や、武田家の家来たちが迷い出して来ていたのだが、いずれも夢遊病者のような足どりであったから、彼らが見たのは、鐘楼の石段を上ってゆく四つの影だけであった。

源五郎がさけんだ。

「おお、御屋形さま！」

まっさきに、袈裟頭巾をつけた信玄、それに三人の従臣がフラフラとつづく。いまの源五郎のさけびも、耳に入らないらしい。――信玄は、鐘の下にさまよいこんだ。

その鐘楼には、鐘のほかになんの姿も見えなかったのに、

「あっ、いかん！」

と、天兵衛が恐怖の声をあげて、鞠《まり》がころがるように走り出した。

鐘の中から、にゅっと二本の足が生えるのが見えた。それが信玄のくびにからんだかと思うと、二つの影がもつれ――それから、いったいどうしたのか、鐘そのものが耳を聾《ろう》するような大音響をたててかぶさり落ちた。

鐘楼からけし飛んだ三つの影は、むろん三人の家来だが、これはじぶんで避けたものではなく、凄じい衝撃に胡麻《ごま》みたいにはね飛ばされたのだろう。――それをかえり見も

せず、狂気のごとく石段を駈けのぼろうとした天兵衛と地兵衛は、

「わっ」

と、さけんで、これまたまろび落ちるように石段からはね飛んだ。

さすがの両人が胆を消したのも道理、何百貫ともしれぬその巨鐘が、前世紀の怪物みたいにうごき出して、石に青い火花をちらし、鏘然《しょうぜん》たる音をたてて、その石段を下りて来たのだ。ななめにかしぎながら、覆《くつが》えりもせず。——

このときこそ襲撃の唯一の機会であった、と気がついたのはその直後だが、それが真っ逆落《さかおと》しに落ちてくるような錯覚に、さしもの天兵衛地兵衛が、仰天して避難したのはむりもない。——はっとわれにかえったときには、大梵鐘は鐘楼下の地上にがっぱと伏したまま、鎮座していた。

「か、か、鐘が化けた!」

だれかの恐怖の一声がきこえただけで、あとは人間ののどから発するとは思われないうめきの波が庭にひろがった。それまで夢幻の嬌音《きょうおん》にさそわれてさまよい出ていた男たちが、はっと現実に醒めたのはもとより、いまの耳をつん裂く大音響に、あまたの僧房や庫裡から蝗《いなご》みたいに飛び出した僧や武士が、いっせいにどよめいたのだ。

「鐘が化けたのではない。——忍法だ!」

「徳川の忍者のしわざだぞ。おちつけ!」

天兵衛と地兵衛は絶叫したが、うごかない。うごかないどころか、馳せ寄とうとする源五郎を、必死におさえた。

うごかない――いや、うごけないのには理由があったが、そうときいただけで、逆上して鐘の方へ殺到した七、八人の武士がある。彼らはじぶんたちの護って来た輿《こし》の人が影武者であるとは知らない。

その影が鐘のまわりに群れさわいだかと思うと、鐘の下から大地をかすめて、白い光流が完全に一旋し、武士のすべてが悲鳴をあげて崩折れた。彼らはことごとく両足くびを切りはなされていた。

悲鳴につづいて、鐘が吼《ほ》えた。

「いかにもおれは、徳川の忍びの者御所満五郎だ。機山信玄はたしかに生捕った！　が、これがまことの信玄なりや、影武者なりや、あらためるまでしばらく待て。――影武者ならば――事と次第では、命助けて返してやらぬでもない。わらわら騒がずと待っておれ！」

無空が御所満五郎であった。例の高札を立てたのも彼のしわざで、それは坊主あたまの青念の足を寺に封ずるための計略だが、それにしてもおのれの名を公表するとは人をくっている。

いや、その大胆さよりも、彼がこの寺に来たのは二年前の春、二年前といえば、まことの信玄が信濃で陣没した年だ。すなわち、家康からあの下知を受けた直後、彼は甲州に潜入し、毎年いちどは信玄が訪れるというこの寺に入ったとみえる。その遠大な周到さと、そしてまんまと傑僧快川禅師の信任までも得たその機略をこそ驚嘆すべきであろう。――これがまことの信玄なりや影武者なりや、あらためるまでしばらく待て、といったが、御所満五郎は鐘の中で何をしたのか。――二、三分もたたぬうちに、梵鐘はズズ、ズズとゆるぎ出した。

群がる武田家の家来たちは、かっと眼をむいたまま立ちすくんでいる。彼らは、生捕られたのがまことの信玄であると信じている。金縛りになったのは、その恐怖と衝撃もあったが、それより、何百貫という大吊鐘《つりがね》が大地をえぐりながら這ってゆく現実の光景に、胆を宙天に飛ばしたせいであった。

「棒!」

「縄!」

天兵衛と地兵衛は愕然とし、狼狽その極に達した。――彼らは影武者であることは承知しているが、そのことが曝露されようが、影武者がまことの信玄として殺されようが、事態の重大性は同じことだ。

しかし、さしものふたりも、この巨鐘に閉じこめられた信玄の影武者をどうしよう。刀槍はもとより、矢、鉄砲も歯が立つまい。ましてや、棒、縄をもってして、はたしてその移動をとめられるかどうかは大いに疑問だが、その棒、縄すらもとりにゆく武士がないと見て、ふたりはキリキリ舞いをして、それを探しに駈け出した。

眼を血ばしらせて、真田源五郎だけが追った。――鐘はあるいてゆく。庭を横に這ってゆく。それを見つつ、彼もまた手が出せない。うごいたあとに血潮のあとが残らないところをみると、まだ殺戮は行われていないらしいが、しかしいったい鐘はどこへゆこうとするのか。

「――あっ」

突然、彼は身の毛をよだてた。鐘の数間さきに、境内をかこむ土塀があるのを見たのだ。――その向うは、笛吹川の深潭《しんたん》であった。

敵の忍者は鐘ごめに、信玄もろとも笛吹川に落ちて逃れ去ろうとするのだ。――と気がついたとき、果せるかな鐘は、まるで籠《かご》みたいに滑走した。

「やらぬ！」

源五郎は猛然としてそれにとびついた。鐘は源五郎を蠅《はえ》みたいにとまらせたまま、土塀にぶつかった。土塀はまるで紙みたいに崩れた。夜空に地ひびきと砂ぼこりがあがり――そして鐘はその向うにかき消えた。

竜巻《たつまき》のような水けぶりが立った。

悪夢から醒めたように武士や僧が殺到したとき、ぱっくりとひらいた土塀のあいだから、笛吹川は春月をくだきつつ、滔々とながれて、いまそこに沈んだ鐘のあともとどめてはいなかった。

「……おお、あれは？」

だれか、指さして、名状しがたいうめきをあげたのは数分後だ。

そこから十間ばかり下流に、ポッカリ浮かびあがった黒いものがある。——たしかに三人の人間の顔だと見て、人々は河ぞいにまろびつつ走った。

「方々《かたがた》、御屋形は無事であるぞ！　真田源五郎、徳川の乱波《らっぱ》御所満五郎を討ち取ったりっ」

その凱歌を発した影は、片手にぬきはらっていた一刀を口にくわえ、こちらにむかって泳いで来た。

そして人々は、その三つの頭が燦爛《さんらん》と銀のしぶきをまきちらして岸におどりあがってきたとき、そこに、坊主あたまの無空の首をたかだかと宙にあげたさんばら髪の真田源五郎と、もうひとり、ぬれた袈裟頭巾を顔にまといつかせてはいるが、たしかに健在な機山信玄の姿を見て、いっせいにひざまずいたのである。

ただ信玄は、傷ついたとみえて、左眼をおさえ、ちんばをひいているようであった。

笛吹川の流れの下に、鐘とともに、屍骸となった第六の影武者が沈んでいることを知っているのは、真田源五郎と、そして第七の影武者、山本道鬼斎だけであった。

地陣篇

一

——同じ天正三年の春。

四月、岡崎に大賀弥四郎事件というものが起った。

家康の家来に、大賀弥四郎という男があった。もとは仲間《ちゆうげん》という卑賤の出であるが、きわめて財政の吏能《りのう》にたけ、家康の属目《しよくもく》するところとなり、次第にとりたてられて、このころは三河奥郡二十余郷の代官にまでなっていた。岡崎に豪奢な邸をかまえ、たえず浜松に伺候して事務上の報告をしていたが、当時いかに家康の信任が厚かったかは、家康が鷹狩りのさい、しばしば彼だけを供につれて出かけたという話からでも想像される。

この大賀弥四郎が、突如として謀叛《むほん》をたくらんだ。小谷甚右衛門、山田八蔵、倉地平右衛門などの同志をかたらい、徳川を武田に売ろうとした。すなわち、ひそかに甲州に密使を送り、勝頼の三河出兵を請い、同時に大賀らが岡崎でクーデターを起すことをしめし合わせたのである。

密謀はひそかに、正確にすすめられ、ついに武田勝頼から、この四月、いよいよ三河に出撃するとの連絡があった。このとき、大賀らの陰謀が曝露した。一味の山田八蔵が恐怖し、変心して、この謀叛の計画を岡崎城の信康に告げたのである。信康からの急報に、家康は驚愕して、岡崎にはせもどり、彼らを一網打尽にした。

そのまえに、弥四郎がその妻にこの陰謀をうちあけたとき、妻は、「おん身は仲間よりして、御譜代《ごふだい》衆さえわれらが真似はできぬほどの出世をなしながら、このうえ謀叛をたくらむとは、さても天道恐ろしく候。わが身なども磔《はりつけ》にあがりて浮名をながさんは目の前なれば、ただいま刺し殺したまえ」といさめた。弥四郎は、「女の身として知らざることを申すものかな。その方をば、この城に移して御台《みだい》と唱えさせせんと望みおるわれらが苦労を知らざるか」と笑った。

果然、陰謀が露見するや、彼の妻子五人は念志《ねんし》ケ原で磔刑《たつけい》となった。馬首に尻をむけて縛り乗せられた弥四郎はこれを見て、「なんじらは先にゆけるか。めでたきものなり。われもあとより参らん」といった。先日までの精励な能吏としての外貌とは別人のような不敵な面魂《つらだましい》であった。

家康は彼をにくみ、世にも恐るべき刑殺《けいさつ》をこころみた。

「武徳編年集成」に伝える。――「叛逆の張本人大賀弥四郎をば、馬の三頭《ず》の方へ面《おもて》をむけて鞍にしばり、叛逆のために彼がこしらえおきし旗を背にささせ、首金《くびがね》をはめて、螺《ら》、鐘《かね》、太鼓にてはやしたて、岡崎の町をひきまわし、また浜松にてもひきまわし、岡崎へ道をかえてひきもどし、町口の四辻に生きながら土中に埋め、首に板をはめて、十の指を切りて目前にならべ、竹鋸《たけのこぎり》を置いて、往来の者にこれを挽《ひ》かしむ。――」

この大賀弥四郎の一件は、家康が終世、人を見る眼のむずかしい喩《たと》えによく語ったといわれるが、よほど飼犬に手をかまれた衝撃が大きかったのであろう。

しかしこの事件は、たんに徳川家内部の一波瀾にとどまらなかった。大賀弥四郎としめし合わせた武田勝頼は、彼らの叛乱を天来の好機とみて、すでに三河出兵の途についていたからである。その裏切りに齟齬《そご》を来したことを勝頼は知らず、知ったあとでもいまさら退軍をいさぎよしとせず、騎虎の勢いで三河東部にある徳川の出城長篠城《でじろながしのじよう》を包囲した。

かくて、長篠合戦の幕があがり、その結果、三年前の三方ケ原《みかたはら》の戦いとはまったく逆に、徳川織田連合軍の鉄砲隊のために、甲軍はふたたび起つ能わざる大敗戦の日を迎えることになる。――それは五月二十一日のこと。

さて、それよりややさかのぼった四月五日、岡崎の城下の辻。

そこには、地に一枚の四角な板が置いてあり、それに一個の生首《なまくび》がのせてあった。

――生首ではない、生きている。眼はとじているが、まつげが痙攣《けいれん》し、うすい紫色の唇は、ピクピクとうごめいている。

鋸引きの刑に処せられた叛逆人大賀弥四郎――七日目の首であった。

そばに投げ出された竹鋸も、首にはめた板も血にまみれ、乾いて黒ずんだ血にまた血が塗られ、むなしいばかりに白い初夏の日ざしに、それらは笹紅《ささべに》のようなひかりをはなっていた。

「謀叛人！」

「まだ生きておるか」

「さすが外道《げどう》の悪鬼よ」

黒山のような群衆は、わらじを投げ、石を投げ、馬糞を投げて罵った。この憎悪と大《だい》苦患《くげん》の中に、大賀弥四郎は、きょうで七日生きている。

それは彼が不逞《ふてい》な外道の生命力をもっているせいもあろうが、周囲をまもる足軽たちが、ときどき水をあたえ、粥《かゆ》をあたえ、そして群衆が竹鋸で挽くことを、適当に制限しているからでもあった。慈悲ではない。この逆臣の業罰《ごうばつ》を一日でも長びかせようという意図からだ。

「どけどけ！」

突然、その足軽たちが、人々をつきとばしはじめた。わっと遠巻きになるのを、「暫《ざん》時《じ》、ここにちかづいてはならん！」と叱って、また追いちらす。

「服部どの、これでよろしゅうござろうか」

やっと辻から見物人の姿が見えなくなると、足軽頭が、そばの二人の男をふりかえった。その二人の男は、かぶっていた編笠をぬいだ。ひとりは服部半蔵だが、もうひとりは二十七、八の、どこか女めいた柔かい肉づきの男で、ただ眼だけただ者でない凄味があった。

「町の者は、だれも見てはおるまいな」

と、半蔵がまわりを見まわす。

「なに、見ておってもかまわぬ。何をしておるか、わかるまい」

男はしゃがみながら、うす笑いしてつぶやいた。

「黄母衣内記《きぼろないき》の忍法、乳房相伝《ちぶさそうでん》を」

そして、黄母衣内記は顔を、藍色の大賀弥四郎の首にちかづけ、片手の編笠で覆った。編笠のかげで、何をしているのか。――いままで竹鋸で挽かれてもうめき声しかたてなかった大賀弥四郎が、犬のように気味わるい悲鳴をあげはじめ、そのあいだにペチャペチャと何かをなめるような音がきこえ、足軽たちはぎょっとした。

じぶんの手に属する忍者の所業ながら、服部半蔵も少し吐気をもよおしている。彼は、黄母衣内記が大賀の頭からながれる血をなめ、すすり、ゴクゴクとのんでいることを知っていた。それから――それにつれて、彼の乳が――右乳だけ、まるで女の乳房のようにふくれあがって来て、乳首がいちごみたいに赤く熟れてゆくことも。

黄母衣内記の忍法「乳房相伝」

彼は生血をすする。その生血は、駱駝《らくだ》の水のように、内記の乳房の一つにたくわえられる。そして彼がその乳房をしぼると、乳房から真紅《しんく》の乳がほとばしり、相手にあびせかけるのであった。赤い乳に染まった人間はどうなるか。いかに洗い落そうと、彼は最初の生血を供給した人間の最も異常な特質を相伝される。兇暴な人間の兇暴な血を。臆病な人間の臆病な血を。

かつて半蔵は、黄母衣内記がおのれの忍法を利用して、けしからぬ悪戯をやってのけたのを見たことがある。

内記がある美しい後家《ごけ》に惚れた。未亡人であったが、白梅のように貞潔な女で、いいよった内記は、みごとにふられた。そのころ、別の女房で、これはまた恐ろしく淫蕩な女があって、手あたり次第の密通が露見して、仕置を受けた事件があった。内記はその女の斬られたばかりの首から血をすすった。それから数日後、半蔵は、あの白梅のような後家が、一匹の牝獣みたいな女に変り、内記が悦にいってこれと凄じいばかりの淫楽にふけっている光景を目撃したのだ。内記の忍法「乳房相伝」の秘法がほどこされた結果であることはいうまでもない。

黄母衣内記は、甲州へ潜入するところであった。すでに浜松をだいぶ離れてから、大賀弥四郎の事件のことをきき、「世にも珍らしき謀叛人——その血は、使える」とうなずくと、急遽《きゅうきょ》ひきかえしてやって来たのだ。

——いま、内記は立ちあがった。地上の大賀弥四郎は、残り少ない血を吸いつくされたか、蠟色の首をがくりと前に折っていた。完全にことされたらしい。内記は、かざしていた編笠をとった。舌なめずりした唇に、血のあとはない。何くわぬ顔である。

ただ、その衣服の下で、右の胸だけがムッチリと盛りあがったのを見て、半蔵はきいた。

「黄母衣《きぼろ》、ところで、武田家のだれに叛逆の血を浴びせるのだ」

「いってみねば、相わからぬが——得べくんば、武田家二十四宿将のうちの一人に」

「そこまで近づくのがむずかしいぞ」

「生きて帰ろうとは存じておりませぬ」

黄母衣内記は、凄然たる表情になった。いつぞや、女と戯れていたときの彼とは別人のようだ。服部半蔵の顔にも蕭殺《しょうさつ》たるものがながれた。

信玄死せりや？　山本勘介存生《ぞんじょう》せりや？

——その謎を探らんがため、すでに甲州に入った八人の伊賀者——塔ケ沢監物《けんもつ》、箙陣兵衛、虚栗《みなしぐり》七太夫、墨坂又太郎、蟬丸右近、漆戸《うるしど》銀平次、六字花麿、御所満五郎らはすべて還らぬ。

あらゆる徴候から、九分九厘までは信玄の死はまことらしく思われる。しかし、これらの忍者が一人として帰還しない事実、すなわち甲州の鉄の壁に想到すると、信玄という人間の眼なくして、どうしてこれほどみごとに彼らを消し去り得ようか、という疑いにとらえられざるを得ないのだ。それを思うと、一厘の可能性が、遂に九厘にまでひろがり、全身の毛穴もしまるほどの恐れに襲われる。いや、たった一厘の可能性をすら、家康は恐怖している。三方ケ原以来、啄木鳥《きつつき》のごとくたたいても、おおむね寂《じゃく》と鎮まりかえっている甲州に、徳川も織田もそれ以上一歩も踏みこめないのは、そのためであった。

しかも、事態は、いつまでもいまの小康に晏如《あんじょ》としてはいられぬところまで切迫していた。なぜなら、この二、三年、武田方がひそかに、しかし続々と鉄砲を仕入れつつある情報が歴然として来たからであった。あの精勁《せいけい》な甲軍に鉄砲の威力が加わるならば、想像するだに頭髪も逆立つ恐れにとらえられざるを得ない。

「生きて帰れ、必ず信玄のことを探って帰れよ」

半蔵はうめくようにいった。ふくよかな顔で、内記はウッスラと笑った。

「帰らずとも――黄母衣内記、きっと武田家を内側より崩す大謀叛人を作って参ります」

そのとき、町の東の方から、やはり編笠をかぶった武士がひとり駈けて来た。人間とは思われぬ迅《はや》さである。

「お頭《かしら》、服部半蔵どのはおられるか」

「半蔵はここにおる」

やはり服部組のひとりであった。そして彼は一つの報告を伝えた。

このたびの陰謀に加わった一味は、大賀弥四郎、倉地平右衛門をはじめことごとく誅《ちゅう》戮《りく》したが、やはり首謀者の一人で小谷甚右衛門なるものが、露見と同時に姿をくらまし、必死の捜索にもかかわらず、まだ見つからなかったのである。

急遽、服部半蔵は、三河遠江にかけて乱波《らっぱ》の網《あみ》を張った。外部への逃走をふせぐ服部独特の「外縛陣《げばく》」という奴だ。——報告によれば、けさがたこの外縛陣に、小谷甚右衛門がかかった。場所は二股城にちかい天竜川のほとりで、しかし甚右衛門は河へ飛びこんだきり、その生死もしれぬようになったという。——

二股からここまで二十里あまり、その距離をけさからひるすぎのいままでに走破して来た配下に、ねぎらいの声もかけず、

「ぬかったな、未熟者めら」

と、半蔵は叱りつけた。内記が顔をあげた。

「きゃつ、天竜川沿いに、信濃へ逃げこもうとしておるな。追おう」

三河、遠江、信濃三国の接点をうがつ天竜峡のほとりで、奇岸を朱に染めてうちたおれた小谷甚右衛門を、服部半蔵と黄母衣内記がじっと見下ろしていたのは、その翌日の夕暮であった。

半蔵の肩には、一羽の梟《ふくろう》がとまっていた。

「気にかかる。おれもゆこうか、内記」

と、半蔵がいった。内記は肩をゆすって笑った。

「お頭には、服部一党を采配していただく用がござる。その梟だけ、借りて参ろう」

二

武田勝頼は、まだこのことを知らなかった。知ったとしても遅かった。矢は弦《つる》を離れていた。一万三千の甲州勢は、すでに甲府を発し、進軍の途上にあった。ただし、ゆくては南ではない。北へである。しかし、兵に疑惑の色はない。いったん信濃に北上し、そこから天竜川沿いに南下して遠江に侵入するのは、信玄もよくつかった進路である。げんに、三方ケ原で徳川軍を潰滅させた信玄最後の出撃路もこれであった。

三方ケ原の快勝を再現する時や至れり。――一万三千の鉄甲の騎馬軍に晩春初夏の日光がきらめく。巻きあがる砂塵を、青嵐がすぐに吹きちらしてゆく。

三方ケ原にひるがえった風林火山の旗は、もとより陣頭にあった。その旗の下に、桜花を染めた武田家重代の盾無《たてなし》の鎧《よろい》をつけ、馬を進める四郎勝頼の兜《かぶと》のかげの眼には、勇壮な微笑があった。

ときどき彼の脳裡を、甲府に残して来た新妻八重垣の笑顔がかすめる。八重垣は、この春小田原から輿入《こしい》れして来たのであった。あの白珠《しらたま》のような妻のためにも、甲斐を永遠の磐石《ばんじゃく》の安きに置かねばならぬと思う。いや、このたびこそは小癪な徳川織田を、甲州騎兵の鉄蹄の下に蹴ちらし、西上の大道をひらいて、あの妻を天下の支配者の御台《みだい》としてやらねばならぬと思う。

一万三千の将兵の大半は、このたびの出陣の指揮をとるものは老信玄でなく、若大将の勝頼であることはもとより承知していたが、勝頼の猛勇ぶりはすでに胆に銘じていたし、さらに戦略の秘策は、いまなお躑躅ケ崎の館《やかた》に病む信玄から受けて来ているものと信じていたから、不安の気配は毫《ごう》もなかった。——その行軍のまんなかあたりに、巨大な車にのせられて進んでいる重げな、大きな箱も、その内容は戦費となる黄金であろうと信じている者が多かったのである。箱は眼もあやな金襴《きんらん》につつまれていた。

その車の両側に、うやうやしく四人の武将が馬を進めている。ひとりは、法師武者だ。

武田逍遙軒信綱。——これは信玄の弟である。

穴山梅雪斎信君。——これが法師武者だが、信玄の従兄《いとこ》にあたる。

武田左馬頭《さまのかみ》信豊。——信玄の甥《おい》だ。

小山田出羽守信茂《のぶしげ》。——これまた「甲乱記」に、「代々武田家の家臣として君恩さらに浅からず、年来は武勇をもはげまし、加うるに、若年の昔より、文道をたしなみて、文武ともに欠くるところなし」とある通りで、とくに勝頼の寵臣であった。

いずれも、いわゆる武田家の二十四宿将に数えられる人々である。——なんぞ知らん、七年後、武田家滅亡の際、勝頼をむざんに裏切ったのがこの面々であろうとは。

逍遙軒も左馬頭も、敵を見るやまっさきに陣をすてて逃げ、織田徳川の甲斐侵入の口をやすやすとひらいて、武田軍総崩れの因をつくった。梅雪のごときは、それ以前からひそかに家康に通じて、手引きをした。小山田信茂にいたっては、天目山に追いつめられた勝頼に、みずから矢を射かけて裏切りの総しあげをしたくらいである。

が、いまは、彼らはいずれも厳格荘重な顔で、粛々《しゆくしゆく》と馬をあゆませている。——神ならぬ身の、彼らはこのとき、未来のおのれらの姿を、夢にも思い浮かべなかったであろう。

「道鬼斎はまだついて来ておるか」

八ケ岳の山影を右に見て、その麓を進んでいるとき、穴山梅雪がふりむいてきいた。

うしろの小山田信茂がこたえた。

「されば、この期《ご》におよんでも」

何思ったか、穴山梅雪は馬をかえした。

行軍のしんがりに——少しはなれて、山本道鬼斎は、真田源五郎と馬をならべていた。そばに、猿飛天兵衛と霧隠地兵衛が歩いている。

彼らのみ、出陣の行装《こうそう》ではない。源五郎も天兵衛地兵衛も沈んだ顔色だ。兄の真田源太左衛門もむろん一部将として加わっているのに、彼らだけ従軍を禁じられているのが大不平なのだ。

禁じたのは、道鬼斎であった。彼は源五郎に命じた。「おまえは、甲府に残って、若者たちに鉄砲を教えよ」と。——

鉄砲の重大なことは、だれよりも源五郎が知っている。だから、この一、二年、彼は熱心に武田家の若者たちにそれを教えて来た。しかし、こんどの出陣に、隊と名づけるほどの鉄砲隊は参加していない。無念なことだが、まだ数も技倆も満足すべき段階に達せず、かえって得意の槍騎兵の足手まといになると勝頼はじめ宿将たちが判断したからであった。それも不平だが、それよりじぶんまでが出陣をとめられたのが、源五郎にはたえがたい。こんどの大遠征に加わらずして、なんのための鉄砲隊ぞや、なんのための源五郎ぞやと思う。

しかし、いま鞍に侘《わ》びた墨染めの衣を乗せ、黙々と思案にしずんでゆく老勘介を見ると、彼らはなんの言葉をも失ってしまうのであった。

すでに山本勘介は、信玄第七の影武者たることをやめている。勝頼から、その役目を解かれたのだ。いや、これまた禁じられたのだ。

もともと彼は、信玄の影武者ではない。恵林寺《えりんじ》で、ともかくもそれになりおわせたのは、あの際、第六の影武者の死をつくろう必要があったのと、また快川国師がすぐにそれに応じてうやうやしく寺に入れ、その翌朝早々輿《こし》にのせて甲府へ帰してくれたからであった。

しかし、もはや、いつまでもつづくことではない、——そう、勝頼はいった。勝頼は父の影武者六人が、ことごとくこの地上から消えたことをむしろよろこんでいる気配ですらあった。

道鬼斎は悔いる。……また源五郎らが、道鬼斎から何をいわれようと、一言もないのは、そのためだ。彼らは、ついに徳川の忍者の魔手から影武者をまもることができなかったのだ。

が、いま、道鬼斎を苦悩させているのはそのことではない。こんどの勝頼の出陣だ。彼はそれを危いとみる。しかし、その種をまいたのは、彼なのだ。

読者は想起されるであろう。去年の初夏、岡崎からかえる奥三河の山道で、勘介と天兵衛が、

「例の大賀弥四郎の一件は方はどうでござる」

「あれか。……あれも、一応は罠《わな》をかけておいたが、これは信康や築山殿よりまず見込

みがないな」

と、交した問答を。

大賀弥四郎の一件は、岡崎へ潜入した勘介が手をうっておいたものであった。

このことは、甲府に帰ってから、主君勝頼に報告した。勝頼はきわめて興味をもったらしく、眼をひからせてこれをきいた。勘介は笑って、念をおしておいた。

「あまり、あてになされてはなりませぬ」

勘介は、まず第一に、大賀弥四郎なる人物をそれほど信じてはいない。叛血を持つ奴、と見込んで、内通を誘ったくらいの人間だから、それは徳義上の意味ではなく、知恵の問題だ。第二に、たとえ彼が反乱に成功したとしても、それくらいのことで家康がたおされようとは見ていない。家康をたおすには、その反乱と間髪を入れずこちらが呼応することが必要だが、呼応するにはそれだけの実力の裏付けが要る。それがいまや鉄砲隊であった。

彼は、織田徳川が、三方ケ原以来おびただしい鉄砲を購入して、猛烈な訓練をしているという諜報を受けていた。これを容易ならぬ事態と見た彼は、これまた極力ひそかに鉄砲を仕入れ、真田源五郎に命じて鉄砲隊を作りあげるのにかかった。が、哀しいかな、甲州に海のないことが不利となって、堺をおさえている織田にくらべ、鉄砲の入手が思うにまかせず、計画は一歩ずつ遅れた。あと一年、と彼は思う。

しかるに、主君勝頼は、鉄砲を無視して、いまわれから出撃しようとしている！

大賀の一件は、勘介はあまりあてにはしていなかった。しかし、この謀略のどこが勝頼をとらえたか。それ以後、しばしば大賀からの密使を迎え、またこちらからも細作《さいさく》をやって、次第に現実的なものに進展していったらしい。ことは完全に道鬼斎の手からはなれた。具体的な打合わせは、信玄亡きあともっとも権謀にたけているといわれる穴山梅雪にゆだねられたようだ。

そして、ついに大賀弥四郎とのしめし合わせが成ったか、このたびの出陣となった。

道鬼斎は悔いた。恐れた。苦しんだ。そして、前夜まで面《おもて》を犯して勝頼をいさめた。

「大賀のことは、おまえが仕かけたことではないか」

と、勝頼は皮肉にいった。やや沈黙したのち、道鬼斎はこたえた。

「いかにも左様でござる。さりながら、拙者の考えとしては……先年より、笑止にも当家にしばしば忍びの者を入れ、御屋形をうかがう家康に対し、こちらからも一矢をむくいて心胆を寒からしめんと、なかばいたずらごころにて仕かけたことでござった。わがまいた種ながら……殿、相呼応して起《た》つには、大賀はあまりに軽うござる。きゃつひとりが騒ぎを起し、家康を仰天させるだけで、わが目的は達したものと思われませ」

「おまえの望みはそれだけであったかもしれぬが、おれの立てた兵法はそれだけではない。道鬼斎、案ずるな、われらが調略は、おまえの思っておる以上に進んでおるぞ」

「殿、それでは大賀めをお使いなさるとして……せめて、もう一年お待ち下され。……」

「一年とは?」

「甲軍に鉄砲隊を加えてごらんに入れる」

「道鬼斎、何かといえばおまえはそれをいう。しかしまたおまえのいうところによれば、織田徳川も続々鉄砲をそなえつつあるという。しかも、地の利と不利、向うの方がふえ方が早いという。さすれば、一年たてば、さらにそのひらきは大きくなるではないか」

「あいや、一応はその通りでござるが、道鬼斎心血をしぼり、たとえ数は少なかろうと、充分敵に向い得る鉄砲隊を生み出してごらんに入れる。が、それにはなお一年欲しゅうござります」

「おれは、鉄砲の威力をそれほどのものとは思わぬ。甲軍の槍騎兵のまえに、まだそれは鎧袖一触《がいしゅういっしょく》じゃ。父亡きあと、国境で小競合《こぜり》いしてみた体験からそういえる。一歩ゆずって、おまえのいう通り鉄砲を重く見るとして、ならば、いよいよいまのうちこそ、徳川をたたきつぶす千載の好機だ。機会は一年待ってはくれぬ」

「殿。……御屋形は、三年待てと仰せられてござりますぞ。軍神《いくさがみ》ともいうべき信玄公の御遺言にそむかれてはなりませぬ。御屋形がおかくれ遊ばしてから、まだ二年しか経ておりませぬ」

「足かけ三年たった」

勝頼は、いよいよ皮肉な眼で道鬼斎を見た。

「勘介、それに、父が残された六人の影武者はすべて消されたではないか」

道鬼斎は、はっと両手をつかえた。のしかかるように勝頼はいう。——

「徳川の方でも、父の死はうすうす感づいていよう。しかも、もはや敵をあざむく影武者はひとりもない」

「さりながら、敵はまだはっきりと御屋形のおわさぬことをつきとめたわけではござりませぬ。甲斐になお信玄あり、この一厘の疑いあるかぎり、敵はかかっては参りませぬ。この二年、国境周辺が小康を保っておるのはひとえにそのゆえでござる」

「四郎の力ではない、と申すか」

勝頼のひたいに、癇癖《かんぺき》のすじが立った。道鬼斎はしずかに見あげ、沈痛にこたえた。

「御意《ぎょい》」

勝頼は歯がみをした。

「勝手に思え。大賀のこと、鉄砲のこと、またおれの器量のこと——すべて、兵法観の相違だ。これ以上の問答は無用、さがりおれ」

「殿！　事は武田家の運命にかかわり申す。さがってはおれませぬ。殿、殿！　御屋形とともに、当代に比なしといわれた甲州流兵法を編み出したこの山本道鬼斎の申すことをお信じになれませぬか？」

「川中島の負け軍師、天日《てんじつ》に面《つら》をさらせず十余年、暗がりにひそんでおった奴が何をいう」

山本勘介は、ついに沈黙した。その隻眼《せきがん》からおちるものは、血涙というしかなかった。矢は弦をはなれた。それはこの若い主君の心の矢であることを彼は知ったのだ。

――そしていま、勝頼は征《ゆ》く。黙々として、勘介は追う。

春ふかい信濃を北へ進む長蛇のごとき行軍の、万丈の黄塵を縫って、そのとき一騎の法師武者が駈けもどって来た。

「おお、道鬼」

寄ると、馬をかえし、鞍をならべて、

「やはり、この陣、危うしと思うか？」

と、さしせまった声できいた。穴山梅雪であった。

山本道鬼斎は、だまって、すがるような眼をむけた。梅雪はうなずいた。

「わしはの、四郎どのとおなじく、もはや御屋形の影武者はない。ごまかすにもごまかしきれぬ。いまこそ徳川を撃滅する時だと信じ、このたびの御出陣に従った。さりながら、やはりおぬしの心が気にかかる。――甲府を出て以来思案にくれ、――おぬしほどの大兵法者が、それほど危いと見ることを無視は出来ぬと思いはじめた。――左様であるか」

梅雪は決然といった。

「よし、今宵諏訪《すわ》についたら、四郎どのにもういちどお話して見ようぞ」

「梅雪さま、なれど、諏訪につけば、もはや手おくれ。――」

「いや、おん棺《ひつぎ》を湖に沈めるまえなら、まだ軍をかえすいとまはある。道鬼、この梅雪にまかせい」

馬に鞭をあて、そのまま、また前方へ駈け去ってゆく穴山梅雪を、山本勘介はふしおがんだ。

三

甲斐から遠江《とおとうみ》へ侵入するために、いったん信濃へ北上することは当然と思っていた武田の将兵も、軍が諏訪まですすんだのには、みなくびをかしげた。諏訪までゆかず、その手前二里の茅野《ちの》から西南に反転し、高遠《たかとお》を経て伊那に出、天竜川に沿って南下するのが、ふつうの順路だからだ。

しかし、一万三千の甲軍は、諏訪湖畔に宿営を命じられた。四月十一日のことである。

諏訪は、武田家と――とくに信玄とふかい宿縁に結ばれた土地であった。第一に、信玄が征服の最初の巨歩を踏み出したのがこの土地で、さいさきよく彼はこの地の豪族諏訪頼重《よりしげ》を滅亡させた。天文十一年、信玄二十二歳のときである。第二に、信玄が生涯もっとも愛したのが、おのれが滅ぼしたこの諏訪頼重の妹で、いかにも戦国時代らしい血《けつ》風《ぷう》に彩られた掠奪結婚の代表的な一例だが、この女性に生ませたのが、いまの四郎勝頼だ。したがって、この地は勝頼にとっても母のふるさとにあたる。第三に、信玄が心魂《しんこん》をかたむけた謙信との決戦のために、いくたびここを通過したことであろう。第四に、これがいちばんの因縁だが、この地の諏訪法性《ほっしょう》大明神は、古来から武神としてあがめられ、信玄もふかくこれを信仰し、甲軍のゆくところ、紺地に金泥《きんでい》の「風林火山」の旗とともに、かならず「南無諏訪法性上下大明神《ほっしょうかみしも》」と朱の絹に金泥でかいたいわゆる諏訪法性の旗をひるがえしていたほどである。

要するに信玄一生のたたかいも恋も神も、すべてこの諏訪の湖に象徴されていたといってよい。

しかし、この夜勝頼は湖を見て、父一代の功業や母の哀しみの追憶にふけっているいとまはなかった。無数の篝火《かがりび》が湖にうつる本営で、ある激論が行われ、それは夜を徹した。

勝頼にしてみれば、おどろくべきことだ。いまになって、武田逍遙軒、穴山梅雪、武田左馬頭《さまのかみ》、小山田出羽の四人が、こんどの出撃に待ったをかけようとは。

そもそも勝頼は、こんどの出陣に、二十四宿将の大半が、必ずしも双手《もろて》をあげて賛成していないことを知っていた。それは、勝頼からみれば骨董《こっとう》的な、しかし宿将連からは、まだ神格的な軍師としての礼を受けている山本道鬼斎の影響にちがいないと思っていた。そのなかで、わずかにこの四人だけが勝頼に共鳴し、真剣に作戦に参画してくれたのである。

そして、ひとたび出陣と決するや、あとの宿将たちも、もはや眉に憂いのかげは残さず、快笑一番、決然として起ってくれたのであった。矢は弦をはなれた。

しかるに、この期《ご》におよんで、かんじんの四人が突如としてじぶんの袖をとらえたとあっては、勝頼たるもの愕然とせざるを得ない。

「ば、梅雪老、あなたまでが――」

穴山梅雪は、ただささえ父信玄の従兄《いとこ》であるうえに、その機略は勝頼のもっともたのみとしていたところであったから、彼も一目おかないわけにはゆかない。

「されば、いまにいたってこのわしが、かようなことを申すのはいかがと思うが、身の恥をおさえて、敢ていうわけは、武田の滅亡にはかえられぬからじゃ」

そして、梅雪のいうところは、ことごとく道鬼斎の指摘したところと同様であった。

そして、あとの三人も、あらためてその意見に心をうごかされたかにみえる。――

激論のうちに、湖に蒼白いひかりがさして来た。天正三年四月十二日の暁のひかりが。

その蒼白みがかった空を、音もなくすうとわたった影がある。

「——はて？」

だれも気づかなかったその影を、爛《らん》とただひとつの眼が追った。

本営からはるか離れ、湖畔の林のかげに黙として膝《ひざ》を組んでいた山本勘介であった。

そのまわりに、三人の真田主従もひかえている。彼らはつつしんでそこに坐っていたが、本営で運命的な軍議が交されていることを知っていた。それで彼らも、まんじりともせぬ一夜を明かした。

「あれは？」

すでに湖の方へ消えた鳥影を、じっと見送っていた道鬼斎が、ふいに愕然として立ちあがった。

「徳川の忍びの者が使うておる例の梟《ふくろう》ではなかったか」

「えっ」

そのとき、屯営の方で、かん高い人声がした。ちょっとした騒ぎがもちあがっているらしい。

「地兵衛、見て来い」

あっとこたえて、ひょろながい霧隠地兵衛の姿が駈け去った。

「どうやら、湖の流木の上にとまっておる」

と、道鬼斎はつぶやいた。いまの鳥影のことだ。まだ明けきらぬ暗い水光の中に、眼のきくことでは人後におちぬ真田源五郎にも見分けがつかぬ。

地兵衛が馳せもどって来た。

「何か」

「ひとり旅の男がやって来て、穴山梅雪さま御存じ寄りの小谷甚右衛門と申す者からの使いと申したて、何やら手形をみせて、本営の方へ召されたそうにござります」

「小谷甚右衛門。――大賀の一味じゃな」

と、道鬼斎はいった。

「大賀めが、何の連絡によこしたか。いや、それよりも、まことに大賀一味からの使者か？……どうも、あの鳥が気にかかる」

道鬼斎はきっとなった。

「源五郎、いそぎ舟をさがせ」

「はっ」

「あの鳥を追おう。もしあれが例の梟ならばいまの使者は徳川の忍者じゃ。――天兵衛、地兵衛、いそぎ本営に忍び入れ。もし湖上で鉄砲の音がきこえたならば、かまわぬ、一刻の猶予《ゆうよ》もおかず、その使者を討ち果たせ」

四

黄母衣内記《きぼろないき》は甲州に潜入して、武田の大軍がすでに進撃中であることを知った。いまは北上中であるが、もとよりその馬首をめぐらして遠江に侵入することは明白だ。

これは、徳川家にとって危急存亡の大事である。おそらくじぶんの知ったのと前後して、甲軍出撃の情報は家康の耳に達したであろうが、徳川の内部は大賀叛逆の騒ぎのために、いまや動揺している。この動揺の鎮まるのを待ち、さらに甲軍が大挙出動してくるならば、かねての盟約の通り織田方の救援を待たねばならぬ以上、得べくんば武田の出陣を制し、かなわぬまでもその歩を一日でも遅らせたい、と彼は願った。

——しかし、待てよ、と、彼はかんがえた。

この出陣に、老竜信玄が加わっておるか？　もし信玄が采配をふるっていれば、徳川はともかく、織田が舌をふるって尾を巻くことは、いかんともしがたい。三方ケ原の再現を見ることは、鏡にかけて見るがごとしだ。

すでに彼は、武田軍に信玄の姿なく、陣頭に立っているのは勝頼であることを知った。

——が、それでもなお、この作戦に信玄の息がかかっているか、どうかが気にかかる。

もし、信玄すでにこの世になく、勝頼独断の遠征ならば、事態はまったく一変する。それならば、徳川織田は手に唾《つば》して迎え討ち、これを撃滅する絶好の機会だとして、かねてから家康の待ち受けているところであることを、彼は知っていたからだ。

信玄在《あ》りや？　信玄死せりや？

家康が脳漿《のうしょう》をしぼってつきとめようとし、彼ら伊賀者がその生命をかけて探ろうとしているこの本来の大秘密が、いまや絶体絶命、一刻を争ってそのとばりを剝《は》がねばならぬ緊急事として、黄母衣内記のまえに投げ出されたのであった。

それはそれとして、内記の眼をとらえた二つのものがある。それは、軍馬のあいだを轣轆《れきろく》として進む車にのせられた箱様のものと、勝頼のあとにつづく数梃の輿であった。

輿の戸はついにひらかず、中に何者が乗っているのか、ついにわからなかったが、問題は車に乗せられ、金襴につつまれた箱であった。

あれは軍費たる甲州金でもあろうか？　と最初みた内記は、やがてくびを横にふった。いかに黄金にせよ、金襴につつまれているのはいぶかしい。それに、それをかこんで馬をあゆませる四人の武将の、あのうやうやしげで、しかも哀《かな》しげな表情はどうだ。

――信玄ではないか？

内記の脳裡に、稲妻がひらめいた。

あれは信玄の遺骸ではないか？　甲軍は彼らの守護神たる大信玄の遺骸を陣頭にたて

て進軍してくるのではないか？

さぐってみたところでは、武田の将兵はまだそれを知らぬ。それが明らかにされるまで、彼は待ってはいられない。またそれは永遠の秘密かもしれぬ。

事は急を要した。二十四宿将のだれかに大賀弥四郎の叛血を相伝して味方にひきずりこむというような、悠長なことをしてはおられぬ。いま脳裡にひらめいた稲妻を瞬刻のうちにとらえねばならぬ。

黄母衣内記が、小谷甚右衛門からの使者として、敢然として武田の本営に入っていったのは、もとより決死であった。

穴山梅雪は、小谷甚右衛門の使者からというしるしの手形を受けとり、かつ、一刻を争う一大事だという口上をきいて、はっとしたように勝頼を見た。

「手形に相違はないか」

と、勝頼がいった。

手形とは、信玄が死後のためにあらかじめ花押《かおう》をかいておいた八百枚の紙の中の一枚であった。梅雪はその証拠の手形をのぞいてうなずいた。

「それで、一大事とは何じゃ」

「岡崎のこと露見いたし、この四月五日、大賀弥四郎は討たれました」

「なに？」

はっとなる勝頼を、梅雪は見て、

「殿、やはり」

と、さけんだ。やはり、といったのは、山本道鬼斎の予言、すなわちたったいままでじぶんが述べてきたおそれが、やはり的中した、という意味であった。

「さりながら」

と、黄母衣内記はあえぐようにいった。その眼は、勝頼の背後にある金襴につつまれた巨大な箱様のものにじっとそそがれて、

「岡崎はもとより三河一帯鼎《かなえ》のわくがごとき騒ぎにて、ここ十日や二十日でそれが鎮まろうとも思われぬありさまにござります。わたくしめの主人、小谷甚右衛門はからくも奥三河にのがれ、同志の者どもと連絡しつつひそんでおりまするが、甚右衛門申しまするには、いまや武田の御軍勢が遠江に入る好機であるか、ないかは、ただただ信玄公が御軍配をおとり遊ばしておるか、否かにかかる。信玄公じきじきの御采配ならば、われら味方と呼応し、家康の背後より遊撃し大いに悩まして御覧に入れる。が、もし信玄公御出馬なくば、みな意気衰え、もはやそれまでなれば、なにとぞ御軍勢を返されよ。

——」

きいているうちに、勝頼の顔色が変った。

「左様に御注進いたし、なんじは信玄公御出馬の有無を、しかとその眼でたしかめて参れ。——かように甚右衛門は申しておりまする」

「父は死んだ！」

と、勝頼はさけんだ。彼をとらえた憤怒の対象は、この無礼な使者のみならず、いままでじぶんに諫言《かんげん》していた四人の宿将でもあった。

「きけ、機山信玄はすでにない。信玄この世を去ってより二年をけみした。そのあいだ、甲斐を守っていたのはこの四郎勝頼じゃ。その勝頼が、きょうこそ父の死を麾下《きか》全軍に告げ、おれの采配のもとに出陣しようとする。大賀弥四郎、小谷甚右衛門ごときをたのみとはせぬ。信玄の兵略勝《まさ》るか、勝頼の軍法勝つか、やがて徳川を相手に目にものみせてくれようぞ。甚右衛門に告げよ、まなこをひらいて——」

そこまで勝頼がいったとき、湖の上で銃声がきこえた。同時に、黄母衣内記の胸に、二条の槍の穂がつきぬけた。

湖上で鉄砲を射《う》ったのは、真田源五郎であった。

舟にのってちかづいたが、一本の流木にとまった鳥影はうごこうともせぬ。蒼茫たる夜明けのひかりに、まるい眼を妖しくひからせて、じっと岸の方を見つめているのを、まごうかたなき梟と知って、

「山本勘介は生きている。御用心。――」

と、道鬼斎はさけんだ。ぶきみにカン高い声が水の上にこだました。

「山本勘介は生きている。御用心。――」

同時に、源五郎の鉄砲が鳴りわたった。

流木の上で、梟はいちどモンドリ打ったように見えた。しかし、次の瞬間、それはぱっと羽根をひろげ、湖の水すれすれに岸の方へ向って飛び去った。


かっと眼をむいている勝頼と四人の宿将の前で、胸につきぬけた二本の槍の穂を両手でつかんで、黄母衣内記は何か思案するかのごとく、やや首をかしげて坐ったままであった。

槍はうしろの幔幕《まんまく》から出ている。幕をへだてているとはいえ、そこまで忍び寄ったものの殺気を、どうして自分が気どらなかったのか――と、みずから彼はあやしんだのだ。

「――推参なり、何者だっ」

内記の発したいさけびを梅雪が放《はな》った。

「真田の手のもの猿飛天兵衛、霧隠地兵衛でござる！」

「そやつは徳川の忍者でござりまするぞ！」

その声が幕の向うできこえるよりはやく、黄母衣内記は、槍につらぬかれたまま、ニユーッと立ちあがり、まだ海底のような空にむかってぶきみな、カン高い声を送った。

「――信玄は死せり！」

同時に、つつと、よろめくように前に出た。槍はぬけた。

「あっ、こ、こやつ――」

四人の宿将は仰天して、いっせいに陣刀をぬきはらって勝頼とのあいだをへだてた。いまのさけびといい、次の挙動といい、まさに大賀一党の者でないことをようやく知ったのだ。

しかし、一瞬、彼らを金縛りにする鬼気が、この徳川の忍者から発した。彼は刀に手をかけてもいない。仁王立ちになったまま、依然として両掌《て》を胸にあてている。

幔幕がおち、天兵衛と地兵衛が背後からおどりこんで来た。その刹那、黄母衣内記はばさと襟をかきひらき、いっきに胸をあらわした。

その右の乳房だけが女のごとくムッチリとふくれあがっているのに、前に立ちふさがった四人の宿将がぎょっと息をのんだとき、

「大賀の叛血をつかわすぞ。――伊賀忍法乳房相伝！」

狂笑ともいうべきうめきとともに、その乳房からビューッと一条の鮮血がほとばしり、赤い霧風《むふう》となって四人の宿将の満面に吹きつけた。

五

汀《みぎわ》にすえられた石の棺《ひつぎ》に、大信玄は横たわっていた。

真っ白な唐牛《からうし》の毛を植えた兜《かぶと》をかむり、鎧をつけた信玄は、しかし髑髏《どくろ》であった。

――この遺骸は、こんどの出陣の前夜まで、甲府躑躅《つつじ》ケ崎《さき》の秘密の塗籠《ぬりごめ》の一室に、巨大な壺《つぼ》に入れて安置してあったものである。

棺の彼方《かなた》は、夜明けの湖であった。

「今日より三年目の四月十二日、信玄の遺骸に鎧をつけて、諏訪の湖《うみ》に沈めよ」

その遺言の通り、彼はいま諏訪湖の底ふかく沈められようとしている。ただし、今日より三年目という個条だけは、一子勝頼の意志により二年目となった。――天正三年四月十二日の暁だ。

勝頼は、全軍に触《ふ》れた。

父信玄は、いまを去るちょうど二年前のきょう、信濃駒場《こまんば》に陣没したこと、その遺言により喪を秘してきたが、今日ただいまより、名実ともにこの四郎勝頼が甲斐と甲軍の頭領たることを。――

あるいはおぼろげながら推察していた者も少なくはなかったろうが、しかしこの布告をきいたとき一万三千の将兵の上を吹きすぎたのは、意外なほどの衝動であった。そして、次に全軍は声なくうなだれた。

このときに至って、行軍中、輿《こし》にのっていた人間が姿をあらわした。それは恵林寺の快川国師とその侍僧たちであった。彼らは棺のまわりに坐して、うやうやしく読経《どきょう》した。

おごそかな読経の声のうちに、馬場美濃守信房、山県三郎兵衛昌景《まさかげ》、高坂弾正虎綱、真田源太左衛門信綱、原隼人助昌胤《はやとのすけまさたね》、内藤修理亮昌豊《しゅりのすけまさとよ》、土屋右衛門昌次《まさつぐ》、甘利備前守《びぜんのかみ》信康ら——信玄の征《ゆ》くところ驍勇の名をほしいままにしたいわゆる武田の宿将たちは、続続とその前にひざまずいて、焼香し、礼拝《らいはい》した。彼らの鋼鉄のような頬は、ことごとく涙にぬれていた。

やがて、この出陣の果て——長篠の役で、彼ら二十四宿将の大半は、敵の銃丸の下に屍となって伏すことになるのだが、もとよりこのとき、彼らがそれを予測して哭《な》いたわけではない。それは血と魂のかよった主従として、あらためて全身に満ちてくる哀惜の涙であった。

しかし、宿将たちと麾下の将兵にながれた悲愁の風は、見まもる勝頼の精悍な顔に、しだいにいらだちの色を浮かばせて来た。

「梅雪老」

と、彼はあごをしゃくった。

「舟の用意」

穴山梅雪と、それとならんだ武田逍遙軒、武田左馬頭、小山田出羽守は、ひびきに応ずるがごとく起ちあがり、汀の方へあるき出した。

彼らは、あの徳川の忍者の騒ぎ以後、いやその刹那から、忽然《こつねん》としてまた勝頼の意に従い、このたびの出陣に全面的に賛成する人々に変っていたのである。

舟にのってやって来た猿飛天兵衛と霧隠地兵衛から、徳川の忍者はたしかに討ち果したが、穴山梅雪らが意外にもふたたび、このたびの出陣を勝頼にそそのかしてやまない体《てい》にみえた、という報告をきくと、

「――わがこと終る」

と、山本道鬼斎はいった。それっきり彼は沈黙した。

暁のひかりが湖にひろがって来た。朝焼けか、ぶきみに赤い色であった。それを半身に受けて、道鬼の顔にすでに死相のようなものが浮かんでいるのを見て、真田源五郎は慄然《りつぜん》とした。

道鬼斎が心に何を思い決したかは、まもなくわかった。

やがて岸の方から、数艘の舟がすすんで来た。一艘には、石の棺と僧たちが乗ってい

た。他の一艘には、勝頼と、彼のもっともたのみとする四人の宿将が坐っていた。そしてまたべつの数艘には、他の宿将たちがうなだれてゆられていた。――その勝頼のところへ舟をこぎ寄せさせると、道鬼斎はひれ伏して、故信玄に殉死して、ともにこの湖底に沈むことを請うたのである。

「なに、生きながら、湖に沈む？」

さすがに勝頼はおどろきの声をたてた。

「勘介めは、すでに死んでおりまする。信玄公のおん失せあそばしたときから。――それ以来の勘介は、影のようなものでござった」

ひくくつぶやく山本道鬼斎は、すでに波を漂う影のように見える。――じっとのぞきこんだ穴山梅雪と、ただ一つの眼が逢うと、しかしその眼は梅雪の皮膚をつらぬくようなひかりをおびた。

すくなくともそう感じて、梅雪はあわてて眼をそらし、勝頼と顔を見合わせた。眼と眼がささやき合う。

――梅雪老、いかがいたす？

――信玄公の亡霊のような男でござるな。四郎どのはどうおぼしめす。

――あくまでおれを無視するぶれいな奴だ。勝手にさせろ。

――いかにも、この男が生きていたとて、新しき武田家にとっては邪魔になるだけでござろう。では。

「左様であるか」

と、勝頼はうめいた。沈痛な声をつくったつもりだが、眼にたえがたい不快と怒りのひかりがある。

「思えば、影の形にそうように、幾十たびのいくさに父信玄とともにあったその方《ほう》、あの世まで供をしてくれれば、父は満足に思うかもしれぬ。道鬼斎、心にまかすぞ」

「かたじけのう存ずる」

山本勘介は、源五郎をかえりみていった。

「わしはあのおん棺をのせたお舟にうつる。源五郎、綱でおれをおん棺に縛れ」

あくまでしずかであるが、抵抗をゆるさぬ声であった。——源五郎は、救いを求めるように、舟の快川国師を見た。しかし快川は、暗い顔のままうなずいて、つぶやいた。

「道鬼。望み通り、信玄公とともに死ね。……わしは、四郎どのに殉じよう」

——石の棺には、はや綱が巻きつけてあった。湖底へ吊り下ろす綱であった。

その綱の一端をとって、源五郎は涙をながしながら、道鬼斎を石の棺にしばりつけた。

「湖底についたら、綱をひく。源五郎、そのとき綱を斬れ」

と、いって、山本勘介は勝頼をきっと見て、うたうがごとくいった。

「疾《ハヤ》キコト風ノ如ク、徐《シズ》カナルコト林ノ如ク、侵スコト火ノ如ク、動カザルコト山ノ如シ。──殿！　道鬼斎は諏訪の湖《うみ》の底にあっても、信玄公とどこまでも、あの旗の影を見まもっており申すぞ！」

棺は水に入った。波の輪がひろがり、それは道鬼斎を縛りつけたまま、水の底へ沈んでゆく。

「南無。……」

快川国師は舳《へさき》につっ立って、掌《て》を合わせた。源五郎の手から、スルスルと綱がのびてゆく、慟哭《どうこく》していた源五郎は、そのとき雷《らい》のごとき快川の叱咤に打たれた。

「喝《かつ》、斬れ！」

一閃、源五郎は綱を斬った。

一番貝が鳴った。

その貝の余韻の鳴りやまぬうちに、武田勝頼のさけぶ声が、水をわたってここまでつたわって来た。

「ものども、この風林火山の旗を見よ、この旗を明日は瀬田《せた》に立てよ──とは、父信玄の御遺言にてあるぞ。いま勝頼もいう。明日はこの旗を遠江に立てよ！」

「おうっ──」

信濃の山々を震撼《しんかん》させる鬨《とき》の声につづいて、湖までもどよもしたようであった。一万三千の甲軍が、一鼓《こ》六足《そく》で前進を開始したのである。

二番貝が鳴った。風林火山の旗が消えてゆく。南へ、遠江の方《かた》へ。

孤舟、なおその湖心に、去りがてに漂っていた真田源五郎が、その進軍の影にひかれ、水竿《みさお》をもつ猿飛天兵衛を「ゆけ」とうながしたとき、突如空に一つの声をきいた。

「——山本勘介は死んだ」

霧隠地兵衛の腕から、槍が天空に走った。

しかし、その槍をかすめ、一羽の梟が、朝焼けの空を羽ばたきながら、もういちどぶきみな声で鳴いた。

「——信玄は死せり！」

そして、惨たる血光《けっこう》の空を、その影は真一文字に南へ翔《か》け去っていった。

解説

日下三蔵

九〇年代前半に始まった山田風太郎再評価の流れはすっかり定着し、二〇〇四年末現在の段階で、かなりの作品を手軽に入手できるようになっている。

推理小説は、光文社文庫〈山田風太郎ミステリー傑作選〉にほぼ全作が。

忍法帖の長篇は、講談社文庫〈山田風太郎忍法帖〉に約三分の一が。

忍法帖の短篇は、ちくま文庫〈山田風太郎忍法帖短篇全集〉に全作品が。

明治ものは、ちくま文庫〈山田風太郎明治小説全集〉に全作品が。

その他の時代小説は、徳間文庫〈山田風太郎妖異小説コレクション〉に約三分の一が収録されており、これに出版芸術社〈山田風太郎コレクション〉全三巻、同『悪霊の群』、扶桑社文庫／昭和ミステリ秘宝『妖異金瓶梅』、講談社文庫『妖説太閤記』などを加えれば、山田風太郎の全小説の七割近くを読むことができるのだ。

忍法帖の長篇は（連作『笑い陰陽師』を含めて）二十六作あるが、このうち講談社文庫の〈山田風太郎忍法帖〉に収められたのは、『甲賀忍法帖』『江戸忍法帖』『くノ一忍法帖』『忍法忠臣蔵』『風来忍法帖』『柳生忍法帖』『伊賀忍法帖』『忍法八犬伝』『魔界転生』の九作。この河出文庫版〈忍法帖シリーズ〉には、講談社文庫に入らなかった作品を、順次収めていく予定である。

第一弾の本書『信玄忍法帖』は、風太郎忍法帖の第八作。講談社の雑誌「講談倶楽部」に、『八陣忍法帖』と題して一九六二年五月号から十二月号まで連載され、六四年三月に現在のタイトルで講談社から刊行された。刊行履歴は、以下のとおりである。

64年3月　講談社（山田風太郎忍法全集8）
67年6月　講談社（ロマンブックス）
72年11月　講談社（山田風太郎全集8）
＊『海鳴り忍法帖』「天明の隠密」「天明の判官」を同時収録
75年5月　角川書店（角川文庫）
94年7月　講談社（講談社ノベルス・スペシャル／山田風太郎傑作忍法帖10）
95年3月　富士見書房（時代小説文庫）

05年2月　河出書房新社（河出文庫／忍法帖シリーズ1）＊本書

第一作『甲賀忍法帖』における三代将軍の後継ぎ問題を持ち出すまでもなく、風太郎忍法帖には、歴史的事実を背景にしたものが多い。しかし、それは忍者たちが奇怪な闘争を繰り広げるための「舞台」を整えるのが主たる効果であって、その意味ではまさに「背景」に過ぎない。そんな中で、もっとも史実と密着し、ほとんど歴史小説といってもいいような内容を有しているのが、本書『信玄忍法帖』である。

無敵の騎馬軍団を擁し、戦国の世にあってもっとも天下に近いといわれた甲斐の武田信玄。元亀三年（一五七二）、三方《みかた》ヶ原の戦いで徳川・織田の連合軍を粉砕し、悠然と西に向かっていた武田軍は、しかし、急に進軍を停止してしまった。信玄は病んでいたのである――。

死期を悟った信玄は、息子の四郎勝頼以下重臣たちに、ある秘命を発した。自らの喪を三年間かたく秘すこと。そして七人の影武者を使って隣国の武将たちを欺きとおせ、というのだ。信玄第七の影武者は、かつて川中島の合戦で戦死したと伝えられていた隻眼の大軍師・山本勘介であった！

一方、信玄が病床にあると見ぬいた服部半蔵は、九人の伊賀者を放って、その生死を探らせた。迎え撃つは武田の若き勇将・真田源五郎昌幸と、配下の忍者、猿飛天兵衛、霧隠地兵衛の両名。かくして虚々実々の諜報戦の幕はあがり、スパイ小説顔負けの高度な駆け引きが展開していくのだ。

ストーリーを彩るのは、時を止める無敵の忍者すら鮮やかに斬り捨てる剣聖・上泉伊勢守、後に徳川の金山奉行・大久保石見守長安となる大蔵藤十郎、恵林寺の高僧・快川和尚、今川義元の姪で徳川家康の正室となる築山御前、北条家に仕える風摩組の忍者・風摩小太郎と大太郎の兄弟……。

巷説を踏まえながら、史実に背かぬ範囲で実在人物を自在にあやつる、という風太郎小説一流のテクニックは、本書でも遺憾なく発揮されており、読み始めたらやめられない高密度の傑作に仕上がっている。作者は『甲賀忍法帖』において、史実から最後に勝つのは伊賀と甲賀のどちらであるかを最初から明らかにしたうえで、それでも最後まで一気に読ませるという神業的な筆力を示したが、本書でも、信玄は既に死んでいるということを明かしつつ、「信玄、まことに死せりや?」というテーマを巡って、驚くべき忍法戦を構築して見せるのである。

なお、本書は、初出時には未完であり、単行本化に際して後半約三分の一が書き加えられている。連載終了から刊行までに一年以上を要したのは、この加筆のためであろう。六三年には前年から引き続いて地方紙に『尼寺五十万石』(『柳生忍法帖』)を連載する一方、「週刊大衆」で『風来忍法帖』も始まっているから、長篇連載二本と短篇執筆の合間をぬっての加筆作業だったことになる。

章ごとの異同も激しいので、一覧表にしておこう。ちなみに連載に先立つ「講談倶楽部」六二年四月号では、『甲斐忍法帖』というタイトルで予告されていた。

初出	単行本
第一回　天陣篇	天陣篇一～五
第二回　地陣篇	象陣篇一～五
第三回　蛇陣篇	象陣篇六～九、蛇陣篇一
第四回　風陣篇	蛇陣篇二～四、風陣篇一～二
第五回　蟲陣篇	風陣篇三～四、虫陣篇一、八
第六回　水陣篇	虫陣篇二～七
第七回　瞳陣篇	瞳陣篇一～五
第八回　螺陣篇	螺陣篇一～五
	螺陣篇六～九、鐘陣篇一～六、地陣篇一～五（書下し）

連載第五回「蟲陣篇」の最後の一節「四」は、単行本では丸ごと「虫陣篇」の「八」

に回されている。紙幅の都合か、本来は章の終わりに入れるべき文章を、連載の切れ目に使用してしまったということだろう。そのため、初出では末尾に、

「それはともあれ、五年後の徳川家の大悲劇のもとは、この春の一日、はなやかな裲襠のとばりのなかから舞い立った無数の蛾のむれが蒔いていったのであった」

という次回への引きの一文があったが、これは単行本ではカットされている。

また、連載最終回の末尾には、

「信玄死せりや？　変幻の忍法戦を描いて絶賛を博した本篇は、加筆の上〝信玄忍法帖〟として本社より発売されます。ご期待ください。（編集部）」

と書かれている。講談社からは、同じく「講談倶楽部」に連載された『くノ一忍法帖』『忍者月影抄』だけでなく、「漫画サンデー」連載の『江戸忍法帖』『忍法忠臣蔵』、「週刊新潮」連載の『外道忍法帖』も単行本化されているので、あるいは本書も同様のハードカバーで刊行される予定だったのかもしれないが、結局、六三年十月から刊行が始まった新書判の〈山田風太郎忍法全集〉の第八巻で、初めて単行本化された。

この選集の当初のラインナップは、講談社から刊行された前述の五冊と、光文社『甲賀忍法帖』、東都書房『飛騨忍法帖』の計七冊を刊行中に配列し、初めて本になる『信玄忍法帖』、『風来忍法帖』上・下を加えた全十巻であった。

しかし、刊行が始まるや、たちまち大ベストセラーとなり、忍者ブームを巻き起こす

ことになる。それを受けて、『柳生忍法帖』上・中・下と新編集の短篇集『かげろう忍法帖』『野ざらし忍法帖』が急遽、増刊されて、最終的に全十五巻となるのである。『信玄忍法帖』が刊行された六四年三月には、ブームも加熱していたようで、巻末の広告には「忍者ブームの中心をゆく」と書かれている。

（くさか・さんぞう　ミステリ評論家）

＊本解説は05年河出文庫版に収録したものです

本書は、角川文庫版（一九七五年刊）を底本として、二〇〇五年に小社から刊行した河出文庫版の新装版です。本文中、今日からみれば不適切と思われる表現がありますが、書かれた時代背景と作品価値とを鑑み、そのままとしました。

信玄忍法帖《しんげんにんぽうちょう》

山田《やまだ》風太郎《ふうたろう》傑作選《けっさくせん》 忍法篇《にんぽうへん》

二〇〇五年 二 月二〇日 初版発行
二〇二一年 三 月一〇日 新装版初版印刷
二〇二一年 三 月二〇日 新装版初版発行

著 者 山田《やまだ》風太《ふうた》郎《ろう》
発行者 小野寺優
発行所 株式会社河出書房新社
〒一五一−〇〇五一
東京都渋谷区千駄ヶ谷二−三二−二
電話〇三−三四〇四−八六一一（編集）
〇三−三四〇四−一二〇一（営業）
http://www.kawade.co.jp/

ロゴ・表紙デザイン 粟津潔
本文フォーマット 佐々木暁
印刷・製本 中央精版印刷株式会社

Printed in Japan ISBN978-4-309-41803-2

笊ノ目万兵衛門外へ

山田風太郎　縄田一男〔編〕　41757-8

「十年に一度の傑作」と縄田一男氏が絶賛する壮絶な表題作をはじめ、「明智太閤」、「姫君何処におらすか」、「南無殺生三万人」など全く古びることがない、名作だけを選んだ驚嘆の大傑作選！

柳生十兵衛死す　上

山田風太郎　41762-2

天下無敵の剣豪・柳生十兵衛が斬殺された！　一体誰が彼を殺し得たのか？　江戸慶安と室町を舞台に二人の柳生十兵衛の活躍と最期を描く、幽玄にして驚天動地の一大伝奇。山田風太郎傑作選・室町篇第一弾！

柳生十兵衛死す　下

山田風太郎　41763-9

能の秘曲「世阿弥」にのって時空を越え、二人の柳生十兵衛は後水尾法皇と足利義満の陰謀に立ち向かう！『魔界転生』『柳生忍法帖』に続く十兵衛三部作の最終作、そして山田風太郎最後の長篇、ここに完結！

婆沙羅／室町少年倶楽部

山田風太郎　41770-7

百鬼夜行の南北朝動乱を婆沙羅に生き抜いた佐々木道誉、数奇な運命を辿ったクジ引き将軍義教、奇々怪々に変貌を遂げる将軍義政と花の御所に集う面々。鬼才・風太郎が描く、綺羅と狂気の室町伝奇集。

現代語訳 南総里見八犬伝　上

曲亭馬琴　白井喬二〔現代語訳〕　40709-8

わが国の伝奇小説中の「白眉」と称される江戸読本の代表作を、やはり伝奇小説家として名高い白井喬二が最も読みやすい名訳で忠実に再現した名著。長大な原文でしか入手できない名作を読める上下巻。

現代語訳 南総里見八犬伝　下

曲亭馬琴　白井喬二〔現代語訳〕　40710-4

全九集九十八巻、百六冊に及び、二十八年をかけて完成された日本文学史上稀に見る長篇にして、わが国最大の伝奇小説を、白井喬二が雄渾華麗な和漢混淆の原文を生かしつつ分かりやすくまとめた名抄訳。

妖櫻記 上

皆川博子　41554-3

時は室町。嘉吉の乱を発端に、南朝皇統の少年、赤松家の姫、活傀儡に異形ら、死者生者が入り乱れ織り成す傑作長篇伝奇小説、復活！

妖櫻記 下

皆川博子　41555-0

阿麻丸と桜姫は京に近江に流転し、玉琴の遺児清玄は桜姫の髑髏を求める中、後南朝の二人の宮と玉璽をめぐって吉野に火の手が上がる……！　応仁の乱前夜を舞台に当代きっての語り手が紡ぐ一大伝奇、完結篇

安政三天狗

山本周五郎　41643-4

時は幕末。ある長州藩士は師・吉田松陰の密命を帯びて陸奥に旅発った。当地での尊皇攘夷運動を組織する中で、また別の重要な目的が！　時代伝奇長篇、初の文庫化。

秘文鞍馬経

山本周五郎　41636-6

信玄の秘宝を求めて、武田の遺臣、家康配下、さらにもう一組が三つ巴の抗争を展開する道中物長篇。作者の出身地・甲州物の傑作。作者の理想像が活躍する初文庫化。

現代語訳 義経記

高木卓〔訳〕　40727-2

源義経の生涯を描いた室町時代の軍記物語を、独文学者にして芥川賞を辞退した作家・高木卓の名訳で読む。武人の義経ではなく、落武者として平泉で落命する判官説話が軸になった特異な作品。

異聞浪人記

滝口康彦　41768-4

命をかけて忠誠を誓っても最後は組織の犠牲となってしまう武士たちの悲哀を描いた士道小説傑作集。二度映画化されどちらもカンヌ映画祭に出品された表題作や「拝領妻始末」など代表作収録。解説＝白石一文

天下奪回

北沢秋　41716-5

関ヶ原の戦い後、黒田長政と結城秀康が手を組み、天下獲りを狙う戦国歴史ロマン。50万部を超えたベストセラー〈合戦屋シリーズ〉の著者による最後の時代小説がついに文庫化！

新名将言行録

海音寺潮五郎　40944-3

源為朝、北条時宗、竹中半兵衛、黒田如水、立花宗茂ら十六人。天下の覇を競った将帥から、名参謀・軍師、一国一城の主から悲劇の武人まで。戦国時代を中心に、愛情と哀感をもって描く、事跡を辿る武将絵巻。

徳川秀忠の妻

吉屋信子　41043-2

お市の方と浅井長政の末娘であり、三度目の結婚で二代将軍・秀忠の正妻となった達子（通称・江）。淀殿を姉に持ち、千姫や家光の母である達子の、波瀾万丈な生涯を描いた傑作！

戦国の尼城主 井伊直虎

楠木誠一郎　41476-8

桶狭間の戦いで、今川義元軍として戦死した井伊直盛のひとり娘で、幼くして出家し、養子直親の死後、女城主として徳川譜代を代表する井伊家発展の礎を築いた直虎の生涯を描く小説。大河ドラマ主人公。

井伊の赤備え

細谷正充〔編〕　41510-9

柴田錬三郎、山本周五郎、山田風太郎、滝口康彦、徳永真一郎、浅田次郎、東郷隆の七氏による、井伊家にまつわる傑作歴史・時代小説アンソロジー。

信玄軍記

松本清張　40862-0

海ノ口城攻めで初陣を飾った信玄は、父信虎を追放し、諏訪頼重を滅ぼし、甲斐を平定する。村上義清との抗争、宿命の敵上杉謙信との川中島の決戦……。「風林火山」の旗の下、中原を目指した英雄を活写する。

花闇

皆川博子　41496-6

絶世の美貌と才気を兼ね備え、頽廃美で人気を博した稀代の女形、三代目澤村田之助。脱疽で四肢を失いながらも、近代化する劇界で江戸歌舞伎最後の花を咲かせた役者の芸と生涯を描く代表作、待望の復刊。

みだら英泉

皆川博子　41520-8

文化文政期、美人画や枕絵で一世を風靡した絵師・渓斎英泉。彼が描いた婀娜で自堕落で哀しい女の影には三人の妹の存在があった——。爛熟の江戸を舞台に絡み合う絵師の業と妹たちの情念。幻の傑作、甦る。

怪異な話

志村有弘〔編〕　41342-6

「宿直草」「奇談雑史」「桃山人夜話」など、江戸期の珍しい文献から、怪談、奇談、不思議議譚を収集、現代語に訳してお届けする。掛け値なしの、こわいはなし集。

江戸の都市伝説　怪談奇談集

志村有弘〔編〕　41015-9

あ、あのこわい話はこれだったのか、という発見に満ちた、江戸の不思議な都市伝説を収集した決定版。ハーンの題材になった「茶碗の中の顔」、各地に分布する飴買い女の幽霊、「池袋の女」など。

弾左衛門の謎

塩見鮮一郎　40922-1

江戸のエタ頭・浅草弾左衛門は、もと鎌倉稲村ヶ崎の由井家から出た。その故地を探ったり、歌舞伎の意休は弾左衛門をモデルにしていることをつきとめたり、様々な弾左衛門の謎に挑むフィールド調査の書。

江戸の非人頭　車善七

塩見鮮一郎　40896-5

徳川幕府の江戸では、浅草地区の非人は、弾左衛門配下の非人頭・車善七が、彼らに乞食や紙屑拾い、牢屋人足をさせて管理した。善七の居住地の謎、非人寄場、弾左衛門との確執、解放令以後の実態を探る。

江戸の牢屋

中嶋繁雄　41720-2

江戸時代の牢屋敷の実態をつぶさに綴る。囚獄以下、牢の同心、老名主以下の囚人組織、刑罰、脱獄、流刑、解き放ち、かね次第のツル、甦生施設の人足寄場などなど、牢屋敷に関する情報満載。

弾左衛門とその時代

塩見鮮一郎　40887-3

幕藩体制下、関八州の被差別民の頭領として君臨し、下級刑吏による治安維持、死牛馬処理の運営を担った弾左衛門とその制度を解説。被差別身分から脱したが、職業特権も失った維新期の十三代弾左衛門を詳説。

赤穂義士　忠臣蔵の真相

三田村鳶魚　41053-1

美談が多いが、赤穂事件の実態はほんとのところどういうものだったのか、伝承、資料を綿密に調査分析し、義士たちの実像や、事件の顛末、庶民感情の事際を鮮やかに解き明かす。鳶魚翁の傑作。

幕末の動乱

松本清張　40983-2

徳川吉宗の幕政改革の失敗に始まる、幕末へ向かって激動する時代の構造変動の流れを深く探る書き下ろし、初めての文庫。清張生誕百年記念企画、坂本龍馬登場前夜を活写。

熊本城を救った男　谷干城

嶋岡晨　41486-7

幕末土佐藩の志士・谷干城は、西南戦争で熊本鎮台司令長官として熊本城に籠城、薩軍の侵攻を見事に食い止めた。反骨・憂国のリベラリスト国士の今日性を描く。

坊っちゃん忍者幕末見聞録

奥泉光　41525-3

あの「坊っちゃん」が幕末に?!　霞流忍術を修行中の松吉は、攘夷思想にかぶれた幼なじみの悪友・寅太郎に巻き込まれ京への旅に。そして龍馬や新撰組ら志士たちと出会い……歴史ファンタジー小説の傑作。

著訳者名の後の数字はISBNコードです。頭に「978-4-309」を付け、お近くの書店にてご注文下さい。